이사카 고타로

伊坂幸太郎

발표하는 작품마다 큰 반향을 일으키고 이름 앞에 항상 '천재'라는 수식어가 따라다니는 작가. 한국을 비롯해 미국, 프랑스, 중국, 대만 등 10여 개국에서 번역되었으며, 국경을 넘어 수많은 독자들의 사랑을 ~~받는다.~~ 학생 때 부모님에게 선물받은 ~~책~~ ~~을 건넬 수 있다면 그것만큼~~ ~~가가 되기로 결심했다.~~

~~로 니시무라 교타로西村京太郎의 이름과~~

~~가 고타로는 베스트셀러~~ ~~을 담아 가족들이 지어 주었다고 한다.~~

~~『오듀본의 기도』로 신초미스터리클럽상을 수상하며~~ 등단했고, 2002년 『러시 라이프』로 평단의 주목을 받기 시작했다. 2003년 추리소설 독자를 넘어 대중적인 인기를 얻은 『중력 삐에로』를 시작으로 2004년 『칠드런』 『그래스호퍼』, 2005년 『사신 치바』, 2006년 『사막』, 2008년 『골든 슬럼버』로 여섯 차례 나오키상 후보에 올랐으나 '집필에 전념하고 싶다'는 이유를 들어 이를 고사한다. 2004년 『집오리와 들오리의 코인로커』로 요시카와에이지 문학신인상을 수상한 데 이어, 같은 해 『사신 치바』로 일본추리작가협회상 단편 부문에서 수상. 2008년 『골든 슬럼버』로 야마모토슈고로상과 서점대상뿐만 아니라 2009년 '이 미스터리가 대단하다!' 1위에 올라 3관왕을 달성했다. 서점대상 제1회부터 제6회까지 매회 최고작 10위권에 선정된 유일한 작가로, 2017년에는 『화이트 래빗』 『AX』, 2018년에는 『후가와 유가』, 2019년에는 『고래머리의 왕』을 발표했고, 2020년에는 『역소크라테스』로 시바타렌자부로상을 수상하는 등 변함없이 왕성한 작품 활동을 이어 가고 있다.

기상천외하고 독창적인 세계관을 중층적이고 정교한 구성력과 경쾌한 필치로 풀어내는 것이 작품의 특징이다. 『아이네 클라이네 나흐트무지크』를 비롯해 13개 작품이 영화화되는 등 이사카 고타로의 작품은 영화나 연극, 만화, 드라마 같은 다른 분야로도 확장되어 독자들에게 또 다른 재미를 선사하고 있다.

**명랑한 갱은
셋 세라**

Youkina Gang wa Mittsu Kazoero

by Kotaro Isaka

명랑한 갱은
셋 세라

이사카 고타로 장편소설

김선영 옮김

H
현대문학

한 은행 강도가 있었다. 마음 내키는 대로
일할 수 있고 사전 회의도 필요 없다.
처음에는 좋았지만 점점 고독해져 혼잣말이 늘었다.
손가락을 튕기자 한 명의 동료가 생겨
2인조 은행 강도가 되었다.
대화를 하며 작업을 분담하고 즐겁게 지냈지만
이윽고 화제가 떨어진다.
얼굴만 맞대도 화가 난다.
대기실에서 옥신각신하는 만담꾼들처럼
서로의 존재가 거슬린다.
다시 손가락을 튕겼다.
동료가 또 한 명 늘었다. 세 명은 좋다.
균형이 잡혀 두 사람이 싸우면 한 사람이 말린다.
하지만 세 명이 모이면 파벌이 생긴다.
이래서야 은행 강도는 뒷전이다.
테니스를 할 때도 누가 심판을 맡을지를 두고 싸운다.
또다시 손가락을 튕겼다.
네 명이면 복식을 할 수 있다.
그런 이유로 은행 강도는 네 명이다.

제1장

**악당들은 오랜만에 은행을 털고,
작은 실수를 계기로 트러블에 휘말린다
늘 있는 일**

'얌전히 못 있겠으면 하다못해 조심이라도 해라'

구온 1

상처 · 티 ① 베이거나 부딪치거나 박아서 피부나 근육이 찢어지거나 파열된 부분. "깊은 ○○를 입다." ② 사람의 행위, 성질, 용모 등이나 사물의 불완전한 부분. 바람직하지 않은 점. 결점. "나는 말이 너무 많은 게 옥에 티야." "교노 씨는 티로 뭉친 옥이죠." ③ 불명예스러운 일. 부끄러운 일. 오점. "경력은 ○가 된다." ④ 마음에 받는 타격.

"그럼, 여러분." 은행 카운터, 번호표 기계 위에 한 발을 얹은 교노가 떠드는 소리를 들으며 구온은 가방 지퍼를 열었다.

은행에는 방금 전에 들어왔다. 창구 카운터에는 방범용 투명 칸막이가 설치되어 있지만 육상경기를 하듯 도움닫기로 단숨에 뛰어넘었다.

모두 얼이 빠져 있는 사이에 은행원들의 동작을 제지했다. 선수필승先手必勝, 일을 시작할 때는 번개처럼. 사람들이 이상을 감지했을 때는 이미 그 자리를 장악하고 있어야 한다.

"여러분의 시간을 4분 받아 가겠습니다." 마스크로 입을 가리고 있는데도 교노의 목소리는 또렷했다. "그때까지 자리에서 움직이지 마십시오. 이 손에 든 권총은 진짜지만 저는 이걸 쓰고 싶지 않습니다. 여러분도 제가 쓰기를 바라지 않겠지요. 의견은 일치합니다. 여러분이 여기서 다치거나 목숨을 잃을 필요는 없습니다. 행원 여러분도 업무 시간에 정말 죄송합니다. 하지만 안심하세요. 방금 전 거기 있는 분이 키보드로 경보를 보냈으니 저희가 이곳을 떠나는 건 말 그대로 시간문제입니다."

교노가 가리킨 방향에 있는 관리직으로 보이는 갸름한 얼굴의 남자가 두 손을 위로 치켜들고 고개를 부들부들 떨었다. 자기는 신고하지 않았다고 부인하고 있다.

"거짓말하지 않아도 됩니다. 당신에게는 당신의 직업과 책임이 있습니다. 강도가 오면 경보기를 누른다. 경찰에 신고한다. 당연한 일을 했을 뿐이니 칭찬을 받을지언정 야단맞을 일은 아닙니다. 나쁜 건 누구일까요? 말할 필요도 없습니다. 법을 위반한 저희입니다. 어쨌거나 경찰에 신고가 들어갔습니다. 여기 도착할 때까지 4분 걸립니다. 그 4분을 받고 싶습니다. 만약 여기서 애를 먹으면 저희는 이곳에서 농성을 할 테고 4분이 네 시간이 될지도 모릅니다."

교노 씨, 2년 만에 하는 은행 강도라 기운이 넘치네. 구온은 그런 생각을 하며 챙겨 온 마그네틱 카드로 출납기를 열고 안에 담겨 있는 지폐 다발을 가방에 쑤셔 넣었다.

이미 신고가 들어갔다고 선언하는 건 중요한 일이다. 누군가 이미 신고를 했다면 행원들은 자기가 굳이 단추나 키를 조작할 필요는 없다고 생각한다. 책임을 느끼지 않아도 된다. 오히려 경찰이 올 때까지 얌전히 있어야 한다고 생각하리라.

나루세는 권총을 휘두르며 은행 안에 있는 손님들을 한 곳에 모으고 있다. 스마트폰을 써서는 안 된다, 만지지도 말라고 설명했지만 실제로 누가 쓰더라도 큰 문제는 없다.

교노의 양복 안주머니에 통신 전파 송수신을 방해하는 장치가 들어 있기 때문이다. 콘서트홀이나 병원에서 사용하는 장치를 소형으로 만든 것인데, 전파법에는 '총무대신♥의 허가를 받은' 자에 한해 사용할 수 있다고 규정되어 있지만 은행 강도는 전파법을 따르지 않는다.

"4분은 짧습니다. 그러니 이 4분만 참으면 여러분은 무사히 스마트폰을 손에 들고 그 후에 친구들에게 메시지를 보낼 수 있습니다. '은행에 갔는데 강도가 들이닥쳤어!'라고 말할 수 있습니다. 혹은 SNS로 은행 강도를 봤다고 말할 수도 있습니다. 잔뜩 부풀려서 소문을 내 주면 저희야 고맙지요. '은행 강도는 열 명이었다', '다들 요란한 옷을 입고 있었다', '미래에서 왔다', '오늘 날씨를 예측했다', '맹수를 데리고 있었다', '그걸 사냥꾼이 총으로 쐈다', '굽고 삶아 먹어 치웠다'. 경찰에는 사실을, 인터넷에는 재미있는 각색을."

나루세가 낮은 카운터 창구를 뛰어넘어 구온 곁으로 다가와 말없이 지폐를 담기 시작했다. 니트 모자를 쓰고 눈에

♥ 행정, 지방자치, 정보통신, 우편 등을 소관하는 일본 행정기관의 장관.

는 고글을 끼고, 입에는 커다란 마스크를 끼고 있다. 구온도 교노도 똑같은 차림이다. 방범 카메라 판독 기술은 진보하고 있다. 영상 정보로 개인을 판별할 가능성이 높아, 세 사람은 안면 인식 시스템이 주목하는 포인트를 중점적으로 가렸다.

나루세는 묵묵히 지폐를 모아 가방에 담고, 또 하나의 가방을 열었다. 담담하게 일하는 모습이 든든해서 구온의 마음도 차분해졌다.

"여러분은 은행 강도에 대해 어떤 이미지를 품고 계십니까? 야만스러운 집단, 단순하고 사나운 놈들, 혹은 영화 속에만 나오는 직업이라고 생각하십니까? 아니, 애초에 직업이라고 할 수 없군요. 제대로 일하는 게 아니니까요. 하지만 성실하고 꾸준하게 일한 할머니에게 사기 전화를 걸어 노후 자금을 몽땅 앗아 가는 남자나, 결혼을 빙자해 독신 남성의 저금을 앗아 가는 여자보다야 낫지 않을까요? 저희는 개인이 아니라 은행이라는 건물에서 돈을 가져갑니다. 손해가 발생하면 은행원이 책임지지 않느냐고 걱정하는 분도 계실지 모르지만 은행원은 잘못이 없습니다. 당연하지만 순전히 저희, 뭐, 정확히 말하면 저를 제외한 동료들이 98퍼센트, 제가 2퍼센트의 잘못을 했습니다. 어쨌거나 저는 어렸을 때부터 주위 사람들에게 흠잡을 데 없다는 칭찬을 받은 사람이라."

구온은 고개를 들고 나루세에게 속삭였다. "흠잡을 데 없는 사람이 왜 강도 짓을 하는 걸까요?"

나루세가 미간을 찌푸리는 모습이 고글 너머로도 보였다. "저 녀석 하는 말에 이유나 의미가 있을 것 같아?"

확실히 앵무새 울음소리가 더 의미 있을 것 같다.

"여러분은 아마 은행 강도를 처음 보겠지요. 처음 보는 존재, 미지의 존재는 사람을 경계하게 만듭니다. 가령 커피가 그렇습니다. 커피는 사람을 흥분하게 만드는 힘이 있어 기호 식품으로 애용되고 있지만, 성분을 알지 못했던 시절에는 몸에 좋은지 나쁜지 몰라 불안해했다고 합니다. 어느 임금님은 커피의 독성을 실험했습니다. 커피를 좋아해서 과연 건강에 해가 없는지 걱정스러웠던 거겠지요. 그래서 사형수 두 명을 상대로 한 명에게는 커피를, 다른 한 명에게는 홍차를 주고 독성 여부를 실험했습니다. 죄인 A에게는 하루 세 번 커피를, 죄인 B에게는 홍차를. 자, 그 결과는 어땠을까요?"

저거 실화예요? 구온은 연설이라기보다 단순히 어디서 주워들은 잡담에 가까운 교노의 말을 들으며 나루세에게 눈짓으로 물었다. 나루세는 관심도 없다는 듯 어깨를 움츠리며 가방에 지폐를 담았다.

"실험 결과, 여러분은 놀랄지도 모르지만 죄인은 죽었습니다. 더군다나 홍차만 마신 죄인이 커피만 마신 죄인보다 일찍 죽었다는 결과가 나온 것입니다."

기분 탓인지 한곳에 모여 있는 손님들이 웅성거리며 탄성을 지른 것 같았다.

홍차는 무섭구나. 구온은 그렇게 생각하는 한편, 카페에서 커피만 파는 교노가 커피의 호감도 상승을 위해 지어낸 이야기가 아닐까 의심했다.

"그렇습니다, 임금님의 실험에 따르면 홍차를 마신 사람이 먼저 죽었습니다. 참고로 홍차를 마신 죄인은 79세, 커피를 마신 죄인은 80세에 죽었다고 하니 근소한 차이라면 근소한 차이입니다만."

나루세가 쓴웃음을 짓는 것을 마스크 너머로도 알 수 있었다. 구온도 한숨을 쉬었다. 어느 시대인지는 모르겠지만 죄인이 그 정도로 장수했으면 오히려 보약이었던 게 아닐까?

"여러분, 임금님은 이 실험 결과를 어떻게 받아들였을까요? 커피는 안전하다고 생각했을까요, 아니면 독이라고 판단했을까요, 혹은 홍차도 커피도 그 정도는 오차 범위라고 생각했을까요? 전부 틀렸습니다. 임금님은 아무 생각도 하지 않았습니다. 왜냐하면 그 결과가 나오기 전에 임금님은 암살당했기 때문입니다. 요컨대 오늘 여러분이 귀가할 때 기억해 주셨으면 하는 교훈은 이것입니다. 인체 실험처럼 끔찍한 짓을 하는 사람은 암살당한다."

예예. 구온은 종알거리며 지퍼를 잠그고 일어서서 가방을 둘러멨다. 경쾌하게 빠른 걸음으로 걸어서 카운터 너머로 가방을 던졌다. 하나, 둘, 떨어뜨린다. 나루세도 똑같이 행동했다. 그리고 카운터를 뛰어넘었다. 교노는 권총을 휘두르며 카운터에서 내려왔다.

교노는 고개를 돌려 나루세와 구온의 얼굴을 확인하고는 만족스럽게 끄덕거렸다. "자, 정확히 4분입니다. 끝까지 경청해 주셔서 고맙습니다. 아마 여러분과 다시 만날 일은 없겠지만 이것도 인연이니 인생의 소중한 추억이 되기를." 인질을 향해 깊숙이 고개를 숙인다.

구온도 똑같이 정중하게 고개를 숙이고 가방을 메고 은행을 뒤로했다. 그러려고 했다.

그때 예기치 못한 일이 벌어졌다. 플로어를 빠져나가려는 그들을 한 경비원이 용감하게 쫓아오려 한 것이다. 구온은 냉큼 뒤로 돌아 "스톱!" 하고 손을 뻗었지만 사명감이라기보다 흥분 상태였는지 경비원은 허리에 손을 뻗어 경찰봉을 뽑아 집어 던졌다. 그림처럼 회전한 경찰봉은 짐승을 사냥하듯 허공을 가로질러 구온에게 날아왔다. 재빨리 왼손으로 쳐 냈지만 손등에 정통으로 부딪혔다. 고통에 소리를 질렀지만 신음하고 있을 겨를이 없어서 구온은 몸을 돌려 가방을 메고 밖으로 뛰쳐나갔다.

인도 바로 옆, 차도에 검은 SUV 차량이 정차했다. 슬라이드 도어를 열고 나루세와 교노가 차에 올라탔다. 구온도 달려서 거의 뛰어들듯이 올라탔다.

　"128초 후에 다른 차로 갈아탈 테니 옷 갈아입어." 운전석에서 핸들을 쥔 유키코의 목소리가 날아들었다.

나루세 1

호텔맨 ① 호텔 경영자. 호텔 지배인. ② 호텔에서 일하는 사람의 총칭. ③ 변신하면 호텔 모습이 되는 아이들의 히어로.

한낮의 호텔은 아직 본격적인 체크인 시간대가 아니라 그런지 출입하는 사람이 많지 않았다. 나루세 일행이 있는 호텔 1층 라운지 카페에서는 정면 입구의 자동문으로 들어오는 손님이 잘 보였다.

"그 상처, 제법 심각한 것 같은데." 교노가 구온의 왼손에 감긴 붕대를 보았다. "열흘은 됐잖아?"

"용감한 경비원의 저주일까요?" 구온은 그렇게 말하며 붕대를 만지작거렸다. "잘 안 낫네요."

"의사가 의심하지는 않았어?" 나루세는 그렇게 물어보았다. 자칫하면 범행이 드러날 가능성도 있다.

"괜찮아요. 내가 간 나이토 외과는 할아버지가 거의 졸면서 진찰하는 병원이니까."

"나이토 외과에는 절대 가지 말아야겠군."

"게다가 딱히 내 상처와 범행을 연결 지을 이유가 없으니까요. 텔레비전에 나오지 않는 한 괜찮아요. 그 경비원이 방송국 카메라를 불러서 '제가 던진 경찰봉이 분명 범인의 왼손에 맞았습니다! 여러분 주위에 왼손을 다친 사람이 있다면 조심하십시오!' 하고 자랑스럽게 소리치지만 않으면."

"만약 그러면 어떻게 숨겨야 하는지 알아?" 교노가 기쁜 표정으로 말하며 커피를 마셨다. 역시 우리 가게 커피가 더 맛있어, 하고 혼잣말치고는 큰 소리로 중얼거렸지만 나루세는 못 들은 척했다.

"어차피 교노 씨가 하는 말이니 왼손에만 할 게 아니라 온몸에 붕대를 둘둘 감아서 속여라, 그런 아이디어겠죠? 나무는 숲에, 붕대를 숨기려면 미라에."

유키코가 표정 없이 말했다. "정답이었나 봐. 교노 씨, 찍소리도 못 하네."

"찍."

"그건 그렇고 역시 점점 더 일하기 힘드네요. 내가 다쳐서 그렇다는 게 아니라. 거리에는 여기저기에 방범 카메라가 있고, 평범한 통행인이 쉽게 사진이나 동영상을 찍고."

말마따나 은행을 습격한 뒤에 도주할 경로를 고르는 일이 해마다 어려워지고 있었다. 방범 카메라가 설치된 가게나 거리의 카메라를 조사하고, 도주 차량이 찍히지 않도록 하거나 혹은 일부러 카메라에 찍혀서 혼란스럽게 만들 경로를 검토해 간신히 벗어나고는 있지만 대부분 유키코 혼자 하다 보니 언제까지고 대응할 수 있다는 보장이 없다.

"아직은 실패한 적이 없지만 앞으로도 실패하지 않는다고 장담할 수는 없으니까." 교노가 고개를 끄덕거렸다. "성공은 '우연히 실패하지 않았다'의 다른 이름이지."

"해가 갈수록 카메라 수가 늘어. 성능은 더 좋아지고."

"나이를 먹어 내 솜씨는 계속 떨어지고." 유키코가 한탄했다.

그때 한 아이가 옆을 지나갔다. 초등학교 저학년일까? 어머니를 따라 라운지로 들어왔는데 지나가다가 "구온 형"이라고 말을 걸어왔다. 구온도 "아, 잘 지냈어? 이런 곳에서 다 만나네" 하고 손을 흔들었다.

아이 어머니가 누구냐는 듯이 고개를 갸웃거리자 소년이 "동물원에서 자주 만나. 구온 형이야"라고 설명했다. 인사하고 떠나가는 소년을 구온이 웃으며 바라보았다.

지켜보던 유키코가 장난스럽게 말했다. "감시 카메라보다 무서운 아이 눈이 사방에 있네."

"왜, 오래된 동물원이 있잖아요. 사쿠라기초에서 걸어서 갈 수 있는 곳. 거기에 있을 때 방금 그 아이하고 자주 만났거든요."

"동물원에서 자주 만나는 것도 드문 일인데."

"나야 뭐." 구온은 어깨를 움츠리며 미소를 지었다. "그냥 플라밍고나 레서판다하고 있는 게 좋아서요."

"구온, 플라밍고가 왜 한쪽 다리를 들고 자는지 알아?"

교노가 도발하듯 물었다.

"나한테 동물 퀴즈를 내다니 용감하네요." 구온이 웃었다. "추워서죠. 플라밍고는 다리가 가늘고 길어서 체온이 잘 떨어져요. 그래서 다리를 접어서 한쪽씩 몸으로 녹이는 거예요."

"틀렸어."

"맞거든요. 그럼 왜 한쪽 다리를 접고 자는 건데요?"

"두 다리를 다 접으면 넘어지니까 그렇지."

옛날부터 흔히 들었던 난센스 퀴즈다. 나루세는 몸을 틀어 라운지 안쪽에 앉은 방금 전 그 모자를 바라보았다. "신이치도 얼마 전까지 초등학생이었던 것 같은데." 무심코 그런 말이 튀어나왔다.

"지금은 벌써 대학생이니." 교노가 로비를 가리켰다.

대학생이 된 신이치가 호텔 종업원으로 아르바이트를 하고 있어, 다 함께 참관수업처럼 일하는 신이치를 보러 온 참이었다.

"내 아이지만 가끔 이 커다란 청년은 누구지 싶을 때가 있어." 유키코가 말했다.

나루세는 아들 다다시를 떠올렸다. 이틀 전에 전화로 다다시의 모친, 즉 헤어진 아내와 이야기를 나누었다. 그녀는 담담히 다다시가 학교를 졸업하고 일할 곳이 정해졌다고 말한 뒤에 "설마 이런 날이 올 줄이야" 하고 감개무량하다는 듯이 말했다. 다다시가 태어났을 때, 의사와 각종 시설을 찾아다녔을 때, 장애에 관한 책을 닥치는 대로 읽었을 때, 급기야 이혼했을 때의 기억까지 나루세의 머리를 맴돌았다. 그녀에게 뭔가 말해야 한다고 고민하다가 "고생했어"라는 말이 반사적으로 튀어나왔다. 바로 "딱히 고생이라고 생각한 적 없어"라는 가시 돋친 말이 돌아왔다. 이혼하기 전에는 모든 대화가 이런 식이었다는 기억이 떠오르려는 찰나에 "그렇지만 격려해 주는 건 기쁘네"라는 여유 있는 목소리가 돌아와 안도했다.

"아, 미안, 하나만 물어봐도 될까?" 교노가 옆 테이블을 치우는 웨이트리스에게 불쑥 물었다. "호텔 종업원 중에 신이치라는 청년을 아나?"

"신이치 씨요? 아, 아르바이트생 말씀이세요?" 이목구비가 또렷하고 자세가 바른 여성이었다. 성실해 보이는 표정이 문득 누그러졌다. "알아요. 우수해서 모두 도움을 많이 받고 있습니다."

"오오. 그거 자랑스럽군."

"교노 씨는 상관없잖아요."

"가족분들이신가요?"

여기서 "가족입니다" 하고 손을 들 수 있는 건 유키코뿐이었지만 정작 유키코는 시치미를 떼고 컵을 입으로 가져갔다.

웨이트리스는 이쪽 반응을 보고 가족이라고 판단했는지 이것저것 말해 주었다. "신이치 씨, 처음에는 아르바이트라 잡일만 했는데 영어도 할 줄 알고 성실해서 일손이 부족할 때는 접객도 해요. 이쪽 카페 일을 도울 때도 있어요. 도움을 많이 받고 있답니다."

그녀의 표정을 본 나루세는 서비스로 하는 빈말이 아니라는 것을 금방 알았다. 거짓말이 아니다.

"그러고 보니 요전에 여기 테이블에서 잠든 외국인이 좀처럼 일어나지 않아서 신이치가 필사적으로 옮겼다고 했는데." 유키코가 생각났다는 듯이 말했다.

"아, 맞아요, 그때는 난처했어요." 그렇게 말하며 얼굴을 찌푸리는 웨이트리스의 태도가 나루세에게는 어딘가 연기처럼 보였다.

"시차 때문이겠지. 시차 때문에 졸렸나 보지." 교노가 팔짱을 끼고 이유는 모르겠지만 시차의 존재에 몰입하듯 고개를 흔들었다.

웨이트리스가 업무로 돌아갔다.

구온이 그립다는 듯이 말했다. "오랜만에 신이치를 보겠네요."

"2년 만인가?" 교노가 말했다.

워킹홀리데이 비자로 호주에 간 구온이 그 후로도 여기저기 여행하느라 거의 일본에 돌아오지 않는 바람에 은행 강도 일도 뜸했다.

"대학 입시 전에 신이치가 우리 가게에 온 적이 있었다더군. 영어인지 뭔지 과거 시제 해석법을 알려 달라고. 운 나쁘게 내가 마침 없을 때 말이야."

"그거 쇼코 씨한테 물으러 간 거잖아요. 일부러 교노 씨가 없을 때를 노린 거예요. 성가시니까."

"너, 구온, 그럴 리가 없잖아."

"구온이 정답." 유키코가 짤막하게 대답했다.

"그래서 어쩔 거야? 다 같이 일하는 신이치를 구경하러 온 건 좋지만 너무 오래 있으면 나중에 혼날 것 같은데." 나루세는 그렇게 말했다.

시선을 돌리니 호텔 프런트 근처에서 손님을 응대하는 신이치의 모습이 보였다.

"지금 우리가 와 있다는 거, 신이치한테 벌써 들켰어?" 유키코가 물었다.

"우리가 로비에 들어왔을 때 신이치가 다 봤어. 노골적으로 싫은 표정을 짓던데." 신이치는 그들을 보고 깜짝 놀랐지만 접객 중이라 다가오지는 않았다. 쑥스러움과 번거로운 심정이 뒤섞인 쓴웃음을 짓고 있었다.

"만약 내가 아르바이트를 하는데 부모가 일부러 보러 오면 상당히 화날 거야." 유키코가 남 일처럼 말했다.

"그렇게 생각하면 신이치는 참 어른이에요."

"우리한테는 무슨 말을 해도 소용없다고 포기한 거겠지."

"교노 씨한테 뭔가 한마디 했다가는 시시하기 짝이 없는 이야기로 30분은 일을 방해받을 테니까요."

"신이치는 똑똑해." 나루세는 그렇게 말하고 주위를 둘러보았다.

그때 마침 계산대에서 돈을 내던 중년 남자가 동전을 떨어뜨렸다.

연녹색 재킷을 걸친 남자는 노골적으로 귀찮다는 듯이 한숨을 쉬었다. 근처를 지나가던 점원이 몸을 숙여 동전을 주웠지만 돕는 시늉도 하지 않고 당연하다는 듯 동전을 받더니 인사도 없이 걸어갔다.

"뭘 보는 거야, 나루세? 재미있는 거라도 걸어 다녀?"

"아니, 오만한 손님의 행복을 빌어 줬을 뿐이야." 지금 계산대 앞에서 벌어진 일을 말했다. "그렇지만 그 장면만 보고 오만한 사람이라고 단정하는 건 불공평할지도 모르겠군."

"전에 텔레비전에서 봤는데요." 구온이 말했다. "예를 들어 눈앞에서 할머니가 넘어졌다고 쳐요. 그때 급한 용무 때문에 어쩔 수 없이 지나쳐야 한다면 대부분의 사람들은 이렇게 생각한대요. '나는 그렇게 나쁜 사람이 아니야. 지금은 어쩌다 서둘러야 해서 어쩔 수 없었어.'"

"뭐, 거짓말은 아니겠지." 교노가 끄덕거렸다.

"하지만 넘어진 할머니를 무시하고 먼저 가 버리는 게 남일 경우에는 '저 사람은 차가운 사람이다'라고 단정하는 거예요. 요컨대 타인을 판단할 때는 단편적인 행동만 보고 성격이나 인간성을 단정한다는 거죠. 속사정까지는 고려하지 않고."

"확실히 그러네. 상대의 사정을 좀 더 생각해 줘야 해." 유키코가 끄덕거렸다.

"아까 그 남자도 그저 허리가 아파서 떨어진 동전을 줍지 못했던 걸지도 모르지."

나루세가 그런 말을 하기가 무섭게 아까 그 남자가 로비에서 스마트폰을 귀에 대고 무릎을 굽혔다 폈다 하며 유연체조 흉내를 내는 모습이 보였다. 그것으로 끝나지 않고 상체를 휘휘 돌리기 시작했다.

"허리는 튼튼해 보이네요." 마찬가지로 그 모습을 본 구온이 중얼거렸다.

"동전을 주워 줬는데 고맙다는 인사를 하지 않은 건 목이 아파서 그랬을 가능성도 있어."

남자는 스마트폰에 대고 입을 쩍 벌리고 떠들고 있었다.

"목소리도 잘 나오는 모양이군." 교노도 쓴웃음을 흘리며 말했다.

"뭐, 그렇다고 해서 나쁜 사람은 아니겠지." 나루세가 그렇게 말하는데 구온이 자리에서 일어섰다. "잠깐 화장실 좀 다녀올게요."

재킷을 입은 중년 남자는 스마트폰으로 누군가와 이야 기하다가 통화를 마치더니 걸음을 뗐다. 하지만 스마트폰 에 한눈을 파느라 다른 손님에게 뭔가 설명하고 있던 호텔 종업원, 신이치에게 부딪쳤다. 신이치는 황급히 몸을 돌려 사과했지만 남자는 화를 냈다. 부딪친 어깨를 문지르며 비 아냥인지 잔소리인지 알 수 없지만 불쾌한 표정으로 몇 마 디 했다.

"자기가 한눈팔면서 걸었으면서." 유키코도 그 상황을 보고 있었는지 쓴웃음을 지으며 중얼거렸다.

"무슨 일 있었어?" 교노가 뒤를 보았다.

"방금 전 그 '동전 못 줍는 신사'가 걸어가면서 스마트폰 을 보느라 신이치한테 부딪쳐 놓고 엉뚱하게 화풀이하는 것 같아."

"유키코, 안 끼어들어도 돼? '우리 아들한테 시비 걸지 말아요!' 하고."

"이런 부조리한 일도 다 사회 공부야."

"냉정한 엄마네." 교노가 웃자 유키코는 바로 무표정하 게 중얼거렸다. "화는 나지만."

나루세의 눈앞, 로비에서는 신이치가 남자에게 고개 숙 여 사과하고 있었는데 어느새 화장실에서 돌아온 구온이 그 남자 옆을 지나서 금방 나루세의 맞은편 자리에 앉았다.

"저 사람, 신이치한테 화내던데요."

"부딪쳤어."

"아이쿠."

"정확히 말하면 스마트폰을 보면서 걷고 있던 상대가 멋대로 신이치에게 부딪친 거지만."

"그것참, 뭐라 해야 하나." 구온이 미소를 지었다.

"어쩌면 사정이 있을지도 모르지." 유키코가 말했다. "오늘은 가족이 큰 수술을 받는 날이라 신경이 예민한 걸지도 모르고. 뭔가 속사정이."

"확률이 제로는 아니겠죠. 하지만 아무래도 인상이 나빠요, 저 아저씨."

"그렇다고 반사적으로 지갑을 훔쳐도 되는 걸까?"

나루세의 말에 구온은 흠칫 놀라더니 쑥스러워했다. "눈치챘어요?"

"뭐야, 너, 남의 지갑을 그렇게 막 훔치면 못써."

"하지만 우리 신이치한테 잔소리하는 게 화나서."

"뭐, 저 남자도 가족이 큰 수술을 받고 있으니."

"나루세 씨, 그거 아직 모르는 일이라고요. 그리고 지갑이 아니에요. 카드 지갑이에요."

"구온, 너 그렇게 남의 물건을 훔쳐 대다가는 언젠가 체포당한다. 붙잡혀서 바닥에 납작 짓눌려서 말이야, 때마침 지나가는 나한테 '살려주세요, 교노 님' 하고 애원해 봤자 아무 소용 없어."

"예예." 구온은 한 귀로 흘려들으며 작은 케이스를 꺼내 살펴보았다. "이게 저 사람 명함인가?" 그렇게 말하며 명함을 한 장 꺼냈다.

히지리 마사쓰구라는 이름과 함께 주간지 이름이 적혀 있었다.

"주간지 기자인가?" 나루세의 말을 들은 교노가 시끄럽게 굴었다. "아, 나루세, 자네 지금 주간지 기자는 남의 사생활을 마구 들추는 무신경한 놈들이라고 생각했지? 그런 편견은 잘못됐어. 잘 들어, 예를 들어."

"이 단추를 누르면 교노 씨 수다가 멈추지 않을까요?" 구온이 테이블 위에 달린 주문용 호출 벨을 가리켰다.

교노가 입을 다물었다.

"좋은 주간지 기자도 있고 나쁜 주간지 기자도 있는 법이지." 나루세는 교노의 뒷말을 막으려고 그렇게 말했다. "정확히 말하면 어느 주간지 기자나 좋은 점과 나쁜 점이 있다고 해야 할까. 사람은 다 그래."

"구온, 모처럼 가져왔는데 미안하지만 그건 돌려주면 안 될까?" 유키코가 손가락으로 엘리베이터가 있는 쪽을 가리켰다.

"어, 돌려줘요?"

"히지리 기자님께서 호텔에서 소지품을 도둑맞았다고 클레임을 넣으면 우리 신이치한테 책임을 물을지도 몰라."

"그럴 수 있겠군." 나루세도 동의했다. "아까 부딪쳤을 때 신이치가 훔쳤다고 주장할 가능성도 있고, 그게 아니더라도 이 호텔은 방범이 허술하다고 싫은 소리를 할지 몰라."

구온은 머리를 긁적이며 바로 일어섰다. "듣고 보니 그럴 수 있겠네요."

"봐, 그래서 내가 말했잖아." 교노가 자랑스럽게 가슴을 폈다.

"음, 교노 씨가 무슨 말을 했죠?"

"뭔가 말했겠지, 뭔가는. 나잖아."

구온 2

은인 ① 도와준 사람. 은혜를 베풀어 준 사람. 생명의 ○○.
② 주로 도움을 받은 사람이 도와준 사람을 가리키는 말.
스스로 은인이라 칭하는 사람은 경계해야 한다.

엘리베이터는 두 대였다. 히지리 기자의 모습은 이미 사라지고 없어 쫓아가기를 포기하려는데 한 대가 로비 층, 다시 말해 그 자리에 서 있었고 다른 한 대가 16층에 서 있었다. 그렇다면 16층이리라. 구온은 그렇게 예상하고 엘리베이터를 탔다. 물론 다른 숙박객이 16층에서 내렸을 가능성도 있지만 일단 확인해 보기로 했다.

16층에 도착했지만 당연히 사람은 없었다. 이제 어쩐다, 고민하다가 모처럼 올라왔으니 조금 살펴보기로 했다. 엘리베이터 홀 좌우로 복도가 뻗어 있었다. 천장에는 각 층에 도착한 손님을 맞이하듯이 방범 카메라가 설치되어 있었다.

"히지리 씨, 어디 계시려나." 구온은 중얼거리며 개가 냄새로 물건을 찾듯이 코를 내밀고 일단 왼쪽으로 걸어갔다.

쿵쿵, 문에 코를 대고, 귀를 기울였다. 물론 그런다고 실내를 탐지할 수 있는 건 아니지만 구온은 객실 문 앞을 천천히 지나갔다.

복도 가장 안쪽, 1601호 문 앞을 지날 때였다. 소리가 들렸다. 희미하지만 누가 벽에 부딪치는 듯한 소리였다.

"오." 구온은 동물 귀처럼 두 손을 머리에 대고 문으로 고개를 돌렸다. 슬금슬금 다가가 주위를 살피고 나서 귀를 댔다. 아무 소리도 들리지 않는다.

"히지리 씨?" 속삭여 보았지만 당연히 대답은 없다. 벨을 눌러 보기로 했다. 방에서 나온 상대가 히지리 기자가 아니라면 방을 착각했다거나 복도에 카드 지갑이 떨어져 있었다고 변명하면 될 것 같았다.

하지만 예상과 달리 아무도 나오지 않았다. 오히려 실내는 한층 고요해졌다.

소리가 났는데. 아무도 없을 리 없다.

어쩌면 문 바로 뒤에 서서 어안렌즈로 이쪽을 살피고 있을지도 모른다는 것을 깨닫고 구온은 황급히 구멍을 손가락으로 가렸다.

그리고 "실례합니다. 잠깐 여쭤 보고 싶은 게 있는데요" 하고 불렀다. 너무 큰 소리를 내면 주위에 울릴 것 같았다.

"안에 있는 줄 아니까 나올 때까지 기다릴 겁니다."

그러자 레버형 손잡이가 쓱 내려갔다. 역시 문 바로 뒤에 있었던 것이다. 문이 안으로 열렸다.

히지리 기자가 있을 줄 알았는데 예상이 빗나갔다. 그곳에 있는 건 낯선 남자였다. 사실 복면을 쓰고 있어 얼굴도 보이지 않았지만 어쨌거나 예상하지 못한 남자가 있어서 구온은 순간 동요했다.

"어라, 은행 강도?" 무심코 그런 말이 튀어나왔다.

상대가 구온의 팔을 붙잡아 힘껏 당기는 바람에 균형을 잃고 바닥에 굴렀다. 복면을 뒤집어쓴 남자가 밖으로 나가는 기척이 느껴졌지만 구온은 바로 일어날 수 없었다. 옷장 문을 붙잡고 간신히 몸을 일으켰다. 얼마 전 은행 경비원이 던진 경찰봉에 맞은 손이 욱신거렸다. 밖으로 나갔지만 아무 소리도 들리지 않았다. 벽과 바닥이 입을 다문 것처럼 고요했다. 발소리도 들리지 않는다. 어디로 갔을까? 방금 타고 온 엘리베이터 쪽을 살펴보고 반대 방향으로 시선을 돌렸다. 비상구라고 적힌 문이 있었다. 저기로 달아났을까?

1601호로 돌아가자 히지리 기자가 머리를 절레절레 흔들며 문 근처로 나왔다.

"괜찮아요? 맞았어요?"

"아니." 히지리는 고개를 저으며 불만스럽게 중얼거렸다. "대체 뭐가 어떻게 된 거지? 눈을 떠 보니 마스크를 쓴 남자가 서 있었는데."

"눈을 떠 보니? 자고 있었어요?"

"나도 피곤했는지, 정신을 차리고 보니 침대 위에 나자빠져 있었어. 벨 소리에 깼어."

"내가 눌렀어요."

"아아, 그렇다면 자네가 오지 않았으면 위험했을지도 모르겠네."

"위험해요?"

"뭔가 도둑맞았을 가능성이 있어. 지금 그 녀석, 호텔 털이범이겠지. 어, 그보다 자네는?"

"아, 난 지나가던."

"지나가던?"

"생명의 은인." 그렇게 말하며 카드 지갑을 내밀었다. "실은 이게 방 앞에 떨어져 있었어요. 그런데 방 안에서 소리가 나기에 걱정이 되어서." 어째서 이런 복도 끝을 지나고 있었는지 물으면 대답이 궁했지만 다행히 그런 질문은 하지 않았다.

옆방 1602호실 문이 열렸다. 구온은 반사적으로 방어 자세를 취하며 경우에 따라서는 달려들 준비를 했다. 방에서 나온 손님은 살집이 있고 얼굴이 동그란 남자였다. 부루퉁한 얼굴로 이쪽을 쳐다보며 수상하다는 듯이 눈썹을 찌푸렸다. 시끄러워서 밖을 살펴보러 나왔으리라. 대체 무슨 소동이냐는 듯 불쾌한 기색이었다.

"복도에서 얘기하기도 그러니 방 안에 들어가도 돼요?" 구온은 그렇게 물었다.

"그래, 그러네." 히지리는 수긍하다가 깜짝 놀란 듯 구온의 얼굴을 쳐다보았다. 이 청년도 위험한 패거리의 일원이 아닌가 경계하는 것이리라. 하지만 천진한 작은 동물처럼 쾌활한 인상의 구온에게서 위험한 기운은 느끼지 못했는지 "뭐, 괜찮은가" 하고 등을 돌렸다.

방 안은 의자가 굴러다니고 유리잔이 떨어져 있긴 했지만 물건이 부서질 정도로 엉망인 건 아니었다. 텔레비전이 켜져 있었다. "나도 모르게 잠들었나 봐. 어차피 잠 오는 지루한 프로그램이 나왔겠지." 히지리는 그렇게 투덜거렸지만 텔레비전을 끌 기미는 없었다.

"아까 그 복면 남자, 뭐가 목적이었을까요?"

"호텔 털이범이라니까."

"하지만 어떻게 들어왔을까요? 자동 잠금 아니에요?"

"나한테 묻지 마. 어디서 예비 키를 주웠을지도 모르지. 젠장, 갑자기 일어나서 그런지 머리가 아프군." 히지리는 관자놀이를 누르고 고개를 돌렸다.

텔레비전에서 뉴스가 흘러나왔다.

"생각할수록 자네 덕분에 살았어." 히지리는 자기 짐을 확인하고 노트북을 만지작거리더니 새삼 구온이 은인으로 보였는지 몇 번이나 고맙다고 했다.

"분실물을 가져다주러 오길 잘했네요. 카드 지갑 받았죠?" 인사를 받으니 쑥스러웠다. "그럼 난 이만."

"아, 잠깐 기다려."

"나도 그리 한가한 건 아니라서 그만 가 봐야 하는데." 경찰을 불러서 휘말리기라도 하면 귀찮아진다.

"아, 이 일은 비밀로 해 줄 수 없을까?"

"어? 비밀? 경찰에 알리지 않을 거예요?"

"눈에 띄는 건 곤란해." 히지리는 애써 변명하듯 말했다.

"눈에 띄면 안 돼요?"

히지리는 잠시 고민했다. 말을 해야 할지 말아야 할지, 어느 쪽이 자기에게 득이 될지 계산하는 눈치였다. "난 사실 기자야."

"귀사의 기자가 기차로 귀사."

"그게 뭐야?"

"유명한 잰말놀이잖아요. 그래서 히지리 씨가 기자인데 왜요?"

"사소한 취재 때문에 이 호텔에 묵고 있어. 극비야."

사소한 극비라니 모순 아닌가.

"사건 취재예요?"

"아니, 그렇게 대단한 건 아니야."

"대단하지 않은데 극비라니. 혹시 유명인 열애설?"

"굳이 따진다면 그런 쪽이지."

"특종을 노리는 거군요."

"경찰을 불러서 눈에 띄면 모처럼 잡은 기회가 날아가."

"하지만 아까 그 범인은 자칫하면 히지리 씨한테 위해를 가했을지도 몰라요. 그런 것보다 취재가 더 중요하다니."

구온은 무심코 큰 소리를 내고 말았다. 일의 우선순위를 냉정하게 판단하지 못하는 게 아닌가, 기가 막혔다. 하지만 개인적인 감정 문제로 수많은 사원의 생활에 영향을 주는 결단을 하는 경영자도 있듯이 어쩌면 환경 파괴가 나쁘다는 걸 알면서도 평소의 생활 방식을 바꾸지 못하는 사람들처럼 이런 우선순위의 오판은 흔한 일일지도 모른다는 것을 깨달았다.

"그놈은 아마 단순한 호텔 털이범일 거야. 아니면 나를 위협하러 왔거나, 원고를 훔치러 왔거나."

"위협하러? 의심 가는 구석이 있어요?"

"뭐, 여기저기서 여러 가지 기사를 쓰니까."

"하지만 지금 이 일도 기삿거리는 되잖아요. '본지 기자가 호텔에서 자는데 침입자가!' 이런 거요. 그러면 경찰에 신고하는 게 나을 텐데."

히지리 기자는 팔짱을 끼고 고민하는 표정을 지었다. "아니, 그걸로는 재미없어. 자칫하면 내 자작극으로 의심할 가능성도 있고."

구온은 반쯤 기가 막혀 감흥 없이 말했다. "히지리 씨는 기자의 본보기네요." 상식적으로 생각하면 경찰에 신고해야겠지만 구온도 조사를 받기는 싫었으니 히지리가 이 일을 숨기고 싶다면 나쁠 건 없었다. 카드 지갑을 어디에서 주웠는지 경찰이 캐묻기라도 하면 성가시다.

"물론 이대로 묵기는 나도 무서워. 열쇠도 믿을 수 없고. 이 호텔에서 묵는 건 그만둘 거야."

"그게 낫겠어요."

"아깝긴 해. 모처럼 같은 층 방을 빌렸는데."

"누구와?" 허를 찌르듯 물었지만 히지리는 그런 덫에 걸리지는 않았다. "그건 말 못 하지." 자기가 이겼다는 듯이 콧구멍을 벌름거렸다. "뭐, 위치를 알아낸 것만으로도 남들보다는 앞섰는데."

"누구요?" 한 글자만 바꿔서 또 물어보았다.

"그건 말 못 해."

"그럼 난 이만."

"자네 덕분에 정말 살았어. 고마워. 정리되면 제대로 인사할게. 이름이나 명함 없어?" 히지리 기자는 그렇게 말하며 극히 평범한 중년 남자처럼 온화한 표정을 지었다.

"괜찮아요, 괜찮아. 신경 쓰지 말아요."

텔레비전에서 흘러나오는 뉴스 속에서 변조된 음성이 한층 크게 울려 퍼졌다. "제가 경찰봉을 필사적으로 던졌단 말입니다. 저도 뭐, 프로니까요, 날뛰는 은행 강도를 보고 가만히 있을 수가 없어서."

화면을 보니 모자이크로 처리된 남자가 떠들고 있었다. 경비원이 지난달 강도에게 습격당한 은행에서 있었던 일을 이야기하며 무용담처럼 '경찰봉을 집어 던졌다'고 말하는 것 같았다.

"제가 던진 경찰봉 말인데, 강도의 왼손에 맞았습니다. 그건 확실하게 데미지를 줬어요. 지금도 그 강도는 손에 붕대를 감고 있을지 모르니 확실한 표식이 될 겁니다." 흥분해서 떠드는 경비원의 그 주장을 방송국에서는 귀담아듣지 않는 듯했지만 구온은 거의 무의식적으로 왼손과 거기에 감겨 있는 붕대를 보았다.

그리고 흠칫 놀라 히지리 기자를 쳐다보자 그도 구온의 왼손을 바라보다가 흠칫 놀란 구온의 동작에 흠칫 놀랐다. 아차 싶었다. 그 아차 하는 생각이 얼굴에 드러났는지 히지리 기자의 표정이 순간 얼어붙었다.

구온은 어색한 분위기 속에서 문으로 다가갔다. "히지리 씨, 그럼 이만."

"내 이름은 어떻게 알았지?"

"그야." 구온은 카드 지갑을 가리켰다. "안에 명함이 있었으니까요."

"아아, 그렇군." 히지리 기자가 요란하게 하품을 했다. 피곤한지 바로 다시 잠들 것 같은 표정이었다.

방금 위험한 일을 당했는데 참 무던하다고 감탄하며 "안에서 문단속 단단히 하세요"라고 충고하고 밖으로 나왔다.

복도 반대쪽에서 호텔 종업원이 손수레를 밀며 다가오

고 있었다. 룸서비스를 나르는지 마침 구온의 눈앞, 히지리의 옆방 1602호에서 멈췄다.

종업원이 수상한 눈초리로 쳐다보기에 구온은 서둘러 지나가려다가 문득 생각나서 물어보았다. "아, 지금 엘리베이터 쪽에서 왔어요?"

"아, 예."

"수상한 사람 못 봤죠?" "수상한?"

"복면을 쓴 남자라든가." 스스로도 이 질문 자체가 수상하다는 생각은 했다.

아니나 다를까 유니폼을 입은 여성 종업원이 얼어붙은 표정으로 "아뇨"라고 짤막하게 대답했다. "수상한 남자라니, 당신 말고?"라고 말하고 싶었던 게 틀림없다.

구온은 엘리베이터를 타고 1층으로 내려갔다.

1층에 도착한 엘리베이터에서 내려 로비로 나가자 바닥에 납작 엎드린 채 호텔 종업원에게 붙잡혀 있는 교노가 눈앞에 보여서 깜짝 놀랐다.

대체 무슨 일이 벌어진 건지, 눈을 껌뻑거리는데 교노도 구온을 알아보았는지 고개를 들고 외쳤다. "살려주세요, 구온 님."

"봐요, 교노 씨, 두 다리를 다 접으니 쓰러지잖아요."

교노 1

주홍 ① 붉은색. 또는 약간 노란빛을 띤 붉은색. ② 붉은색 안료. ③ ②를 이용해 만든 먹. 주묵. "○○색과 섞이면 붉어진다." 사람은 어울리는 친구, 혹은 환경에 따라 좋게도 나쁘게도 바뀐다. "○○칠을 하다." 얼굴이 새빨갛게 물드는 모습.

구온이 카드 지갑을 돌려주려고 엘리베이터로 가고 나서 교노는 커피를 마시며 이렇게 말하지 않을 수 없었다. "달인이 되면 인생은 시시해지는 법이군."

"무슨 뜻이야?" 나루세가 물었다.

"아니, 나처럼 프로가 되면 다른 곳에서 마시는 커피 맛이 아무래도 성에 안 차서. 내가 끓인 커피와 비교하게 되는 불행이랄까."

"교노, 상처 입을지도 모르지만 자네가 끓이는 커피는 맛이 없어." 나루세가 그렇게 말하자 옆에 있던 유키코가 콜록거렸다. "어떻게 그런 직설적인 표현을." 그렇게 감탄한 뒤에 교노를 쳐다보았다. "교노 씨는 상처 입지 않을 테지만."

어째서 내가 상처를 입어야 한단 말인가? 교노는 그렇게 생각하는 한편 나루세가 무슨 말을 했는지 잊어버렸다.

"프로에게는 프로만 알 수 있는 위대함이 있어. 악기만 해도 아마추어는 거의 차이를 모르지만 일류가 들으면 바로 알 만한 확연한 차이가 있어. 내 커피도 자네들 같은 일반 대중들은 맛없다고 느낄지 모르지만 이 업계의 달인이 맛을 보면."

"자네 가게에 그 업계의 달인이 온 걸 본 적이 없는데."

"일반 대중도 맛있다고 생각하는 커피를 팔아야지." 유키코는 이미 라운지 카페 밖으로 시선을 돌려 로비를 바라보고 있었다. 가방을 든 여행객이 몇 명 모여 있다.

"열심히 활약하네." 교노는 손님들의 질문에 척척 대답하는 신이치를 발견하고 그렇게 말했다.

"우리 같은 엉터리 어른들 틈에서 멀쩡한 청년으로 자랐어." 나루세가 말했다.

"내 덕분일지도 몰라. 정말 무서운 영향력이야."

"주홍색에 섞여도 붉게 물들지 않은 거네." 유키코가 한마디 했다.

"반대겠지. 나처럼 훌륭한 어른이 된다는 의미로는 주홍색에 섞여서 붉게 물든 거야."

"난 교노 씨가 어디까지 진심으로 그런 말을 하는 건지 불안해질 때가 있어."

"나도 그래." 나루세가 동의했다.

"나도야."

유키코는 크게 한숨을 쉬며 말했다. "구온이 돌아오면

갈까? 너무 오래 있으면 신이치가 화를 낼 거야."

그때, 호텔 16층에서는 구온이 1601호에 침입한 괴한에게 끌려가 나동그라지고 있었지만 물론 교노를 비롯한 다른 사람들은 알 리가 없었다.

"저기서 지금 신이치한테 말을 거는 사람은 누구지?" 나루세가 조용히 물었다.

시선을 돌리자 선글라스에 마스크를 낀 여성이 신이치에게 말을 걸고 있었다.

"뭐, 약간 변장을 좋아하는 평범한 숙박객이겠지." 교노는 굳이 신경 쓸 필요도 없다고 생각했다.

"나루세 씨, 어디가 마음에 걸려?"

"뭔가 숨기고 있어."

"뭘? 흉기라도 숨기고 있어?"

"저건 본심과는 다른 이야기를 하는 표정이야."

"거짓말이지?"

"뭐가?"

"표정이고 자시고, 저 여자는 선글라스를 끼고 있다고." 교노는 나루세를 뚫어져라 바라보았다. "표정이라니, 하나도 안 보이잖아." 어디까지 진심인 걸까?

신이치는 정중히 응대하면서 주위를 둘러보고 있었다. 뭔가를 찾는 듯한 기색으로 보건대 저 여성의 짐을 찾는 일을 도와주려 한다고 추측해 볼 수 있었다. 그때 또 한 사람,

다른 인물이 나타났다. 갑자기 튀어나온 게 아니라 원래 그 로비에 있었을 텐데, 어쨌거나 웬 남자가 신이치에게 다가 갔다.

안경을 쓴 양복 차림의 회사원으로, 신대륙이라도 발견한 것처럼 흥분한 기색이었다. 신이치와 여성이 있는 곳으로 냉큼 다가가더니 그 여성을 손가락질하며 흥분해서 떠들어 댔다.

"빠르기가 태엽 인형 같군." 나루세가 말했다.

신이치가 여성과 회사원을 번갈아 보며 당혹스러워했다. 누가 봐도 여성은 엉거주춤하니 난처해하고 있었다.

"내가 잠깐 가 볼게." 교노가 일어섰다.

"교노, 자네가 가서 어떻게 될 일이 아니잖아. 아니, 자네가 가면 어떻게든 되려나."

"어이, 사람들 사이에 생기는 트러블은 요컨대 커뮤니케이션 문제라서 대부분 대화로 풀 수 있어. 이누카이 쓰요시가 말한 것처럼.♥"

"이누카이 쓰요시도 대화로 풀었어?" 유키코가 물었다.

"'대화로 풀자'는 대화를 상대가 들어 주지 않았을걸." 교노는 말보다 먼저 자리에서 일어섰다. "금방 돌아올게."

♥ 1932년 5월 15일 일본 해군 극우파 청년 장교들이 일으킨 쿠데타에서 당시 이누카이 쓰요시 총리는 대화로 문제 해결을 시도했으나 결국 살해당했다.

"교노, 잘 들어. 대화로 푸는 게 아니라 상대의 이야기를 듣는 게 중요해. 일방적으로 말해서는 안 돼." 나루세가 그렇게 말했지만 당연히 교노는 한 귀로 흘려들었다.

로비를 가로질러 등 뒤에서 신이치에게 접근했다.

회사원은 "팬입니다. 팬이에요"라는 말을 되풀이하고 있었다.

팬이라니, 선풍기나 환풍기 날개 말인가? 잠시 그런 생각을 했지만 마스크를 쓴 여성에게 마치 구혼이라도 하듯 열을 올리는 남자를 보고 깨달았다. "아, 그쪽 팬."

"다카라지마 사야 맞죠? 이런 곳에 있었다니. 인터넷 뉴스에서는 실종이니 임신이니 별 소문이 많았지만 역시 그랬어. 나도 임신은 아닐 거라고 믿었어요." 남자는 손을 내밀어 멀리서 여자의 배를 쓰다듬는 시늉을 했다. 불쾌할 정도는 아니었지만 신변의 위험을 느꼈는지 여자가 한 걸음 물러섰다. 반사적으로 끼어든 신이치에게 남자의 손이 부딪혔다.

"아야야. 뭐야, 넌. 호텔맨은 일이나 해, 일이나."

"죄송합니다. 저, 손님은 체크인 수속을 기다리고 계신 건지요?" 신이치가 필사적으로 대답했다.

"무슨 상관이야?" 회사원의 그 말에 교노는 웃음을 터뜨릴 뻔했다. 당연히 상관있지.

"잠깐만요. 대체 무슨 일입니까?" 교노는 손바닥을 펼치고 끼어들며 말을 걸었다.

회사원이 안경을 매만지며 적인지 아군인지 헤아리는 표정으로 노려보았다. 신이치는 교노를 돌아보고 쓴웃음을 지었다. 방해하지 말라는 속마음이 훤히 보였지만 교노는 아랑곳하지 않았다.

"아니, 실은 저도 팬이었거든요. 이런 곳에서 만날 수 있다니 감격스러워서." 말을 맞추기로 했다.

"아, 당신도 다카라지마 사야의 팬입니까? 내가 더 골수팬이겠지만."

"저는 옛날부터 스티븐슨의 소설을 좋아했어요. 병약하지만, 아니, 병약하기에 더 그랬을까요? 다양한 모험담과 신비한 이야기를 지어낸 걸 보면."

"무슨 말이야?" 회사원이 의아한 표정으로 고개를 내밀었다.

"다카라지마宝島 라면서요, 스티븐슨이 쓴 『보물섬』을 말하는 것 아닙니까?"

"누구 놀려? 다카라지마 사야잖아. 봐, 변장하고 있지만 확실해."

교노는 그 말을 듣고 말을 맞추었다. "아, 예예. 다카라지마 씨. 맞아요, 저, 그걸로 유명한."

"아이돌 여배우." 회사원이 성질을 내면서 말했다.

"맞습니다! 아이돌 여배우!" 아이돌인데 여배우라고 해야 하나, 아이돌이면서 여배우라고 해야 하나. 교노는 모르는 유명인이었지만 새삼 그런 시선으로 보니 마스크를 쓴 여성은 신기하게도 일반인과는 신체 비율이 달라 보였다.

"뉴스에서 잠적했다고 그랬는데."

"그래요, 그거. 아이돌에 여배우에 잠적."

여성은 이러지도 저러지도 못하고 있었다. 신이치도 마찬가지였다. 이 회사원을 여기서 내보낼 수 있는 주문만 있다면 얼마든지 돈을 내겠다는 표정이었다.

"실은 말입니다." 교노는 손가락을 세우고 회사원을 마주 보았다. "이거 방송에 찍히고 있어요."

"어?"

"변장한 이 여성을 얼마나 많은 사람이 알아보는지 촬영하고 있는 겁니다. 뭐, 그 준비 때문에 잠적했다고도 할 수 있죠. 어쨌거나 당신이 처음으로 꿰뚫어 보았군요."

회사원은 눈을 휘둥그레 뜨고 주위를 두리번거리기 시작했다. "어, 정말?"

"정말이고말고요. 아이고, 대단하십니다. 당신이 진정한 다카라지마 사야의 팬이라는 사실이 이걸로 증명되었습니다."

과연 이런 거짓말에 속아 넘어갈지, 무엇보다 이런 거짓말을 해 놓고 어떻게 수습하면 좋을지, 교노는 뾰족한 대책이 없었지만 생각나는 대로 주절거리다 보면 어떻게든 된다는 것을 경험으로 알고 있었다.

남자는 한동안 말이 없다가 곧 "순 거짓말"이라고 말하기가 무섭게 날카롭게 손을 뻗어 여자의 선글라스를 낚아챘다.

여자가 작은 비명을 지르자 신이치가 반사적으로 회사원의 팔을 붙잡으려 했지만 그는 신이치의 팔을 뿌리치고 빠른 걸음으로 출구로 달려갔다.

프런트에서 겨우 이쪽 트러블을 알아챘는지 종업원 두 사람이 도끼눈을 뜨고 다가왔다.

교노는 회사원을 쫓아갔다. "남의 선글라스를 갖고 가면 도둑이야!"

남자가 들은 체도 하지 않고 호텔에서 나가려 해서 교노는 앞질러 갔다. 남자가 방향을 틀어 이번에는 엘리베이터로 달려갔다. 교노도 그 뒤를 쫓았다. "잠깐 내 말 좀 들어. 그 선글라스를 가져가는 건 포기해. 그걸 훔치고 살아서 돌아간 사람은 지금까지 세 명밖에 없어. 그 세 명이 어디 있는지 알아?" 입에서 나오는 대로 떠들었지만 상대의 귀에 들어갔는지는 알 길이 없다. "어이, 알아? 세 사람 다." 숨을 헐떡이며 뒷말을, 마지막 답변처럼 필사적으로 고민했지만 떠오르는 것은 '무덤 속에 있다'는 아무 재미도 없는 말이었다. "무덤 속에 있어."

이쯤 되자 프런트 주변에서도 이 소동을 깨달았고, 손님들도 무슨 일인가 싶어 멀찍이서 기웃거렸다.

그러자 회사원이 난데없이 큰 소리를 질렀다. "살려 줘! 수상한 남자가 쫓아와!"

진짜 수상한 게 누군데! 교노는 속으로 외쳤지만 바로 몸이 덜컥 멈췄다. 두 남자가 팔과 허리를 붙잡은 것이다. 눈 깜짝할 사이에 바닥에 눌려 납작 엎드린 꼴이 됐다.

"잠깐 기다려. 내가 뭘 했다고 그러는 거야? 대화로 풀자, 대화로 풀어." 그렇게 되풀이했지만 말이 전혀 통하지 않았다.

몇 미터 떨어진 앞쪽에서 엘리베이터가 도착하는 소리가 났다. 흠칫 놀라 엎드린 채로 고개를 들자 구온이 서 있었다. 잔뜩 당황한 표정으로 교노를 굽어보고 있었다. "살려 주세요, 구온 님."

"봐요, 교노 씨, 두 다리를 다 접으니 쓰러지잖아요."

오해는 금방 풀렸다. 교노를 붙잡았던 손님들은 물론 나쁜 뜻이 있었던 게 아니라 '수상한 남자'로 지목된 교노를 일단 어떻게든 해야겠다는 선의로 움직였을 뿐이라 사정을 이해하고는 몇 번이나 사과했다.

"결국 뭐였어, 그건?" 로비에서 신이치 주위에 모두 모였을 때 나루세가 물었다.

"저도 잘 모르겠어요." 신이치는 머리를 긁적거렸다. "아까 그 사람이 짐을 찾아 달라고 부탁해서."

"그게 다카라지마 아무개라는 아이돌 겸 여배우였나
봐." 교노가 말했다. "그 팬이 우연히 여기에 있어서 끈질기
게 들러붙은 거지. 그리고 내가 예술적으로 중재하자 포기
했는지 그 여자의 선글라스를 낚아채서 달아났어. 그놈은
숙박객이었나?"

"글쎄요." 신이치가 고개를 갸웃거렸다.

"정말 다카라지마 어쩌고 하는 사람이었어?" 구온이 물
었다.

"전 잘 모르지만." 그렇게 말하는 신이치는 정말 모르는
것 같기도 하고, 혹은 손님들의 비밀 유지를 위해 시치미를
떼는 것 같기도 했다. 어쨌거나 호텔 종업원이 그 여성을
숨기듯 어디론가 데려간 건 사실인 듯했다.

"그 아이돌의 잠적 소식이 뉴스에 나왔고, 그래서 팬이
그 사람을 발견하고 흥분한 거로군."

"왜 잠적했을까요? 일이 싫었나? 더군다나 호텔에서 쉬
다니."

"아마 호텔에 갇혀서 만화라도 그리고 있는 걸 거야." 교
노는 머릿속에 떠오르는 대로 지껄였다.

그러는 사이 신이치가 다른 종업원을 따라 프런트 안쪽
으로 사라졌다. 그러자 방금 전의 작은 소동은 마치 없었던
일처럼 느껴졌다.

"구온, 그러고 보니 기자한테 카드 지갑은 무사히 돌려줬어?" 나루세가 물었다.

"아, 그게 말이에요, 고생했어요. 히지리 씨를 습격한 괴한이 있었는데."

"괴한? 그게 무슨 소리야?" 교노는 미간을 찌푸리지 않을 수 없었다. "그건 나 아니야." 누명은 질색이다.

"복면을 쓴 남자였어요. 여기서 설명하기도 뭐하니 돌아가는 길에 유키코 씨 차 안에서 말할게요."

호텔 밖으로 향했다. 자동문 앞까지 왔는데 누가 뒤에서 불렀다. "아, 구온 형."

고개를 돌려보니 구온의 친구라고 해야 할까, 아까 라운지 카페에서 만난 소년이 손을 흔들고 있었다. "또 동물원에서 봐요!"

우연이겠지만 구온은 마치 플라밍고처럼 한쪽 다리를 접고 서서 기쁜 표정으로 손을 흔들었다.

나루세 2

쩔쩔매다 ① 사태에 대응하지 못하거나 곤혹스럽고 난처한 상황을 나타내는 말. ② 곤란한 상황에서 육체나 정신이 약해지다. ③ 어떤 이성에게 깊이 반하다.

"판다는 꽤 성가셔요." 사쿠라기초에서 도보 15분 거리에 있는, 60년 된 동물원 입구 조금 안쪽에서 어슬렁거리는 레서판다를 보며 구온이 말했다.

"성가셔? 까다롭다는 뜻인가?" 나루세는 그렇게 물었다.

"무슨 과의 동물인지 옛날부터 논란이 많았대요. 식육목에 속하는데 곰과라는 사람도 있고 미국너구리과라는 사람도 있어요. 실제로 레서판다는 300만 년 전에 미국너구리에서 갈라졌다고 하던데, 자이언트판다는 화석이 없어서 확실하지 않대요. 레서판다도 자이언트판다도 판다과로 분류되고는 있지만."

"하지만 그것도 딱히 걔들한테는 상관없잖아. 사람이 멋대로 분류하는 거지, 판다들에게는 영향이 없어."

"분류해서 딱지를 붙이고 관리하는 게 인간의 특기니까요. 본능처럼 지도를 만들죠."

"나 같은 관리직은 인간의 특성인가."

"하지만 평일에 동물원에 올 수 있다니 좋은 직장이에요."

"이것도 일이야."

시민을 동물원으로 안내하는 이벤트가 있어 관련 부서 과장인 나루세는 사전 답사를 하러 왔다. 동행한 부하가 다른 용무로 먼저 시청으로 돌아간 뒤에 구온이 있지나 않을까 주위를 둘러봤는데 정말 있어서 나루세도 놀라지 않을 수 없었다.

게다가 초록빛 잎사귀가 무성한 커다란 나무 밑에 웅크리고 있기에 뭘 하나 다가가 봤더니 떨어진 밤톨을 바라보고 있었다.

"뭐 해?" 그렇게 묻자 구온은 천천히 돌아보더니 일어서서 가시가 뻗어 있는 껍질을 살며시 들어 올렸다. "나루세씨, 이런 곳에서 만나다니. 이 밤송이 따갑네요."

"밤을 가지고 돌아가도 돼?"

"괜찮지 않을까요? 안 될까요? 전에 다른 공원에서 만난 아이가 밤송이를 본 적이 없다고 해서 가져가서 보여 주고 싶은데." 그렇게 말하면서도 구온은 결국 밤송이는 줍지 않고 걸음을 떼더니 당연하다는 듯 레서판다 우리로 갔다.

"정말 여기를 좋아하는군."

"일과니까요."

"그러다가 동물하고 말할 수 있게 되는 것 아니야?"

"무서우니 싫어요." "무서워?"

"동물이 품고 있는 고통이나 원한이 들리면 힘들잖아요."

"하긴."

"어쩌면 저쪽도 우리를 분류하고 있을지 몰라요. 인간목 비상식과 강도속 이런 식으로. 교노 씨는 허언증과 수다쟁이속이라거나. 아, 그러고 보니 나루세 씨, 나 굉장한 걸 깨달았어요."

"뭔데?"

"2002년에 만토파스마토데라는 곤충이 발견된 건 알아요? 뒤꿈치걷기라고도 부르는데."

"뒤꿈치걷기?"

"메뚜기랑 비슷하게 생겼는데, 다리 끝이 위로 들려 있어서 뒤꿈치로 걷는 것처럼 보이거든요."

겨우 곤충이나 동물 이야기를 하는 건데 어쩌면 저렇게 즐거워 보일까, 나루세는 이해할 수 없었다. "재미있어 보이네." 그렇게 말한 것은 그 신종 곤충의 발견이 아니라 그것을 활기차게 설명하는 구온에 대한 감상이었다.

"그게 또 엄청난 발견이었거든요."

하지만 그 뒷말은 들을 수 없었다. 누가 뒤에서 약간 거친 목소리로 말을 걸었기 때문이다. "여, 이런 데서 만나다니."

뒤를 돌아보자 어두운색 트위드 재킷을 걸친 키 작은 남자가 있었다. 평일 동물원에는 어울리지 않았다. 웃고 있지만 눈매가 험악하다. 어디서 본 남자 같아서 기억을 더듬으려는데 구온이 입을 열었다. "어라, 깜짝이야. 히지리 씨, 우연이네요."

신이치가 아르바이트를 하는 호텔에 있던 기자, '동전 못 줍는 신사'였다.

"아이구야." 히지리는 딱히 가렵지도 않을 텐데 머리를 긁는 시늉을 했다. 웃고는 있지만 친근감이 느껴지지 않는 웃음이다. "이런 데서 자네를 다시 만나다니. 우연의 신에게 감사해야겠군. 요전에는 정말 고마웠어."

나루세는 히지리의 거짓말을 금방 꿰뚫어 보았다. 애초에 도보로 찾아와야 하는 이런 동물원에 우연히 올 리가 없다. 그렇다면 구온이 여기 있다는 것을 어떻게 알았을까? 금방 감이 왔지만 지금 말하는 건 현명하지 않다고 판단했다.

"히지리 씨는 그 후에 괜찮았어요? 또 누구한테 습격당하진 않았고요?"

"습격당했으면 이렇게 못 돌아다니지." 히지리는 손을 펼쳤다. 뻔뻔하면서도 어딘가 우스꽝스러운 친척 아저씨 같은 태도였지만 동시에 껍질을 벗기면 꿍꿍이를 몇 겹이나 감추고 있을 것처럼 보이기도 했다. 약삭빠르다는 표현이 떠올랐다. "이거, 또 만나서 정말 다행이야. 전에는 명함도 못 줬잖아."

히지리는 그렇게 말하더니 주머니에서 명함을 꺼내 구

온에게 건넸다.

"그 범인은 누군지 알아냈어요?"

"범인? 아아, 그건 이제 신경 안 써. 아마 우연히 룸 키를 주워서 돈이 될 만한 거나 훔치려 했겠지."

"하지만 복면까지 준비했잖아요."

"어, 구온 자네는 그런 걸 잘 아나?" 히지리의 얼굴이 짓궂게 변했다.

"그런 거라뇨?"

"그런 범죄 말이야, 도둑이나 강도나."

"무슨 뜻이에요?" 그렇게 되묻는 구온은 진심으로 무슨 뜻인지 모르는 눈치였다.

"거참." 그러자 히지리가 말투를 바꾸었다. "내가 지금 쩔쩔매고 있거든."

"쩔쩔매요? 누구한테요?" 구온이 바로 물었다. 누군가에게 반했다는 의미로 받아들였을지도 모른다.

"난 그 호텔에서 특종을 쫓고 있었는데."

"그러고 보니 그런 말을 했죠. 그걸 다른 기자한테 빼앗겼어요?"

"아니." 히지리는 다시 머리를 긁었다. 간을 보는 걸까, 아니면 어디까지 정보를 내놔야 할지 고민하는 걸까. "왜, 자네도 알지 모르지만 그 호텔에 다카라지마 사야라는 아이돌이 묵고 있었거든."

"아! 그랬죠."

"행방이 묘연한 그녀를 겨우 발견해서 기사로 쓰려고 그 호텔에 묵었던 거야."

다카라지마 사야는 그 후 바로 세상에 모습을 드러냈다. 로비에서 벌어진 소동, 팬에게 들켜 선글라스를 빼앗긴 사건은 그리 큰 뉴스가 되지는 않았지만 역시 잠적에 한계가 왔다고 판단했는지 며칠 지나지 않아 기자회견을 열고 "해외 영화 오퍼를 받아서 중압감 때문에 불안해서 도피하듯 호텔 생활을 하고 있었다"라고 설명했다. 사방에서 비난을 받은 모양이지만 사죄하는 태도가 성실해서 그런지 비난은 그리 오래가지 않았다. 나루세는 그 이야기를 교노에게 들었다. 교노는 우연히 본인을 만난 것을 계기로 갑자기 팬이 되어 그녀의 정보에 해박해졌다.

"사실은 그 특종을 비싸게 팔아서 한몫 잡을 생각이었어. 그런 기사를 원하는 매체가 있거든."

히지리를 가만히 쳐다보니 거짓말은 아니었다.

"기대가 빗나간 거군요. 그런데 어떻게 그 호텔에 다카라지마 씨가 있는 줄 알았어요?"

"그건 말이지." 히지리는 혼신의 명대사를 말하듯 호흡을 가다듬었다. "정보원의 비밀은 보장해 줘야 해. 아, 그나저나 자네 상처는 어떤가?"

"상처?"

나루세는 반사적으로 구온의 왼손에 시선을 던졌다.

"아아, 이거요? 아직 덜 나았어요. 거의 낫긴 했는데." 구온이 감겨 있는 붕대를 문질렀다.

"이 기사는 벌써 읽어 봤나?" 히지리가 주간지를 꺼내 팔락팔락 넘기기 시작했다. 나루세는 이것이 절대 그들에게 바람직한 상황이 아니라는 것을 알고 있었지만 그렇다고 여기서 중간에 자리를 뜨면 사태가 더 복잡해질 게 보였다. 상대의 카드는 예상할 수 있었지만 상대가 먼저 카드를 내보일 때까지 기다리는 수밖에 없었다.

히지리가 구온에게 내민 기사를 나루세도 옆에서 들여다보았다. 흑백 페이지 속 자잘한 기사들 가운데 '은행 강도의 왼손을 주시!'라는 제목이 있었다.

은행 안에 있던 경비원은 자기과시욕이 강한지 여기저기서 본인의 활약상을 발표한 것 같았다. "내가 던진 경찰봉에 은행 강도 한 명이 왼손에 부상을 입었다!" 그렇게 떠벌리고 다니는지, 자세히 보니 흥분한 경비원을 야유하는 투의 기사였지만 어쨌거나 히지리가 이 기사를 보고 구온을 의심한다는 것은 틀림없었다.

"히지리 씨, 내가 그렇게 무서운 짓을 할 사람으로 보여요? 은행 강도라고 하면 굉장히 거친 범죄잖아요." 구온이 눈을 가늘게 떴다. 레서판다 같은 표정이었다.

"사람은 겉모습으로 판단할 수 없는 것도 사실이거든."

히지리는 구온을 은행 강도로 의심하고 있다는 걸 숨기려고도 하지 않았다. "내가 취재한 상대 중에도 정말 '어, 이런 사람이?' 싶은 경우가 많았어. 유난히 존재감 없고 콩나물 대가리 같던 젊은이가 덩치 큰 어른을 날려 버릴 정도로 날뛰기도 하고, 성실하고 예의 바른 아가씨가 매춘 조직을 운영하기도 하고. 더 심하게 말하면 범죄 피해자도 성인군자는 아니야."

거기서 히지리가 말을 끊길래 무슨 일인가 했는데, 보아하니 전화가 온 것 같았다. 히지리는 스마트폰을 꺼내 발신자 이름을 보더니 혀를 차고 귀에 댔다. 방금 전까지 나루세와 구온을 대하던 얼굴과는 딴판으로 불쾌하기 짝이 없다는 표정이었다. 이쪽이 그의 본성이리라.

"그러니까!" 히지리는 전화 상대에게 화를 냈다. 나루세와 구온을 의식했다기보다 단순히 그들이 있다는 것도 잊고 감정적으로 구는 듯했다. "내가 가져다준 재료를 쓰라니까. 알겠어? 내가 준 재료를 요리하면 돼!"

기사 내용에 대한 논의라는 건 나루세도 알 수 있었다. 남의 불행이나 스캔들을 '재료'라고 부르는 시점에서 이 남자의 성격이 보였다. 남의 인생이 어떻게 되든 개의치 않는 것이다.

"누구 전화예요?" 통화를 마친 히지리에게 구온이 물었다.

"아아, 지금 건 내가 쓰는 라이터야. 정말 못 써먹겠어."

"못 써먹는 사람을 써먹는 거군요."

"내가 기사 재료를 보내면 그 녀석이 원고로 다듬는데, 이러쿵저러쿵 잔소리가 많아. 정말이지. 내 말만 들으면 되는데 이러쿵저러쿵 반박한다니까. 그래서 무슨 얘기를 하고 있었지? 아, 그래, 사람은 겉모습으로 판단할 수 없다는 얘기였지."

"피해자도 꼭 선량한 건 아니라는 얘기였죠."

"그래, 그 얘기였지. 무차별 범죄로 피해를 입은 여자를 조사해 봤더니 청순해 보이는 회사원이 실은 유흥업소에서 몸을 팔았다는 사실이 드러난 적도 있어."

"유흥업소에서 일하는 사람이라고 그렇게 남들하고 다를 것 같진 않은데요." 구온이 말했다.

"자네는 순진하군." 젊은 사람의 순수함을 업신여기는 듯한 말투였다. 구온의 말을 제대로 이해하지 못했군. 나루세는 그렇게 생각했다. 구온의 경우 인간을 모두 마음이 아름답고 선한 존재라고 생각하는 게 아니라 오히려 그 반대, 가망이 없는 존재로 보고 포기한 상태다.

아니나 다를까 구온은 이렇게 말하며 동물원 안을 죽 손가락으로 가리켰다. "유흥업소에서 일하든 외무부에서 일하든 별 차이 없어요. 사람들은 다 쓸모없으니까. 여기 있는 동물 먹이나 되어야죠. 물론 나도 마찬가지고요. 그런데 히지리 씨는 일부러 그런 말을 하려고 여기 온 거예요? 아, 아닌가. 우연이라고 했지. 우연히 이 동물원에 와서 저하고 만났고, 그 주간지도 우연히 가지고 있었다 이거죠? 히지리 씨도 동물을 좋아하나 봐요?"

"아니, 그런 게 아니라. 동물을 먹는 건 좋아하지만." 히지리가 실실 웃었다.

"여기에는 먹을 수 없는 동물도 많아요." 구온이 또 주위를 손가락으로 한 바퀴 가리켰다.

"아니, 나는 식성이 유별나기로 유명하거든. 남들이 못 먹는 것도 잘 찾아보면 어딘가 먹을 수 있는 부분이 있는 법이지."

"흐음."

"어쨌거나 만나서 반가웠어. 지난번 일에 답례도 했고. 그럼 이만." 히지리는 그렇게 말하고 등을 돌려 출구로 걸어갔다.

"또 만나러 올 작정이군."

"동물도 제대로 안 보고." 구온은 불만스럽게 입술을 비죽거렸다. "그런데 내가 여기 있다는 걸 어떻게 알았을까요? 내 이름도 알고 있었고. 히지리 씨 조사 능력이 대단하네요."

"그건 아마."

"어, 알고 있어요?"

히지리가 구온을 만난 타이밍은 그때 그 호텔뿐이었다. 나루세가 만약 히지리라면 어디서부터 구온의 위치 정보를 추적할 수 있을까. 애초에 구온은 나루세를 비롯한 나머지 사람들도 사는 곳을 모를 정도로 길고양이처럼 살아서 미행이나 조사를 하더라도 상당한 노력이 필요하다. 아무 힌트도 없이 위치를 알아내기란 지극히 어렵다. 게다가 만약 구온을 미행해 집을 알아냈다면 동물원까지 굳이 찾아올 필요는 없었으리라. 요컨대 히지리가 손에 넣은 것은 '구온은 동물원에 자주 온다'는 정보에 지나지 않아 여기로 찾아온 것이다. 그리고 나루세 일행을 제외하면 '구온은 동물원에 있다'는 사실을 아는 사람은 뻔하다. "그때 호텔에서 만난 아이겠지."

"엇."

"그때 자네한테 말을 건 아이가 있었잖아. 돌아갈 때도 손을 흔들었지. 히지리는 그걸 봤을 거야."

"그때 히지리 씨는 16층에 있었을 텐데요."

"로비에서 다카라지마 사야 때문에 소동이 벌어졌다는 걸 알고 내려온 것 아닐까."

"16층에서 그걸 감지하고?"

"다카라지마 사야가 그 호텔에 묵고 있었고, 히지리는 같은 층에 방을 잡았어. 아마 호텔 종업원 중에 히지리의 편의를 봐주는 사람이 있겠지."

"엇."

"그냥 억측이지만. 그렇다고 하면 로비에서 다카라지마 사야 때문에 소동이 벌어졌을 때 히지리에게 연락한 사람이 있어도 이상하지 않아." 지금 약간 시끌벅적합니다, 취재할 기회 아닙니까, 하고.

"히지리 씨는 그래서 바로 로비로 내려와서."

"다카라지마 사야의 모습은 이미 사라지고 없었지만 그 대신 아이가 자네에게 손을 흔들고 있었지. '또 동물원에서 만나요' 하고."

히지리는 아이에게 다가가 지금 저 형하고 아는 사이냐고 물었을지도 모른다. 아이는 의아해하면서도 구온 형은 항상 동물원에 있다고 대답했을 테고 그 동물원 이름도 말해 주었을 가능성이 있다. 구온의 이름도 그렇게 알아냈을 것이다.

"하지만 시간이 꽤 지났잖아요. 난 요즘에도 동물원에 자주 왔으니 만약 그때 여기를 알아냈다면 더 빨리 접촉하지 않았을까요?"

나루세는 작게 한숨을 쉬었다. "생각하긴 싫지만 훨씬 전에 여기서 자네를 발견했을지도 몰라."

"무슨 말이에요?"

"한동안 자네에게 말을 걸지 않고 행동을 관찰했던 게 아닐까? 만약 자네를 은행 강도로 의심했다면 다른 동료와

접촉하기를 기다렸을 가능성도 있어."

"다른 동료." 구온이 나루세를 가리켰다. "나루세 씨도 의심했을까요?"

"글쎄. 명함을 안 주길 잘했어. 최근에 유키코나 교노는 만났어?"

구온은 머릿속으로 일기장을 펼치는 표정을 짓더니 분하다는 듯이 대답했다. "그저께 유키코 씨를 만났어요. 유키코 씨 집 근처에 길 잃은 개가 있대서 같이 찾아다녔어요."

"그랬군."

"결국 못 찾았는데. 어디로 가 버렸을까."

"그랬군."

"위험할까요? 그 개, 꽤 사납다던데. 달리는 사람이 있으면 다리를 물어 버릴 정도로."

"개는 위험하지 않아." 나루세의 가슴속에 결코 상쾌하다고 할 수 없는 찝찝한 연기가 피어올랐다. "위험한 건 히지리가 유키코까지 조사했을 경우지."

"히지리 씨는 대체 우리를 조사해서 어쩔 작정일까요?"

"다카라지마 사야의 특종을 날리고 놓친 한몫을 이걸로 때운다거나."

"우리 기사가 그렇게 돈이 될까요?"

"기사로 쓰지는 않을지도 모르지."

"그럼 어쩌려는 걸까요?"

"우리가 위법적인 갱단이라면."

"만약에 말이죠."

"우리한테서 돈을 빼앗아도 경찰에 신고하지 않을 거라 판단했을 수도 있지."

"우리한테서 어떻게 돈을 빼앗아요?"

"거기까지는 모르겠어. 어쨌거나 히지리는 돈이 궁해. 쩔쩔매고 있어."

"세상 트러블의 90퍼센트는 돈 때문이니까요."

나루세는 영국 정치가의 유명한 말을 떠올렸다. "거짓말에는 세 종류가 있다. 거짓말, 새빨간 거짓말, 그리고 통계."

"아마." 구온이 말했다. "그 말도 거짓말일 거예요."

유키코 1

맞다 ① 움직이던 물체가 다른 물체에 힘껏 접촉하다. 부딪치다. "우리 차에 맞았는데 어쩔 거야!" ② 던지거나 쏜 물체가 목표한 지점에 닿다. 제대로 명중하다. ③ 빛, 비, 바람 등의 작용을 받다. ④ 사물이나 신체의 일부에 다른 물체가 강하게 접촉한 결과로 상처가 나거나 통증을 느끼다. ⑤ 복권 등에 당첨되다. ⑥ 예측, 판단이 현실과 맞아떨어지다.

"계산해 보고 깜짝 놀랐어요." 조수석에서 신이치가 말했다.

유키코는 해가 저문 3차선 도로 중앙을 달리며 되물었다. "계산? 대학생이 되고 나서 공부는 그만둔 줄 알았는데. 계산 같은 걸 해? 아르바이트값 계산?"

"어머니가 날 낳은 게 지금 내 나이 때더라고요."

"그렇게 어려운 계산도 아니네." 빨간불에 걸려 정차하는 차들을 따라 나란히 섰다. 신호 타이밍은 머릿속에 들어 있고, 집에서 신이치가 아르바이트하는 호텔까지 이르는 지도도 머릿속에 들어 있어 정차를 최소한으로 줄여 거의 멈추지 않고 갈 수도 있었지만 유키코는 그러지 않았다. 그렇지 않아도 대학생이 된 신이치와 함께 있을 시간을 확보하기 어려운데 그 시간을 굳이 줄일 이유는 없다. 흐름에 맡기고 신호에 걸리는 것도 신경 쓰지 않았다.

"나한테 지금 아이가 생긴다고 생각하면 오싹해요."

"어떤 의미로?"

"아직 하고 싶은 일이 많은걸요. 그런데 육아라니."

유키코는 웃지 않을 수 없었다. "난 별로 깊이 생각하지 않았으니까. 확실히 내 20대 시절은 아무개 씨를 키우느라 눈코 뜰 새 없었지만."

"그 아무개 씨도 나쁜 뜻은 없었을 거예요."

"하지만 모든 걸 참기만 했던 건 아니야. 좋은 일이 훨씬 많았어. 신이치 너한테 미안한 점은 아버지가 한심한 남자였다는 사실이지."

"그 사람이 없었으면 나도 존재하지 않았을 테니 괜찮아요."

"먼 조상님 대하듯 적당히 고마워해도 돼. 그 조상님이 어떤 나쁜 짓을 해도 지금 네게는 별 상관 없으니까."

평소 신이치는 아르바이트하는 호텔까지 버스로 혼자 가지만 대학교에서 늦게 돌아오는 바람에 시간이 아슬아슬해서 우연히 집에 있던 유키코가 태워 주게 되었다.

아이를 아르바이트하는 곳까지 데려다주는 부모가 되다니, 옛날의 유키코 같았으면 낙담했으리라. 과보호라고 경멸할 가능성도 있다.

하지만 아이가 난처해하고, 자기가 도와줄 수 있는 일이고, 아이도 그것을 거부하지 않는다면 도와주고 싶어지는 법이다. 유키코는 내심 10대 시절의 자신에게 반론했지만 상대는 어이없다는 표정으로 고개를 기울였다.

"아, 그러고 보니 저번에 말했던 운전 학원에서 만난 친구 말인데요." 조수석에서 옆을 지나가는 차를 보며 신이치가 지나가는 이야기처럼 말했다.

"운전 학원? 누구 말이야?"

그러자 신이치가 "아" 하고 유키코를 돌아보았다. "쇼코 씨한테 얘기했었지, 참."

"그래서 운전 학원이 왜?"

"아무것도 아니에요."

"여자애라도 알게 됐어?"

"남자예요." 신이치는 허둥지둥 부정했지만 나루세가 아니더라도 거짓말을 하는 표정인 게 훤히 보였다. 유키코는 쓴웃음을 지으면서도 그 이상 캐묻지는 않았다. 억지로 들어 봤자 뒷맛만 씁쓸할 테고, 쇼코에게 물으면 알려 줄 거라는 계산도 있었다.

뒤따라오는 수상한 차량을 알아차린 건 그 직후였다. 신호가 바뀌어 차들이 슬슬 움직이기 시작했다.

처음에는 후방의 검은 차량이 상당히 바싹 따라오는구나 싶었다. 백미러로는 운전자가 잘 보이지 않았지만 남자인 건 알 수 있었다. 그리고 앞 유리를 보았다. 앞차의 속도가 불규칙한 것도 마음에 걸렸다. 유키코가 모는 차의 속도와 차간거리로 볼 때 가속과 감속이 자연스럽지 않았다.

언제부터지? 기억을 더듬었다.

앞차는 이 대로로 들어온 후에 오른쪽 차선에서 끼어들었다. 처음에는 바로 뒤에 있었는데 갑자기 추월한 것이다.

자해 공갈단인가? 뒤차가 접근해서 압박해 속도를 내게해서 앞차에 충돌시키려는 속셈이다. 두 대가 공모해서 사고를 유도하고 "박았다 이거지, 어떻게 변상할 테냐?" 하고 협박해 돈을 갈취하려는 것이다.

여성은 운전이 서툴다는 선입견이라도 있는 걸까? 사람 우습게 봤군. 유키코는 굴욕스러운 한편 투지가 활활 타올랐다.

"신이치, 여기서부터 호텔까지 걸어갈 수 있겠어?"

앞차 간격에 의식을 돌렸다. 상대는 브레이크 램프가 켜지지 않도록 엔진브레이크와 핸드브레이크를 쓰고 있으리라. 주위를 살펴보았다.

왼쪽 차선에 노상 주차장이 설치되어 있는 구역으로 접어들었다. 3차선 중 왼쪽 차선이 주차하는 차들로 꽉 차서 실질적으로는 2차선인 셈이었다. 오른쪽 차선에도 차가 많아 그쪽으로 피하는 것도 쉽지는 않았다.

여기서 힘껏 브레이크를 밟아 뒤차의 추돌을 유도할 수도 있었다. 하지만 그건 그것대로 귀찮다. 차도 상하고 상대가 얌전히 변상하지 않을 가능성도 있다.

"뭐, 못 갈 건 없지만. 어, 여기서 내려요?"

"미안하지만 그래 줄래? 아, 바로 내릴 수 있도록 뒷자리로 이동해. 운전석 뒤."

"네? 내리기 쉽게 뒤로요? 무슨 뜻이에요?"

"빨리. 뒤에 앉으면 안전벨트 매. 앞으로 10초 남았어."

신이치의 판단은 빨랐다. 유키코의 말투로 보아 농담이 아니라는 것, 애초에 어머니가 농담을 하는 타입이 아니라는 것을 알고 있었기 때문이다. 특히 '시간을 재는 경우'는 중요한 일이 벌어진다는 전조다. 신이치는 안전벨트를 풀고 운전석 옆을 지나 뒤로 이동해 오른쪽 좌석에 앉았다. 유키코는 브레이크를 살짝 밟아 앞차와 간격을 벌렸다.

"안전벨트 맸어?" "지금. 아, 하지만." "왜?"

"이대로 갓길에 세우면 조수석에서 내리는 게 더 빠르지 않아요?"

인도가 왼쪽에 있으니 신이치는 당연히 그럴 거라고 생각했으리라. 설명하려 했지만 타이밍을 생각하면 여유가 없어 "차를 돌릴 거야"라고 말하고 동시에 의도적으로 벌린 차간거리를 좁히듯 속도를 올려 브레이크를 밟으며 핸들을 꺾었다.

왼쪽 차선 노상 주차장에 빈자리가 하나 있었다. 유키코는 왼쪽으로 차를 틀어 거의 V 자를 그리는 각도로 날카롭게 유턴해서 진행 방향 반대쪽으로 차를 넣어 갓길 옆에 주차했다.

타이어에서 연기가 나는 것 같았다.

"그럼 다녀와." 유키코는 가볍게 말했다.

갑작스러운 180도 회전에 숨을 삼키고 굳어 있던 신이치는 그 말에 정신을 차렸는지 차에서 내리려다가 안전벨트에 한 번 걸리고, 다시 허둥지둥 벨트를 풀고 밖으로 나갔다.

자, 이제. 유키코는 운전석에서 내려 인도에서 방금 전 그녀를 앞뒤로 에워싼 차량을 찾았다. 이미 앞으로 가 버려서 운전자들의 얼굴은 보이지 않았지만 아마 허를 찔렸을 것이다. 앞으로 이런 장난, 자해 공갈을 할 때는 앞차가 갑자기 드리프트로 주차할 가능성도 경계하지 않을까?

다시 차에 올라탔다. 반대쪽으로 서 있는 차를 수상쩍게 바라보는 행인들도 있었지만 유키코는 차량 통행이 뜸한 틈을 타서 차를 출발시켰다. 일단 역주행했다가 유턴으로 제 위치로 돌렸다.

자해 공갈단의 목표가 되었다는 게 심히 불쾌했다.

빨간불에 걸려 브레이크를 밟았다. 그때 방금 전 내려준 신이치에게서 전화가 왔다.

"무슨 일이야?"

"기분 탓일지도 모르지만 미행당하고 있어요."

"무슨 소리야?"

"양복 입은 남자가 쫓아오고 있어요."

"운전 학원에서 만난 사람 아니고?"

구온 3

인연 ①불교 용어. 사물이 생겨나는 직접적인 힘인 인因과 그것을 돕는 간접적인 조건인 연緣. 모든 현상은 이 두 가지의 작용으로 일어난다고 본다. ②전세부터 정해진 운명. 숙명. "이렇게 만난 것도 하나의 ○○이겠지." ③전부터 이어진 관계. 연. "아버지 때부터 ○○이 깊은 땅." ④사물의 발생. 유래. 이유. ⑤억지.

키 작은 노인이 작은 교차점에서 멍하니 서 있는 것은 구온도 보았다. 생기가 없어 빈혈이라도 나는 건지, 의식이 멍한 건지 걱정되었지만 동물이면 또 몰라도 사람에게 친절하게 굴 필요는 없어 그냥 지나가려는데, 그때 그 노인이 말을 걸었다. "저기." 밀랍 인형이 갑자기 움직인 것 같아 구온은 조금 놀랐다.

"길 좀 물어도 될까?" 노인이 물었다.

"넓적부리황새처럼 가만히 있길래 무슨 일인가 했더니."

"넓적부리황새?"

"꼼짝도 하지 않는 새예요. 자다 깬 것처럼 머리털이 삐쳐 있고 부리가 커다란 가죽 구두처럼 생겼죠. 몰라요?"

"병원 위치를 모르겠는데."

"병원?"

교차점 신호를 보며 구온은 주위를 둘러보았다. "무슨 병원이에요? 동물 병원이라면 어디 있는지 아는데."

노인은 정형외과 이름을 댔다. 구온은 어쩔 수 없이 그 자리에서 스마트폰을 꺼내 지도를 검색하기 시작했다. 노인이 찾는 병원은 금방 나왔다. "아, 여기인가 봐요. 지금 우리가 있는 게 여기니까." 스마트폰 화면을 보면서 노인에게 다가갔다.

그때 노인이 비틀거렸다. 인사를 하는 건가 싶었는데 그게 아니라 그 자리에 주저앉은 것이었다. 무슨 일이 벌어졌는지 몰라 구온은 순간 얼이 빠졌다. 내버려 둘 수도 없어 "아, 괜찮아요?"라고 물었다. 노인은 가슴을 붙들고 말없이 심호흡을 했다.

"어이, 무슨 짓을 한 거야?"

곱다고는 할 수 없는 목소리가 뒤에서 날아와 퍼뜩 돌아보니 낯선 남자가 다가와서 눈 깜짝할 새에 구온을 걷어찼다. 허리를 숙이고 있던 구온은 그대로 길가에 나동그라졌다. 몸을 웅크려 다음 공격을 경계했다. 예상대로 발길질이 날아왔지만 데굴데굴 굴러서 피하고 스프링처럼 벌떡 일어섰다.

눈앞의 남자는 마스크로 입가를 가리고 있었다. 검은 양복 차림이었다. 어느새 일어서 있던 노인 곁에 있었다.

"너, 이 사람한테 상처를 입혔잖아."

"어? 내가?"

"등을 때리는 걸 다 봤어."

"넓적부리황새를 때릴 리가 없잖아."

"넓적부리?"

"당신 누구야?"

"난 이 영감님 지인이다."

"그럼 정형외과에 제대로 데려가."

이런 사람과 얽혀 봤자 좋을 게 없다. 그 정도는 알기 때문에 자리를 뜨려고 몸을 돌리는데 이번에는 앞에서 다른 양복 남자가 다가왔다. 어깨가 떡 벌어졌다. 무기는 들고 있지 않았지만 어디로 보나 힘깨나 쓰게 생겼다.

"대체 무슨 짓이야?" 구온은 발길질을 했던 남자 쪽을 다시 돌아보며 물었다.

"됐으니까 위자료나 내."

"무슨 위자료?"

"이 할아버지 말이야. 다쳤잖아. 병원에 데려갈 거니까 연락처 내놔. 면허증 있을 거 아냐, 내놔."

"연락처도 면허증도 없어." 구온은 '아무것도 없다'를 표현하려고 두 손을 들었다.

뒤에서 다가온 남자가 말도 없이 구온의 옷을 뒤지려 했다. "갑자기 만져도 물어뜯지 않는 건 인간뿐일 거야." 구온은 그렇게 말하며 몸을 흔들었다.

"가만히 있어!" 뒤에 있던 남자가 그렇게 말하며 구온을 붙잡으려 했다.

앞에 서 있던 남자가 다가왔다. "지갑 정도는 있겠지."

노인을 다치게 했으니 위자료를 내라니 말도 안 되는 억지였지만 힘없어 보이는 청년이니 위협하면 겁에 질려 돈을 내놓을 거라 생각했는지도 모른다. 쉽게 달아나지 못하도록 면허증 따위로 개인 정보를 손에 넣으려는 속셈이리라.

팔에 힘도 줘 보고 상체도 비틀어 보면서 뒤에서 겨드랑이를 붙들고 있는 남자의 반응을 살폈다. 제법 덩치가 있어 힘이 셀 것 같았다.

이어서 앞에 선 남자를 관찰했다.

얼굴은 홀쭉하고 머리카락은 짧다. 마른 체형이지만 손이 길어 민첩해 보였다. 양복 때문인지 젊은 회사원처럼 보이기도 했지만 눈매가 상당히 나쁘다. 무엇보다 여전히 멍하니 서 있는 노인도 정상은 아니었다. 겁을 내고는 있지만 두 사내에게 붙잡혀 있는 구온을 보고도 별 반응을 보이지 않았다. 꼭두각시 인형 같다. 억지로 이 사내들을 돕고 있는 걸까?

"주머니 속을 뒤져 봐." 뒤에 있는 남자가 말했다.

앞에 선 남자가 당연하다는 듯 구온의 파카 주머니를 뒤지려 했다.

"잠깐. 큰일 날 거야."

"입만 살았군." 뒤에 있는 남자가 놀리듯 종알거렸다.

그 말이 끝나기가 무섭게 구온의 주머니에 손을 넣은 남자가 "아야!" 하고 날카로운 비명과 함께 팔을 냅다 뺐다.

구온은 그 틈을 놓치지 않았다. 갑작스러운 비명에 뒤에 있던 남자도 당황해 힘이 풀렸다. 구온은 뒤쪽으로 뒤꿈치를 날려 남자의 정강이를 걷어찼다. 신음하는 남자에게서 떨어진 다음 바로 오른팔을 채찍처럼 휘둘러 상대의 턱을 노렸다. 이어서 앞에 있는 남자의 명치도 걷어찼다.

몸을 돌려 뒤쪽 남자를 때리고, 다시 몸을 돌려 앞쪽 남자를 걷어차고, 이미 어느 쪽이 앞이고 어느 쪽이 뒤인지 모를 정도로 빙글빙글 회전하며 공격했다.

두 남자가 무릎을 꿇자 구온은 노인에게 다가가서 물었다. "괜찮아요?"

노인은 예상치 못한 전개에 눈을 휘둥그레 뜨고 혼란스러워했다.

구온은 노인에게 간단히 인사하고 그 자리에서 떠나면서 남자들에게도 한마디 남겼다. "그러니까 큰일 난다고 했잖아."

나루세 3

표적 ① 사격이나 궁술에서 사용하는 과녁. ② 공격 목표. 타깃. "적의 ○○이 되다." ③ 교본, 모범, 목표로 하는 것.

나루세가 탄 전철은 제법 붐볐지만 손잡이에 매달린 승객들이 많은 것은 아니었다. 즉 평소와 같았다.

육아휴직을 낸 남자 직원을 포함해 직원들과 회식을 마치고 돌아가는 길이었다. 일은 잘하지만 잔실수가 많은 그 직원은 끝까지 정신이 산만해 제출하지 않은 서류가 나오는 바람에 나루세는 인주와 목도장을 지참하고 회식 자리에서 그에게 기입과 날인을 지시해야 했다. "과장님이 안 계시면 육아도 걱정이에요." 그런 말을 하니 미워할 수 없는 직원이었지만 나루세가 출생신고는 잊지 말라고 충고하자 진지한 얼굴로 "그게 뭐예요?"라고 물으니 쓴웃음을 흘리지 않을 수 없었다.

창밖의 광경은 밤의 칠흑으로 덮여 있었다.

오른손으로 손잡이를 잡고 모니터 화면에 나오는 광고 영상을 보고 있었다. 회사와 학교에서 일을 마치고 지쳐서 귀가하는 사람들의 멍한 머릿속에 선전 문구가 흘러들어

간다.

입을 벌리고 코를 골 기세로 잠든 중년 회사원과 스마트폰을 계속 만지작거리는 남자, 스마트폰으로 게임을 하는 여성들이 눈앞의 좌석에 앉아 있었다.

위법적인 일도 슬슬 그만둘 때가 되었나. 나루세는 그런 생각을 했다. 이대로 은행 강도처럼 위험한 일을, 더군다나 환영받지 못할 일을 계속해야 할 이점은 거의 없다. 돈도 예전만큼 필요하지 않았다.

며칠 전 동물원에서 구온을 만났을 때 말을 걸어온 기자, 히지리 문제도 있다. 구온이 손을 다쳤다는 이유만으로 은행 강도와 연결 지어 기사를 쓰지는 못하겠지만, 돈이 어지간히 궁하다면 지푸라기라도 잡는 심정으로 구온을 물고 늘어질 가능성이 있었다.

적어도 한동안은 강도 짓을 그만두는 게 낫겠지.

그 남자가 옆으로 다가와 손잡이를 붙잡았을 때, 바로 수상하다고 생각하지는 않았다. 뒤쪽 차량에서 넘어와 우연히 비어 있던 옆자리에 선 줄 알았다. 안경을 쓴 양복 차림 남자라는 외견 역시 딱히 수상한 점은 없었다. 스마트폰으로 메시지를 보내고 있다. 그대로 뒤쪽으로 시선을 돌리자 영어 회화 교재를 펼치는 청년이 있었다. 스마트폰을 만지거나 조는 사람들 속에서 영어 회화 공부를 하다니 보기 드문 경우였지만 그렇다고 해서 수상하지는 않았다.

흔들리는 열차의 진동을 발밑에 느끼며 또 멍하니 모니터 화면을 바라보았다.

오른쪽 옆에 서 있던 남자가 몸을 기울였다. 그때 상대의 가방이 나루세의 허리에 부딪쳤다. 남자를 쳐다보자 그는 "아, 죄송합니다. 균형을 잃는 바람에"라고 사과했다.

거짓말을 하고 있다.

뭔가 숨기고 있는 것은 명백했다. 그렇다면 대체 무엇을 숨기고 있는 걸까? 알 수가 없었다.

그런 생각을 하고 있는데 다음 역에서 멈췄다. 가장 먼저 올라탄 하얀 옷을 입은 여자가 나루세 바로 옆에 섰다. 보기에도 노출이 심하고 향수 냄새가 독했다.

자리를 바꾸고 싶었지만 승객이 늘어 이동하기가 귀찮았다.

정면의 창문에는 어두운 밤의 장막에 비치듯, 나루세와 다른 승객들의 모습이 반사되고 있었다. 왼쪽에 있는 여성은 호화로워 보일 정도로 풍성한 파마머리에 스타일이 좋았다.

나루세는 왼손에 들고 있던 가방을 오른손에 들고 내용물을 확인하는 척하며 짐을 만졌다.

불길한 예감은 있었다. 가방을 든 채로 두 손을 들어 손잡이를 잡으려는데 누가 왼손을 와락 붙잡았다.

"하지 마세요!" 옆에 있던 여자가 또렷한 목소리로 외쳤다.

'당했다'라는 생각과 '역시'라는 생각이 교차했다. 주위 사람들의 시선이 모였다.

나루세가 고개를 돌리자 여자는 도끼눈을 뜨고 소리쳤다. "이 사람, 제 엉덩이를 만졌어요. 허리도."

"어, 무슨 일이야?" 영어 회화 교재를 읽고 있던 젊은 남자가 뒤에서 끼어들었다.

"이 사람 치한이야?" 오른쪽에 있던 중년 남자가 나루세가 달아나지 못하게 할 셈인지 두 손으로 오른팔을 붙잡았다.

"아니, 난 아무 짓도 하지 않았어. 착각한 거겠지." 나루세는 그렇게 대답했다.

"하지만 이 여자분이 그렇게 말하니까 일단 다음 역에서 내리죠." 청년이 막힘없이 말했다.

나루세 앞에 앉아 있는 승객들은 설마 눈앞에서 일반인들이 실시간으로 치한을 체포하는 모습을 볼 줄은 꿈에도 몰랐는지 눈을 휘둥그레 뜨면서도 나루세를 쳐다보았다. 달아나기라도 하면 증언을 위해 얼굴을 기억해야 한다는 사명감을 느꼈는지도 모른다.

"그래요, 다음 역에서 내려서 얘기를 들어 봅시다." 중년 남자가 말했다.

"아니, 이런 말을 하긴 미안하지만 사람 잘못 봤어." 나루세는 그렇게 대답할 수밖에 없었다.

"이 손으로 분명히 만졌다니까요." 여자는 사로잡은 먹잇감을 들어 올리듯 나루세의 손을 움켜쥐고 흔들었다.

"난 아니야. 계속 가방을 들고 있었어."

"만질 때 살짝 밑에 내려놨던 것 아니에요?"

"아니야." 나루세는 그렇게 말하고 "잠깐 왼손 좀 놔 줘"라고 부탁했다. "그리고 내가 수상한 동작을 하는지 모두 지켜보세요. 증인이 필요하니까"라고 주위를 둘러보았다.

당연히 뚫어져라 보고 있다는 듯이 청년을 비롯해 다른 승객의 시선이 집중되었다.

여자는 손을 떼고 화를 냈다. "이 손이 틀림없어요. 제 엉덩이를 만졌다니까요!"

"이 손이? 손가락으로?"

"그래요, 손가락으로 주물주물 만졌잖아요."

나루세는 한숨을 쉬며 왼손을 펼쳐 보였다. "실은 부끄러운 일이지만 아까까지 일 때문에 계속 도장을 찍느라 손가락에 인주가 묻어 있어."

실제로는 방금 전에 이런 사태가 벌어질 것을 우려해 가방 속에서 손가락에 인주를 묻혔다.

여자가 얼굴을 들이대고 나루세의 왼손 손가락을 쳐다보았다. 나루세는 다른 승객들에게도 손끝을 보여 주었다.

"만약 내가 이 손가락으로 당신 몸을 만졌다면 그 하얀 옷에 이 붉은색이 남아 있겠지. 당신이 손가락이라고 했잖아. 손가락으로, 뭐랬더라."

나루세 앞에 앉아 있던 남자가 어느새 잠에서 깼는지 맞장구를 쳤다. "주물주물!"

"맞아. 손가락으로 주물주물 만졌다고 했어. 하지만 그렇다면."

과연 이걸로 상대가 물러날지는 알 수 없었다. 계속 궤변을 늘어놓을 수도 있다. 애초에 다섯 손가락에 전부 붉은 인주가 묻어 있다는 것 자체가 부자연스럽다.

자, 어떻게 나올까. 나루세는 상대의 반응을 기다렸다.

유키코 ㄹ

계략 ①남에게 어떤 작용을 가하는 것. 도전하는 것.
②사물을 어떤 목적에 맞게 만들어 내는 것. "어떠한 속
임수도 ○○도 없습니다. 거짓말이었습니다. ○○은 있
습니다." ③장치. 조작. 계획. ④방법. 계책.

"나루세, 설마 자네가 치한으로 몰릴 뻔하다니. 게다가 손
가락에 인주를 묻히다니. 아슬아슬한 공방이었군." 교노가
기쁜 표정으로 말했다. "그래서 어떻게 됐어?"

"껄끄러운 표정으로 다음 역에서 내렸어. 근처에 있던
놈들도 몇 명 따라 내렸으니 다 한패였겠지." 나루세가 그
렇게 대답하자 교노는 의심하듯 고개를 저었다. "정말 그
인주 작전이 효과가 있었던 거야?"

"하지만 실제로 붉게 물든 손가락으로 만지면 거의 확실
하게 옷에도 묻었을 테니까요. 설득력이 있어요. 적이 불리
해요." 구온은 빨대를 입에 물고 말했다.

"유키코는 결국 어떻게 됐어? 신이치가 미행당했다면
서?" 교노가 물었다.

밤 10시가 지난 시각이었다. 이틀 전, 구온이 갑자기 전
화로 "요즘 유키코 씨 주변에 수상한 사람 안 나타났어요?"
라고 물었다. 유키코는 바로 대답했다. 자해 공갈단 같은

놈들이 쫓아온 직후에 신이치가 미행당했다고 설명했다.

역시. 구온은 그렇게 말했고 일단 모두 모여서 의논하기로 했다. "교노 씨 가게에서 집합해요. 미행을 조심하고, 뒷문으로 들어가요."

"그게 무슨 소리야. 누가 우릴 노리는 거야? 어차피 구온이나 교노 씨가 실수했겠지."

"뭐, 내가 유키코 씨라도 그렇게 생각할 거예요."

모여서 이야기를 들어 보니 모든 일의 시초는 구온이라는 게 밝혀졌다. 히지리라는 기자가 구온을 미행했던 것이다.

내가 실수할 리 없잖아. 교노가 자랑스럽게 말했다.

"신이치한테 차를 탈 장소를 알려 줬어. 그 부근은 신호 타이밍도 머릿속에 있었으니까. 차로 달려가서 다시 태웠지."

"정말 미행당한 거예요?"

"신이치 말로는. 그 직전에 쫓아왔던 자해 공갈단하고 관계가 있는지는 잘 몰라."

"관계가 있다고 생각하는 게 자연스럽겠지." 나루세가 말했다.

"나루세 씨를 치한으로 몰아간 것도?"

"그럴 거야."

"아, 구온, 그러고 보니 아까 한 이야기 말이야, 상대가 왜 비명을 지른 거야?"

"뭐가요?"

"지금 얘기했잖아. 영감님을 다치게 했다고 시비를 걸어온 남자들한테 붙잡혔다면서. 그래서 네 주머니를 뒤지려 했던 남자가."

"아아, 밤이에요."

"밤?"

"동물원에 밤나무가 있거든요. 왜, 나루세 씨도 요전에 봤죠?"

"어느 꼬마 아이한테 보여 주고 싶다고 했지."

"맞아요. 그래서 다시 갔을 때 밤을 몇 개 주머니에 넣어 왔거든요."

"가시가 박힌 거야?"

"교노 씨, 만져 본 적 있어요? 그거 진짜 아파요. 게다가 주머니에 밤이 들어 있을 줄은 상상도 못 했을 테니, 가시가 덜컥 박히면 얼마나 놀랐겠어요?"

"뭐, 설마 밤이 들어 있을 줄은 절대 몰랐겠지." 나루세가 쓴웃음을 지었다.

"누가 알겠어?" 유키코도 웃지 않을 수 없었다. 다 큰 청년의 주머니에 밤송이가 들어 있을 줄 누가 상상이나 할까. 가시에 찔린 상대가 가여울 정도였다.

"그래서 이야기를 정리하면, 대체 이게 무슨 일이야? 무슨 일이 벌어지고 있는 거야?" 교노가 한쪽 눈썹을 찌푸렸다. "나루세한테는 치한 누명, 유키코한테는 자해 공갈단, 구온한테는 위자료 협박, 이건 우연이 아니야. '동시 다발 불운' 같은 건 아니겠지?"

"글쎄."

"그럼 어떻게 된 일이야. 모두 같은 놈들 계략인가?"

"그건 알 수 없어요. 하지만 계기는 짐작해 볼 수 있죠."

"그게 뭐야, 구온."

"아까도 말했듯이." 나루세가 설명했다. 우연히 구온이 호텔에서 도와준 기자가 왼손의 상처에 주목했다. 그 기자, 히지리는 돈이 궁해서 다카라지마 사야의 특종을 놓친 대신 다음 목표물로 구온에게 접근했다. "아마 은행 강도면 돈도 있을 테고 조금 거칠게 위협해도 경찰에 신고하지 않을 거라 생각했겠지. 물론 히지리 혼자 어쩔 수는 없을 테니 이런 일에 익숙한 지인을 끌어들였을지도 몰라."

"자해 공갈단이나 치한 날조범을?"

"구체적으로는 몰라. 어쩌면 빚을 진 상대에게 털어놨을지도 모르지. 저는 돈을 갚을 길이 없지만 그 녀석들을 협박하면 쉽게 돈을 챙길 수 있습니다, 이런 식으로."

"하지만 그렇게 쉽지 않았던 거지. 그걸로 포기해 주면 좋겠는데."

"그런 놈들이 포기할까?" 유키코의 말에 교노가 반박했다.

"가능성은 있어." 나루세는 짧지만 강하게 말했다. "성실하게 일해서 돈을 버는 건 상당히 힘든 일이야. 그러지 않고 남을 협박해 돈을 가로채는 사람은 대부분 편하게 거금을 벌고 싶은 놈들이지. 다시 말해 쉽지 않다는 걸 알면 손을 뗄지도 몰라."

"오호라. 하지만 손을 떼지 않을 가능성도 있다는 뜻이잖아."

"나 때문에 일이 이렇게 되다니." 구온은 붕대를 푼 왼손으로 머리를 긁적였다.

"신경 쓰지 마."

"교노 씨, 다정하네." 유키코는 조금 놀랐다.

"우수한 남자는 이래서 손해야. 나는 나 말고 다른 사람에게 기대를 안 하거든. 모두 실수를 하고 나는 언제나 도와줘야 할 팔자야. 그런 운명이라 남들 실수에는 익숙해."

"예예." 반사적으로 시큰둥하게 대답한 유키코는 교노의 기분을 상하게 했을까 봐 걱정했지만 정작 본인은 기쁨에 겨운 표정이었다.

"구온 잘못이 아니야." 나루세도 거들었다. "끈질긴 기자를 만난 게 불운이었을 뿐이지. 일단 오늘 모이라고 한 건 확인 차원이야. 앞으로도 수상한 사람이 접근해서 뭔가 계략을 부릴지도 모르니까."

"계속 주변을 경계하는 것도 피곤한데." 유키코는 솔직하게 말했다. 차를 몰 때마다 드리프트 주차를 해야 한다면 성가시기 짝이 없다.

"히지리를 조금 더 조사해 보는 게 좋겠어. 정보를 얻을 수 있는지 다나카를 만나 볼게."

"그래, 나도 그게 좋을 것 같았어."

"교노 씨는 모르는 게 없다니까." 유키코는 농담처럼 말해 보았지만 역시나 교노는 개의치 않았다.

"이리 되니 그때 호텔 방에서 히지리 씨를 습격한 게 누군지 궁금해지네요."

"그러네. 단순한 털이범인지, 아니면 히지리에게 원한이 있는지." 나루세도 구온의 말에 동의했다.

"우리처럼 속이 썩은 누군가가 화가 나서 그런 건지도 몰라요."

"그 히지리라는 남자는 자기를 습격한 범인이 누군지 모른대?" 유키코는 구온을 쳐다보았다.

"히지리 씨는 분명히 호텔 털이범이라고 했어요. 시치미를 뗀 걸지도 모르지만. 아, 그 층 엘리베이터 앞에 방범 카메라가 있었으니 그걸 확인하면 범인 얼굴을 알 수 있지 않을까요?"

"그쪽도 조사해 둘까." 나루세는 구온을 쳐다보고 유키코에게 시선을 돌렸다. "구온하고 유키코, 둘이서 호텔 방범 카메라 영상을 가져올 수 없을까?"

"해 보기 전에는 모르지만." 유키코는 그렇게 대답했다.

"그나저나 이해가 안 가." 교노가 팔짱을 끼고 말했다. "그 히지리의 계략인지 뭔지 모르겠지만 자네들은 수상한 놈들한테 위협당할 뻔한 거지? 그런데 나한테는 왜 안 찾아오는 거야?"

"그게 불만이야?"

"나만 아무 일도 없으면 따돌림 당한 것 같잖아."

"잘 들어, 히지리는 동물원에서 구온을 발견하고 한동안 미행했을 거야. 그러다 유키코의 차에 타는 모습을 봤겠지. 그러니까, 뭐랬더라."

"달아난 개를 찾으려고." 유키코가 거들었다.

"아직 못 찾았어?"

"사납거든."

"어쨌거나 히지리는 그 차 번호로 유키코의 집을 알아냈어. 그 정도는 식은 죽 먹기겠지. 그리고 나는 동물원에서 구온과 함께 있는 모습을 들켰어."

"하지만 나루세 씨, 그때 명함은 안 줬잖아요?"

"어쩌면 그 작자는 내가 양복을 입은 걸 보고 일 때문에 동물원에 왔다고 의심했을지도 몰라. 난 시청 업무의 일환으로 동물원에 갔으니, 동물원하고는 자주 연락을 취하고 있거든. 그러니 히지리가 관리실에 가서 그럴싸한 이유를 대고 물어봤다면 시청 부서나 내 직함 정도는 알아낼 수 있지 않았을까?"

"하지만 구온하고 함께 있었다는 이유만으로 우리를 은행 강도 일당으로 의심하고 수작을 부리다니 막무가내네. 구온하고 단순히 아는 사이였으면 어쩌려고 그랬을까?" 유키코는 영 찜찜했다.

"가능성으로 보면 히지리가 구온의 지인을 닥치는 대로 조사한 결과 나나 유키코가 수상하다고 판단했거나, 만약 우리가 은행 강도가 아니라 해도 돈만 뜯어내면 그만이라고 생각했거나."

"그렇다면 자네나 유키코 외에 구온의 지인들도 표적이 되었을지 몰라. 구온, 너 최근에 또 누굴 만났어?" 교노가 물었다.

"누구요? 긴꼬리원숭이하고 부엉이, 그리고 우리 집 근처에 사는 잡종견하고."

진지한 얼굴로 손가락을 꼽는 구온을 바라보며 유키코는 웃음을 터뜨릴 뻔했다.

"그 녀석들한테서는 돈을 뜯어낼 가망이 없으니 히지리도 포기했겠지. 구온, 인간 친구는 없어? 인간 성인 친구 말이야."

"은행 강도 친구 말고요?" 구온이 당연히 있을 턱이 없다는 듯이 대답했다.

"어쨌거나 교노, 자네는 아직 구온과의 접점을 들키지 않았어. 그러니 자해 공갈단을 만날 일도 없고 치한 누명을 쓸 일도 없지. 만약 따돌림 당한 것 같아서 섭섭하다면 히지리한테 말해 두지. 저 사람한테도 뭐 좀 해 주세요, 섭섭하답니다, 하고 말이야."

"히지리한테 어떻게 전할 건데?"

"내가 명함을 받았어요." 구온이 대답했다. "명함은 내 인생하고 인연이 없을 줄 알았는데."

"그러고 보니." 그때까지 카운터 안쪽에서 꼼꼼하게 컵을 닦고 있던 쇼코가 끼어들었다. 가까이 다가와서 유키코 옆에 앉는다. "얼마 전에 가게로 전화가 왔어. 이 사람이 없을 때. 가나가와 현경에서."

"경찰?" 구온의 얼굴이 어두워졌다.

"'그 댁 남편께서 인명 사고를 냈습니다'라고 하는 거야. 본인은 무사하지만 상대가 임산부라 의식불명이라고."

"세상에, 그거 큰일이네." 교노는 진심으로 동정하는 표정이었다.

"그런 다음 피해자 남편이라는 사람이 수화기를 받더니 합의 얘기를 꺼내더라고."

"그건 전형적인 사기 전화로군." 나루세가 냉정하게 말했다.

"그렇지? 하지만 처음에 경찰 전화인 줄 알고 조금 당황하다 보니 의심을 못 했어. 그러는 사이에 합의금을 입금하지 않으면 형사 고발을 하겠다고 해서."

"입금했어?"

"나도 머리가 혼란스러워서 그만. 의외로 냉정해질 수 없더라. 하지만 그때 상대가 '남편께서는 충격으로 지금 한마디도 못 하는 상황입니다'라고 하지 뭐야."

구온이 킬킬 웃었다. "교노 씨가 한 마디도? 말을 못 한다고요?"

"나도 정신이 번쩍 들었어. 이 사람이 한 마디도 못 하는 상황이라니 말이 안 되잖아. 그래서 의심이 들었지."

"어이, 날 뭘로 보는 거야? 만약 그런 사고를 냈다면 충격으로 한 마디도 못 할 거야."

"확실히 그럴지도 모르지만." 쇼코도 그 말에는 동의했다. "하지만 덕분에 사기란 걸 깨달았잖아."

"나루세 씨, 이것도 히지리하고 상관있을까요?" 구온이 묻자 나루세는 고개를 갸웃거렸다. "단순 사기 전화일지도 몰라. 물론 히지리가 손을 썼을 가능성도 있지만."

"어째서 나한테 말 안 했어?" 교노가 쇼코를 쳐다보았다.

"어차피 종알종알 시끄럽게 굴 테니 귀찮아서."

이해하고말고. 유키코는 고개를 끄덕거렸다.

제2장

악당들은 불똥을 피하려고
무슨 일이 벌어지고 있는지 탐색하지만,
피할수록 불똥이 들러붙는다

'잠자는 개는 가급적 자게 내버려 둬라'

나루세 4

볼링 ① 길고 가는 레인 위에 공을 굴려 앞쪽에 늘어선 열 개의 핀을 맞혀 쓰러진 핀의 개수로 승패를 결정하는 경기. 중세의 나인핀이 기원. 17세기 미 대륙에 전해져 유행했지만 1840년대에는 도박의 대상이 되어 법률로 나인핀을 금지하였다. ② 집 밖으로 나가지 않던 다나카가 집 밖으로 나가게 된 이유.

역 앞 볼링장에는 열 개의 레인이 있었다. 토요일이지만 군데군데 비어 있었다. 나루세와 다나카가 있는 곳은 가장 왼쪽 레인이었다.

핀이 호쾌하게 날아가는 상쾌한 소리가 울려 퍼졌다. 다나카가 분하다는 듯이 고개를 저으며 다리를 끌면서 돌아왔다. "남아 버렸네."

"정말 잘하네." 나루세는 빈말이 아니라 진심으로 감탄했다. "언제부터 했어?"

"2년쯤 됐어. 집 근처에 커다란 볼링장이 생겨서, 응. 너무 튀어서 눈에 거슬려서."

2년이나 일을 의뢰하지 않았던가. 그사이 다나카의 생활은 상당히 바뀌었다.

다나카는 아야세역 부근의 아파트에서 어머니와 함께 살며 거의 방에만 틀어박혀 밖으로 나오지 않았다. 물리적인 것부터 논리적인 것까지 열쇠나 보안에 관한 정보를 마련하는 특기가 있으며, 아이디어 상품 같은 것을 개발해서 판다. 나루세 쪽 외에는 어떤 사람들과 거래하는지 확실치 않지만 나름대로 장사는 되는 것 같았다. 이대로 다나카는 어중간하게 집에 틀어박혀 사는 걸까, 나루세는 막연히 그런 상상을 했다. 그런데 이번에 연락해 봤더니 "요코하마 볼링장에서 만날까? 요새 볼링에 빠져 있거든"이라고 해서 깜짝 놀랐다.

"갑자기 생긴 볼링장이 짜증 나서 심심풀이로 해킹을 했어. 시스템을 망쳐 놓으려고 했지, 웅. 실제로 절반쯤 했는데, 갑자기 볼링 규칙이 궁금해진 거야. 그때까지 한 번도 해 본 적이 없었거든. 나, 다리가 조금 휘었잖아. 하지만 조사해 봤더니 관심이 가서 가 봤지. 평일 낮은 한산하니까."

"그렇군."

"그랬더니 이게 또 재미있더라고. 뭐, 처음에는 하나도 안 넘어갔지만, 누구나 처음은 그런 법이니 열심히 했지. 이건 정말 굉장한 놀이야. 23미터 앞을 향해 6, 7킬로그램짜리 무거운 공을 굴리다니, 집에선 불가능하잖아. 귀중한 시설이야, 웅."

"지금은 이런 점수를 아무렇지도 않게." 나루세는 그렇게 말하며 머리 위 모니터에 표시된 점수를 바라보았다. 일곱 번째 프레임을 끝낸 시점에서 이미 150점을 넘었다.

나루세는 일어서서 볼링공에 손가락을 넣었다. 레인 끝

을 보고 발을 내디뎠다. 팔을 뻗어 굴렸다. 회전하는 공이 묵직하게 굴러 핀을 쳤다. 두 개가 남았는데 사이가 멀었다. 스플릿이라 부르는 형태다.

"아깝네. 그래도 저건 처리할 수 있어. 치는 법 알려 줄까?" 대수롭지 않다는 듯이 말하는 다나카의 관록이 나루세는 재미있었다.

"무료야?"

"나루세 씨라면 싸게 해 줄게." 다나카는 진지한 얼굴로 그렇게 말하더니 "맞다, 부탁한 건 일단 조사해 봤어. 예상은 했지만 히지리 기자는 좋은 사람은 아니더군" 하고 글러브를 만지작거리며 말했다.

"기자라는 건 진짜인가?"

"맞아. 특별히 나쁜 짓을 하는 건 아니지만, 독자가 원하는 방향으로 기사를 쓰는 재주가 있다고 해야 하나."

"원하는 방향?"

"열받는 상대가 있으면 '이렇게 나쁜 짓을 한다, 역시 최악이다. 우리보다 훨씬 나쁘다'라고 두드려 패고 싶잖아. 훌륭한 사람이나 기업도 마찬가지야. '사실은 이렇게 나쁜 짓을 하고 있다. 우리하고 다를 바 없이 역시 나쁘다'라고 생각하면 즐겁지."

"사람이 가진 호기심, 구경꾼 근성은 부정 못 하겠군."

"나루세 씨도 그래?"

"그야 당연하지." 말은 그렇게 했지만 나루세는 사실 남의 행동에 그리 관심이 없었다.

"히지리의 정보는 보고서로 정리해서 줄 거지만, 간단히 설명하면 그 기자는 전에도 유명 여배우의 밀회 기사를 몇 번 터뜨렸나 봐."

나루세는 히지리가 이번에도 행방이 묘연한 아이돌을 쫓고 있었다는 것을 기억해 냈다.

"청순함을 내세운 여배우들이 술에 취해 실수한 파렴치한 사진을 잡지에 실어 팬들의 원성을 사서 협박 메시지도 잔뜩 받았대."

"그중 한 명이 그를 습격했을 수도 있겠군."

"유명인의 시시한 과거를 캐내서 자극적으로 쓰거나."

"그 외에는? 연예계 관련 말고는 어때? 사회적인 사건이나."

"기본적으로는 똑같은 입장이야. 사건의 진상을 규명하거나 재발 방지를 위해 기사를 쓰는 게 아니라, 사건 관계자들의 스캔들을 캐내서 자극적으로 써. 예를 들어 식품 회사 식중독 사건이 터지면 그 사장의 불륜 상대 정보를 기사로 쓰거나, 피해자의 사생활도 재미있어 보이면 기사로 써."

"사건하고는 상관없을 텐데."

"뭐든 뉴스가 될 만한 사건이 터지면 바로 '관계자에 대해 기사로 써도 됩니다'라는 오케이 사인으로 착각하는 거겠지, 응."

"옛날이라면 또 몰라도 요즘은 그러면 고소당할 텐데."

"그야 당연하지. 경우에 따라서는. 하지만 반성할 줄을 몰라. 내가 조사한 사례 중에 무차별 습격의 피해자 기사가 있었는데, 응. 목숨은 건졌지만 입원할 정도로 다쳤거든. 피해자는 성실하게 회사 생활을 하는 여성인 줄 알았는데 유흥업소에 나갔다는 게 밝혀져서."

"그래, 요전에 자기 입으로 그런 얘기를 했어."

"기사로 썼더니 갑자기 그쪽이 관심을 끈 거야. 세상은 요지경이지. 똑같은 피해자인데 누구는 불쌍하다고 동정을 받고, 누구는 '너도 나쁘다'고 비난을 받으니. 그 경계가 어디에 있는지 난 잘 모르겠지만. '청렴결백해 보였는데'라는 패턴이 사람들 취향인지, 모두 신나서 공격하더라고. 그 사람 자체는 그냥 피해자일 뿐이었는데."

"공평하게 판단할 수 있는 사람도 있겠지."

"물론 있지. 하지만 대부분은 아니야. 선입견과 그 순간의 이미지에 좌우돼. 히지리라는 작자는 그걸 교묘하게 자극하는 기사를 쓰는 거야. 모두 좋아하지."

"그런 것까지 쓰다니! 하고 규탄받는 기자는 거의 못 봤어."

"암, 그렇다니까. 비판은 받지만 처벌받을 정도는 아니야."

"그런 의미에서는 역시 히지리가 누군가의 원성을 샀을 가능성이 높군."

"그거 알아? 중상에서 벗어나는 최선의 방법은 자살이야."

"확실히 그러면 비판은 잠잠해지겠지."

"죽은 사람 귀에는 소문도 들리지 않을 테고. 요즘은 가사 유도제 같은 약도 있으니 그걸 쓰는 것도 한 방법이야. 죽은 척해서 비판이 잠잠해지게 만든 다음 몰래 부활하는 거지."

"가사 유도제가 있어?"

"최근에 팔기 시작했어. 참고로 셰익스피어가 발명한 건 아니야."

"하지만 부활하자마자 이번에는 사기다, 동정을 사려고 펼친 자작극이다, 그런 비판을 받을 것 같은데."

"그건 그러네." 다나카는 듣고 보니 그렇다는 듯이 고개를 흔들었다.

"히지리에 관한 가장 최근의 소문은 없어? 어떤 기삿거리를 쫓고 있는지."

"다카라지마 사야 말고?"

"말고."

"응, 모금을 노리고 있어."

"모금?"

"왜, 어린아이가 해외에서 수술을 받을 수 있게 도와달라고 돈을 모으는 사람들 있잖아. 가족끼리 필사적으로 활동하는 그런 사람들 주변을 어슬렁거린다는 정보가 있어."

"히지리가 응원하는 기사를 써서 모금을 도우려는 건가?"

"아마도."

"좋은 면도 있네." 나루세는 그렇게 말하면서도 정말일까 의심했다. 남을 위해 기사를 쓰는 걸로 끝일까?

"구체적으로 뭘 하는지는 모르겠지만."

나루세는 일어나서 볼링공에 손가락을 넣고 두 번째 투구를 했다. 드럼 소리 같기도 하고 땅울림 같기도 한 소리를 내며 공은 핀을 쳐 냈지만 결국 하나가 남았다.

나루세는 벤치로 돌아가서 물었다. "히지리의 가족은?"

"지금은 독신이야. 결혼은 했던 것 같은데 이혼했어. 원인은 히지리의 가정폭력, 응." 다나카는 글러브를 만지작거리며 볼 리턴에서 공을 들어 올렸다.

다리를 약간 끌면서도 몸을 부드럽게 움직여 공을 굴린다. 완만하게 커브를 도는 공은 깔끔하게 헤드핀에 맞고 열 개의 핀을 전부 레인 바닥에서 날려 버렸다.

나루세는 돌아오는 다나카에게 박수를 보냈다.

"볼링의 결점은 최고점이 정해져 있다는 거야. 300점을 넘을 수가 없으니까."

"그래서 히지리가 돈을 빌린 상대가 누군지는 알아냈어?"

"아, 그건 알아내기 쉬웠어. 히지리는 확실히 위기 상황이야. 아마 이혼한 아내에게 줄 위자료 문제도 있었겠지만 편하게 돈을 불리려 했던 게 아닐까? 카드 게임에 빠져서 계속 돈을 날리고 있어."

"카드 게임? 포커 같은 것 말이야?" 나루세는 전에 그들이 뛰어들었던 기누가와의 지하 카지노를 떠올렸는데 다나카도 같은 생각을 했는지 이렇게 대답했다. "그렇게 규모가 큰 카지노가 아니라 좀 더 아담한 곳이야. 젊은 2, 30대 그룹이 고급 아파트에서 회원제 카드 게임을 하는 거지."

"속임수로 부자들을 등치는 건가?"

"히지리가 다니는 카지노는 비교적 멀쩡해서 어지간한 경우가 아니면 속임수로 속이지는 않나 봐. 다만 종업원 중에 카드 게임에 강한 사람이 있어."

"속임수가 아니라?"

"포커도 블랙잭도 다 노하우가 있어. 눈치 싸움도 잘하는 사람 못하는 사람이 있고 카드를 세는 고전적인 기술도 작은 카지노에서는 아직 유효해. 그러니 이기고 싶은 상대가 있으면 진심으로 돈을 털어 가는 거지."

"히지리는 그 수법에 당한 건가."

"먹잇감이 된 건지, 멋대로 자폭한 건지. 어쨌거나 빚이 꽤 되나 봐. 속임수는 쓰지 않더라도 그 카지노는 상당히 무서운 곳이라니까 돈을 갚지 못하면 위험할 거야."

"생명의 위험을 걱정해야 할 정도로?"

다나카는 그렇지 않겠냐는 듯이 눈썹을 찡긋거렸다. "오쿠와라는 사람이 리더라고 해야 하나, 사장이라면 사장인데 아무튼 화나면 무섭대. 동료도 많다나 봐. '오쿠와가타'니 '미야마쿠와가타'니 하는 사슴벌레 친구들."

"그건 무슨 소리야?"

"오쿠와 씨에 미야마 씨. 우연인지 사슴벌레 학명하고 비슷한 이름을 가진 사람이 많아."

"팀 사슴벌레는 화나면 무서운 집단인가."

"무서워. 몸에 버섯을 심을 거야."

나루세는 순간 무슨 뜻인지 몰라 미간을 찌푸렸다. "무슨 뜻이야?"

"말 그대로야. 동충하초 몰라? 매미나 잠자리에 기생하는 버섯 균인데. 곤충의 양분을 먹고 자라지. 겨울 동안 겉모습은 곤충이지만 몸속은 버섯이고 여름에는 싹이 터, 응. 동인하초라고나 할까."

"히지리는 그거나 기사로 쓰지." 나루세는 어깨를 움츠렸다. "그럼 우리 주위를 맴돌며 시비를 건 사람들은 그 오쿠와의 동료들일지도 모르겠군."

"히지리가 그 패거리에게 '돈줄이 될 만한 놈들이 있다'

하고 나루세 씨네 정보를 갖다 바쳤을 가능성은 있지, 응. 만약 그쪽에서 돈이 들어오면 자기 빚하고 상쇄해 달라고 부탁하지 않았을까?"

나루세가 상상한 전개와 거의 비슷했지만 역시 예상이 맞았다고 해서 기쁜 일은 아니었다.

유키코 3　잠입 ① 몰래 들어가는 일. 숨어드는 일. "대탈출이라는 말은 있지만 대○○이라는 말은 없어." ② 천문학에서 항성이나 혹성이 달의 뒤편에 숨는 현상. ③ 쏙독새의 특기. 이 다음에 구온이 구체적으로 설명할 예정.

"50초 후면 로비에 들어가." 유키코는 작은 목소리로 말하며 여행 가방을 잡아당겼다. 잘 입지 않는 원피스 차림으로 사이즈도 상당히 크다. 천을 쑤셔 넣어 체형을 부풀리고 가발과 안경까지 썼다.

11시가 지난 밤 시간이라 호텔 주변은 밤의 어둠에 묻혀 있었다.

"오케이, 오케이. 난 준비 완료했어요. 무사히 잠입한 쏙독새." 귀에 낀 무선 이어폰에서 구온의 목소리가 들렸다.

"무사히 잠입한 쏙독새?" 호텔 정면 입구가 눈에 들어왔다. 덜덜거리는 여행 가방은 인도 표면을 부술 것만 같았다. 걸음 속도와 호텔까지 남은 거리를 쟀다.

"쏙독새라고 올빼미처럼 생긴 새가 있어요. 귀여워요. 쏙독새가 쏙쏙 잠입하는 거죠."

"그 말장난이 통하는 사람이 전국에 몇이나 돼?"

다나카에게 산 통신용 마이크와 이어폰은 감도가 좋았

다. 목걸이형 마이크가 유키코의 목소리를 구온에게 전달했다.

문이 열리더니 도어맨이 공손하게 인사했다. 시간대로 볼 때 숙박객의 출입은 적을 텐데도 게으름 피우지 않고 열심히 일하는 모습에 감탄하지 않을 수 없었다.

"10초 후에." 유키코는 문을 지나 프런트로 걸어갔다.

동시에 엘리베이터 쪽에서 경비원 유니폼을 입은 남자가 걸어가는 모습이 보였다. 구온이었다. 주위를 둘러보며 돌아다니고 있다.

야간이라 프런트 주위는 한산했다. 프런트 담당 직원도 두 명뿐이고 주위도 고요했다.

유키코는 프런트 앞에 있는 호텔맨에게 다가가 "이 짐 좀 부탁해요"라고 말하며 끌고 온 여행 가방의 손잡이를 짧게 줄여 들어 올리는 척하면서 손잡이 단추를 눌렀다. 가방이 벌컥 열리며 내용물이 쏟아졌다.

유키코는 작은 비명을 질렀다. 조용한 프런트 주변이 소란스러워졌다. 호텔 안에서 자고 있는 손님들을 모두 깨울 만한 소리였다.

당황한 호텔맨이 달려왔다. "괜찮으십니까?" 몸을 숙여 흩어진 물건을 집어 주었다. 옷가지와 화장품, 상자에 든 테니스공이 종횡무진 굴러다녔다.

"이런 실수를. 어쩜 좋아." 유키코는 담담하게 사과했지만 실제로 불필요한 일을 늘려서 죄책감을 느끼고 있었다.

살짝 고개를 들어 프런트 쪽을 쳐다보니 이 소동을 틈타 구온으로 짐작되는 남자가 뒤쪽으로 슬그머니 사라지는 게 보였다. 유니폼은 사람들을 안심하게 만든다. '어째서 이런 곳에?'라는 의문을 경감시키기 때문이리라. 사람은 상황을 이해하면 안심하는 법이다. 더군다나 유니폼을 입은 남자에게 "그 유니폼 진짜야?"라고 물으려면 상당한 용기가 필요하다.

"저, 로비에 짐을 쏟은 분이 계시던데 괜찮은가요?" 이어폰으로 구온의 목소리가 들렸다. 프런트 안쪽 관계자실로 들어가 거기 있는 스태프에게 묻고 있다.

"뭐? 그래?" 그런 남자 목소리가 들리나 싶더니 그 목소리의 주인으로 보이는 중년 호텔맨이 프런트에서 나오는 모습이 보였다.

유키코에게 다가와 테니스공을 함께 줍기 시작했다. "괜찮으십니까?"

"번거롭게 해서 정말 죄송해요. 저도 참." 유키코는 사과했다.

그러는 사이에도 구온의 태평한 혼잣말이 이어폰에서 들려왔다. "어, 방범 카메라 단말기는 어디지? 호텔 관계자 구역은 이렇게 생겼구나."

그런 건 됐으니 빨리 해. 유키코는 그런 생각을 하며 자기가 쏟은 짐을 치웠다. 아무리 굼뜨게 굴어도 3분 이상은 끌 수 없다. 그사이에 과연 구온은 방범 카메라 데이터를 복사할 수 있을까? 어려울지도 모른다. 유키코는 자문자답했다.

"아, 이거다." 구온의 목소리가 들렸다. "유키코 씨, 좋은 뉴스예요. 방범 카메라 영상이 보존되어 있을 만한 단말기를 발견했어요!"

그거 다행이다. 호텔맨 한 명이 여행 가방을 잠그려고 하기에 황급히 거짓말을 했다. "미안해요. 공이 두 개 더 있을 텐데. 어디 멀리 굴러가 버렸나."

"유키코 씨, 나쁜 뉴스!" 좋은 뉴스를 말하는 것처럼 활기찬 목소리가 들렸다. "이 컴퓨터, 비밀번호가 필요해요."

그 가능성은 예상하고 있었다. 혹시 몰라 다나카에게 호텔 컴퓨터의 비밀번호를 부탁하려 했는데 구온이 "방범 카메라에 비밀번호라니, 귀찮아서 설정 안 했을 거예요"라고 주장해서 그만두었던 것이다. 그러게 고집을 부리더라니. 하지만 탓하고 있을 겨를은 없었다.

"어쩌죠, 유키코 씨?"

유키코는 일어서서 공을 찾는 척하며 호텔맨에게서 떨어져 잠시 궁리하다가 말했다. "그 컴퓨터를 만진 흔적을 남겨 둬."

"어? 흔적을 지우는 게 아니라요?"

"반대야. 누가 만진 흔적을 확실하게 남겨. 누가 봐도 의심할 만큼. 그러고 나서 거기서 빠져나와서 호텔에서 나가."

"어쩌려고요?" 하지만 구온은 그 이상 캐묻지 않았다.

"20초 후에 프런트를 지나가."

유키코는 그렇게 말하고 주위를 살피는 척하면서 함께 공을 찾고 있는 호텔맨들을 보았다. 타이밍을 재다가 입을 열었다. "아, 이제 괜찮아요. 이만큼이나 찾았는데 없으면 포기해야죠."

"만약 찾게 되면 연락드릴까요?"

"아니, 괜찮아요. 다 모은다고 소원이 이루어지는 것도 아니고." 유키코는 농담을 하며 여행 가방을 정리했다. 타이밍을 노리다가 프런트를 가리켰다. "어머? 저 경비원 움직임이 조금 이상하지 않아요?" 빠른 걸음으로 프런트 앞을 가로지르는 구온의 모습이 보였다.

"저건 호텔 안을……." 호텔맨이 유키코에게 설명해 주려 했지만 경비원 차림의 구온이 그대로 호텔 밖으로 나가 버리자 당황했다.

"조금 수상하네요." 유키코는 거기 있는 호텔맨 세 명의 뇌리에 박히도록 또렷하게 말했다. 그리고 볼일이 생각났다며 여행 가방을 다시 돌돌 굴려 밖으로 나갔다. 호텔맨들과 멀찍이 떨어져서 구온더러 들으라고 "주차해 놓은 곳에서 합류해"라고 마이크에 대고 말했다.

유키코가 타고 온 경차를 세워 놓은 곳으로 돌아가자 구온은 이미 조수석에 앉아 있었다. "망했네요. 방범 카메라 단말기는 의외로 경계 안 할 줄 알았는데. 안일했어요." 그렇게 말하며 사탕을 꺼내더니 포장을 벗기고 입에 물었다.

"그래도 호텔이라고 비밀번호는 걸어 뒀네."

"어쩌죠, 유키코 씨?"

"이제 와서 이런 말을 하긴 그렇지만 위험을 무릅쓰면서까지 방범 카메라 영상을 손에 넣을 필요가 있어? 우리한테는 상관없잖아."

히지리라면 안전을 위해 그 정보가 필요할 것 같지만, 히지리가 방에서 습격당한 순간의 방범 카메라 영상을 봐도 이쪽은 그리 유리해질 것 같지 않았다.

"하지만 히지리 씨를 습격한 게 누군지 알아내면."

"우리 무기가 된다고?"

"경우에 따라서는요. 나루세 씨는 그렇게 생각한 것 아닐까요?"

"그럼 일단 구온, 다시 한번 가 봐." 유키코는 그렇게 말했다.

"네? 지금 막 빠져나왔는데요?"

"이번에는 양복으로 갈아입어. 안경도 쓰는 게 낫겠다."

차 안에 둔 가방에는 옷가지 몇 벌을 준비해 두었다.

"양복하고 안경을 써도 비밀번호는 못 풀어요."

"괜찮아. 일단 프런트로 가서 이렇게 말해. '이쪽 관계자
실에 수상한 남자가 들어간 흔적은 없습니까? 이 근처 다
른 호텔도 피해를 입어서요.'"

"어, 근처에서? 무섭다."

유키코는 구온이 어디까지 진심으로 그런 말을 하는지
몰라서 쓴웃음을 흘렸다. "그리고 '방범 카메라 단말기를
건드린 흔적은 없습니까?'라고 물어. 구온, 누가 만진 흔적
잘 남겨 뒀지?"

"물론이죠."

"그럼 호텔 직원도 걱정될 거야. 그때 구온이 '단말기를
조사해 보고 싶으니 잠깐 확인하게 해 주십시오'라고 말하
면 상대가 비밀번호를 입력하고 단말기를 보여 줄 거야."

"그렇게 잘 풀릴까요? 그보다 난 대체 무슨 역할인 척해
야 해요? 경찰?"

"나도 잘 모르겠어. 형사인 척하면 어때? '이게 그놈 수
법입니다' 하고 심각하게 말하면 그럴싸해 보이지 않을
까?"

"그놈이라니 누구예요?"

"나도 몰라. 어떤 흔적을 남겼어?"

"키보드 위에 사탕을 몇 개 남겨 놨어요."

"뭐?"

"그게 최선이었다고요. 어쨌거나 이렇게 말하면 되잖아요. '사탕을 남겨 두는 게 그놈 수법입니다.'"

뭐, 그렇게 나가 봐야지. 유키코는 어깨를 움츠렸다. "조만간 도시 전설이 될지도 몰라. 호텔에 나타나는 캔디맨." "그런 제목의 영화도 있었죠." "그럼 사탕남으로 할래?" "거울 앞에서 '사탕남'이라고 다섯 번 외치면 나타나는 거예요?"

"어쨌거나 '바이러스를 심어 놨을지도 모르니 확인해 보겠습니다'라고 둘러대고 바이러스를 검사하는 척하면서 방범 카메라 데이터를 복사하면 되지 않을까?"

"될 대로 되라는 식이네요, 유키코 씨."

"그런 건 아니야. 만약 수상하게 여기면 바로 달아나."

"그러면 역시 포기하는 수밖에 없으려나요."

"다음엔 내가 갈게. '방금 수사원을 가장한 남자가 오지 않았나요?' 하고."

"무슨 소리예요?"

"'수상한 사람이 들어온 흔적은 없습니까?'라고 말하는 가짜 수사원이 있어요. 아아, 그게 그 남자의 수법입니다. 그렇게 말할 거야."

"복잡하네요." 구온은 감탄인지 체념인지 모를 작은 한숨을 토하더니 뒷자리에서 옷을 갈아입기 시작했다. "알았어요, 하면 될 거 아니에요."

교노 2　　　**검증** ① 실제로 사물을 조사해 가설을 증명하는 일. "이
론의 정합을 ○○한다." ② 재판관이나 수사기관이 직접
현장의 상황이나 사람, 사물을 관찰해 증거를 조사하는
일. 현장○○. ③ 필요한 정보를 입수하지 못한 상태로
해 봤자 아무 의미 없는 사전 회의.

"그래서 그 캔디낢이 어쩌고저쩌고하는 작전으로 이 녹화
데이터를 입수한 거야?" 교노는 눈앞의 모니터를 가리켰다.

"'수상한 사람이 오지 않았습니까?' 작전으로 말이죠."
구온이 대답했다.

모니터에 비친 영상은 엘리베이터를 정면에서 찍은 것
으로, 흑백이지만 화질은 선명했다.

영업을 끝낸 교노의 가게에 다시 모였다. 유키코는 일
때문에 오지 못했지만 나루세와 구온은 참가했다. 관심이
있는 건지 없는 건지, 가게 뒷정리를 마친 쇼코는 옆 테이
블에서 '스도쿠'를 풀고 있었다.

"그 호텔 방범 카메라 영상은 컴퓨터에 날짜별 폴더로
보존되어 있었어요. 더군다나 시간마다 정리되어 있어서
조사하고 싶은 파일을 의외로 쉽게 찾았죠. 단지 시간이 부
족해 16층 카메라 영상만 복사할 수 있었어요." 구온이 설
명했다.

"뭐, 16층 영상이 있으면 히지리의 방에 침입해 습격한 놈이 찍혀 있겠지."

"아마도요." 구온이 컴퓨터 키보드를 두드려 앞으로 돌리는 조작을 했다. "히지리 씨가 습격당하기 한 시간 전, 2시쯤부터 재생해 볼게요."

"그러고 보니 범인은 어떻게 생겼어? 얼굴에 뭐 특징 없어?"

"복면을 쓰고 있었어요." 구온은 그렇게 말하며 주머니에서 크로키 수첩 같은 걸 꺼냈다. "그래도 일단 마주쳤을 때의 기억을 되살려서 그려 봤어요."

"오, 구온, 너 그림 재주가 있었어?" 교노은 그렇게 말하며 들여다보았지만 초등학생이 전래동화를 상상해서 그린 듯한 엉터리 인물화에 순간 할 말을 잃었다. 몸은 아예 철사 뼈대였다. "네가 아이였으면 시원스럽고 활기차서 좋다고 말해 줄 수 있었을 텐데."

"정말 진지하게 그린 거야?" 나루세도 걱정스럽다는 듯이 구온을 쳐다보았다.

"인간한테는 별 관심이 없어서 세세한 부분이 기억 안 나요." 구온은 태연히 말했다. "이걸로는 안 될까요?"

"예술적인 가치는 모르겠지만 몽타주로는 꽝이야." 나루세는 그렇게 말했지만 구온은 실망하지도, 화를 내지도 않았다.

그때 옆에서 별생각 없이 수첩의 다른 페이지를 들춰 보고 있던 교노는 눈을 휘둥그레 떴다. "구온, 이건 누가 그린 거야?"

"나예요."

"거짓말이지?"

"거짓말을 왜 해요? 동물 그림은 잘 그려요."

다른 종이에는 코뿔소, 코끼리, 사자 같은 동물이 생생한 필치로 꼼꼼하게 그려져 있었다. 마치 사진 같았다. "동물원에서 보고 그린 거야?"

"동물은 기억에 남아 있으니 집에 돌아가서 그려도 그 정도는 돼요."

"편차가 너무 심하잖아." 교노는 방금 전에 본 인물 그림과 동물 그림을 비교하며 끙끙거렸다. 고의가 아니라 자연스럽게 이렇게 된다니 오히려 존경스러웠다.

"방범 카메라 영상을 확인하자." 나루세의 침착한 지시에 구온이 컴퓨터를 조작하자 영상이 움직이기 시작했다.

정면 엘리베이터 문의 개폐와 사람들의 출입 장면이 나왔다. 어안렌즈는 아니었지만 영상은 둥글게 휘어 넓은 각도를 담고 있었다. 몇 배속으로 돌아가는지 시간 표시가 빠르게 움직이고 이용객과 호텔 종업원들이 날쌔게 움직이고 있었다.

"아, 여기, 히지리 씨가 엘리베이터로 내려가는 모습이 찍혔네요."

히지리로 짐작되는 남자가 엘리베이터를 타는 모습이 보였다. 교노 일행은 그렇게 로비 라운지로 내려온 그를 보았던 것이다.

"슬슬 범인이 나오려나."

교노는 흥미진진하게 범인의 모습을 놓치지 않으려고 뚫어져라 화면에 집중했다. 한동안은 정지 화면처럼 변화가 없었다. 시간 표시는 계속 돌아가고 있으니 사람들의 출입이 없는 것뿐이리라.

잠시 후 한 여성이 나와서 엘리베이터를 탔다. 그 후 다른 한 대가 올라오더니 히지리가 돌아왔다. 복도 모퉁이로 들어갔는데 그쪽은 카메라 사각지대였다.

"히지리 씨가 방으로 돌아간 걸로 봐서 이다음에 범인이 등장할 거예요."

"오, 엘리베이터가 또 열린다. 범인인가?" 교노는 모니터에 고개를 들이댔다.

영상 속에 나타난 사람은 구온이었다.

"나하고 많이 닮은 범인이네요." 구온이 중얼거렸다.

"너, 행동이 상당히 수상쩍은데."

영상 속의 구온은 고개를 두리번거리며 몸을 약간 웅크리고 복도를 어슬렁거리기 시작했다.

"히지리 씨가 어디 있는지 냄새로 찾느라." 구온이 태연히 말했다.

"네가 개냐."

구온은 복도 안쪽으로 걸어가다가 이내 시야에서 사라졌다.

"그쪽 방인 건 어떻게 알았어? 정말 냄새가 났어?" 교노는 설마하면서도 물어보지 않을 수 없었다.

"복도 이쪽이 바로 막다른 곳이었어요. 방이 두 개뿐이더라고요. 그래서 끝에서 쭉 따라가 보려고 했는데. 그랬더니 방 안에서 쿵 하는 소리가 들렸어요. 작은 소리였지만."

"그때는 이미 범인이 히지리의 방에 들어가 있었다는 거야? 하지만 엘리베이터에서는 아무도 안 내렸잖아. 어디서 튀어나온 거야?"

"그러고 보니."

"이건 그건가, 밀실이라는 건가? 어차피 범인은 뱀이겠지?" 교노의 머릿속에는 발자국 하나 없는 눈밭에서 벌어진 살인 사건 이야기가 떠올랐다.

"'어차피'라니 무슨 뜻이에요?"

"어째서 범인이 안 찍힌 거야?" 교노는 얼굴을 찌푸렸다.

"범인은 훨씬 전에 이 층에 와 있었을지도 몰라." 나루세가 또 조용하게 대답했다.

"훨씬 전?"

"몇 시간 전일지도 모르고 하루 전일지도 몰라. 지금 재생한 건 오후 2시쯤부터 찍힌 영상뿐이야. 그 전에 와서 어디에 쭉 숨어 있었을 가능성도 있어. 어쩌면 직원용 엘리베이터를 썼을지도 모르고. 그게 어디 있는지는 모르지만."

"아, 그거라면." 구온이 화면에 찍힌 엘리베이터 옆을 가리켰다. "조금 가려져 있지만 여기에 직원용 엘리베이터가 있었던 것 같아요."

룸서비스 담당 직원이 화면에 비쳤다. 바로 그 직원용 엘리베이터를 타고 왔으리라.

"그러고 보니 히지리 씨 방에서 나왔을 때 이 사람하고 마주쳤어요. 그러니까 범인이 직원용 엘리베이터를 타고 왔어도 카메라에는 찍혔을 거예요."

"이 여자가 범인일 가능성은 없을까?"

"그러려면 순서가 반대여야 해. 범인은 이때보다 먼저 히지리의 방에 들어가 있어야 해." 나루세가 교노의 말을 부정했다.

"교노 씨, 뭐든 생각나는 대로 말하면 다 되는 게 아니에요."

"다양한 발상을 거침없이 토론할 자유가 필요해. 가령 구온, 네가 범인이다! 이런 가설도 있을 수 있지."

"내가요?"

"히지리의 방에서 무슨 일이 있었는지, 우리는 너한테 들은 게 전부야. 실제로는 네가 히지리를 습격한 걸지도 모르잖아."

"생각나는 대로 말하는 건 공짜라지만 너무하네요."

"듣고 놀라지 마, 나의 귀한 말씀은 전부 공짜다."

"하지만 히지리 씨 방 근처에 비상구가 있었으니 거기 계단으로 출입하는 건 가능해요. 계단으로 왔으면 이 카메라에는 안 찍혀요. 아마 범인은 달아날 때 비상계단을 썼을 테고."

"다른 방범 카메라에는 비상계단도 찍히지 않았을까?"

"있을지도 모르지만 그 데이터는 복사하지 못했어요. 뭐, 다음에 호텔에 가서 비상계단을 확인해 보면 방범 카메라가 설치되어 있는지 알 수 있겠지만."

"조금 더 되감아 볼까?" 나루세가 제안했다. "수상한 인물이 찍혀 있을지도 모르니."

구온이 끄덕이고 컴퓨터를 조작하려 했다.

"아, 그러고 보니 아까 그 여자가 찍혀 있었는데." 교노는 방금 전에 본 영상을 머릿속으로 반추하다가 깨달았다.

"그 여자? 누구 말이에요?"

"다카라지마 사야 말이겠지." 나루세가 말했다. "다카라지마 사야는 그때 로비에서 신이치에게 짐을 찾아 달라고 부탁했으니까, 내려가는 모습이 찍혔어도 이상할 것 없어."

"그 후에 로비에서 팬이 그녀를 발견하고 난리를 쳤지."

"그래서 교노 씨가 제압당했죠." 구온이 콕 집어 주었다.

"보기에 따라서는."

"그건 어떻게 봐도."

구온이 컴퓨터를 조작해 뒤로 되감아서 다시 재생했다.

몇 명의 왕래가 모니터에 나왔다. 그 흐름이 멈추었을 때 엘리베이터로 다가가는 한 여성의 모습이 보였다. 움직임이 멈췄다. 정확히 말하면 구온이 멈췄다.

선글라스에 마스크를 쓰고 주위를 의식하는 눈치였다.

"확실히 이건 다카라지마 씨네요. 이때 1층에 내려온 건가. 복도 이쪽, 히지리 씨 방하고는 반대쪽에서 걸어왔으니 다카라지마 씨 방은 그쪽이겠네요."

"빈손이군." 나루세가 중얼거렸다.

"뭐가?" 교노는 물어보았다.

"다카라지마 사야는 이 다음에 로비에서 신이치에게 짐을 찾아 달라고 부탁했어. 빈손으로 갔다면 이 시점에서 짐은 이미 잃어버렸다는 뜻이야."

"로비 어딘가에 짐을 두고 온 게 생각나서 찾으러 돌아간 걸지도 모르죠."

"하지만 이 영상을 보면 한 끗 차이였군."

"뭐가요?"

"다카라지마 사야하고 히지리 말이야. 다카라지마 사야가 내려간 뒤에 히지리가 로비에서 엘리베이터를 타고 16층으로 돌아왔다는 뜻이 돼. 저기서 딱 마주쳤다면 히지리는 어쩔 작정이었을까? 그 자리에서 취재를 요청했을까?"

"시치미를 떼고 그냥 지나갔을지도 모르지. 아니면 팬인 척 말을 걸었거나."

"아, 그러고 보니 이 사람, 복귀했다면서요?" 구온이 목 소리를 높였다.

"다카라지마 사야가?"

"어제 텔레비전 연예 방송에 나왔어요. 왜, 다카라지마 사야가 은둔한 건 해외 영화에 출연해 달라는 오퍼를 받아 서."

"중압감 때문이랬지." 교노가 끼어들었다.

"맞아요. 그런데 도쿄나 요코하마의 호텔을 옮겨 다니는 동안 자서전을 썼대요."

"자서전?" 교노는 그 순간 하고 싶은 말이 몇 가지 머릿 속에 떠올랐다. 20대라면 인생의 절반도 살지 않은 나이 다. 그런데 자서전을 쓰다니 무슨 생각이란 말인가? 그런 글을 쓰게 하는 사람도 마찬가지다. 그런 책이 과연 팔릴 까? 더군다나 집이 있기는 한지 의심스러운 구온은 대체 어디서 텔레비전을 보는 걸까? 하지만 일단은 이렇게 말했 다. "봐, 내 말대로 됐지."

"어, 뭐가요?"

"호텔에 틀어박혀 만화라도 그리고 있을 거라고 했잖아. 어때, 이 추리력."

"그런 말을 했던가요?" 구온이 나루세를 쳐다보았다. 나루세도 "그랬던가?" 하고 고개를 갸웃거리며 "그랬어?" 하고 교노를 돌아보았다.

"그러지 않았을까?" 교노도 갑자기 자신이 없어졌다.

"해외 영화 출연은 결국 어떻게 됐어?" 나루세가 물었다.

"글쎄요. 어쩌면 그냥 변명이고 실제로는 자서전을 쓰느라 그랬을지도 모르죠. 어쨌거나 그 책 말인데 이번 달에 나온대요. 사인회도 할 거라던데, 무서워요."

"무서워?"

"은둔한 것도 화제를 끌려고 그런 것 아니냐고 온갖 소리를 듣고 있나 봐요. 사인회에도 꼭 호의적인 사람만 온다는 법은 없잖아요."

"그러면 히지리는 정말 기사로 쓸 재료를 잃은 거로군."

"그래서 우리한테 집적거리는 거예요. 달리 돈을 손에 넣을 길이 없으니까."

"히지리가 돈을 빌렸다는 상대도 마음에 걸려." 교노는 나루세가 다나카에게 들은 정보를 떠올렸다. "뭐라고 했더라. 곤충 대장이었나."

"오쿠와."

"카지노라고 했죠? 전에 우리가 신세 졌던 기누가와 씨 가게 같은 곳이에요?"

"기누가와는 지금 어떻게 지낼까?" 교노는 그렇게 말해 보았지만 딱히 별생각은 들지 않았다.

"그런 대규모 도박장은 아닌 것 같아. 아파트를 빌려서 카드 게임을 하는 것뿐이고 손님도 적어. 그 층의 방을 전부 쓴다고 했으니 오쿠와는 꽤 벌이가 좋을 거야. 작업장 겸 주거지 겸 금고라고나 할까."

"무서운 사람들일까요?"

"버섯을 심을 정도라던데."

"슈퍼마리오예요?" 구온이 어리둥절한 표정으로 물었지만 나루세는 대답하지 않았다.

그리고 한동안 방범 카메라 영상을 다 함께 돌려 보며 확인했다. 책을 읽을 때 만드는 등장인물 표처럼 영상에 비친 사람들의 특징과 등장 시각을 구온이 메모했다.

16층 영상으로만 따지면 히지리의 방이 있는 쪽으로 이동한 사람은 히지리 본인과 그 옆방에 묵은 남자, 객실 청소 담당이 전부였다.

"청소 담당자가 범인인가?" 교노가 말하자 구온이 고개를 저었다. "범인이라면 방에 계속 있어야죠."

청소 담당은 바로 돌아왔다.

"그럼 옆방 남자인가?"

"아니, 그때 히지리 씨 방이 시끄럽다고 그 사람이 문을 열고 나왔는데, 체격이 전혀 달라요. 옆방 남자는 굉장히 덩치가 컸다고 할까, 살이 쪘는데 복면 남자는 말랐어요."

"오호라." 나루세는 그렇게 추임새를 넣었지만 이미 교노와 구온의 대화에 관심을 잃은 듯, 컴퓨터 화면을 뚫어지게 쳐다보고 있었다. 표정은 그대로였지만 머릿속으로 톱니바퀴를 굴리는 게 분명했다.

"나루세, 뭐 좀 알아냈어?"

"아니, 아직 모르겠어."

"아무리 너라도 이런 사건 추리는 어려운가 보군. 지푸라기 속에서 바늘을 찾는 격이지."

"그게 이 상황에 어울리는 격언인가?"

"그럼 뭔가 조금은 알아낸 거예요?"

"조금은." "힌트 좀 줘." "퀴즈가 아니야."

"그렇게 애태우는 사이에도 사건은 계속 터진다는 게 이 바닥의 규칙이지."

"뭐가 이 바닥의 규칙이야?" 나루세가 얼굴을 찌푸리며 말했다. "일단 히지리에게 원한을 품은 사람을 꼽아 볼까?"

"그건 지푸라기 속에서 지푸라기를 찾는 격이군."

"무슨 뜻이야?"

"식은 죽 먹기란 뜻이지."

나루세 5

"나루세 씨, 오카피는 언뜻 얼룩말의 일종처럼 보이지만 사실은 기린의 일종이라는 거 알아요?" 벤치에 앉는데 구온이 그런 말을 했다.

"어째서 자네하고 얘기하려면 항상 동물원에 와야 하지?" 나루세는 그렇게 묻지 않을 수 없었다. 지난번 교노의 가게에서 회의한 뒤에 나루세는 다나카에게 상세한 정보를 얻어 한 차례 훑어보고 구온에게 부탁할 일이 있어 이야기 좀 하자고 연락했다. "그럼 주라시아 동물원에 갈까요?"라는 구온의 말에 선뜻 대답을 못 하자 "주라시아가 싫으면 이유를 대요. 아이스크림 가게가 망해서 그래요?"라고 추궁하기에 주말이라면 괜찮다고 대답했다. 굳이 다 큰 남자 둘이서 어째서 일본 최대 동물원에 가야 하는지 의문은 들었지만 결국 둘이서 오카피를 바라보고 있다.

"오카피는 발굽이 둘로 갈라져 있어요. 말은 하나잖아요. 기제목이니까. 또 오카피는 위가 네 개예요. 말은 하나."

구온은 쉴 새 없이 떠들었다. "게다가 기린과는 기린하고 오카피뿐이에요."

"뭐, 저 얼룩무늬를 보면 얼룩말 친구로 오해하기 쉽긴 해." 나루세는 오카피를 가리켰다. 숲의 귀부인이라는 말이 아깝지 않게 줄무늬에 감싸인 다리가 아름다웠다.

"무늬가 반대인 동물도 있는 거 알아요?"

"반대?"

"오카피의 반대. 오카피는 몸 색깔은 말 같고 다리만 줄무늬잖아요. 그 반대로 얼굴하고 몸은 줄무늬인데 다리 색은 말 같은 동물이 있거든요."

"피카오라고 하지 마."

"나루세 씨, 교노 씨하고 수준이 똑같아요."

"더할 나위 없는 모욕이군."

"콰가라는 동물이에요. 절반만 줄무늬인데 이쪽은 얼룩말 친구예요. 콰가하고 오카피가 합체하면 완전한 얼룩말이 되었을 텐데. 아, 맞다, 이게 있어요." 구온이 갑자기 생각났다는 듯 주머니를 뒤져서 열쇠를 꺼냈다. 무슨 열쇠인지 모르겠지만 키홀더에 작은 동물 모형이 몇 개 달려 있었다. "이게 콰가예요" 하고 집어서 보여 준 것은 확실히 얼룩말 가면을 뒤집어쓴 듯한 동물이었다. "오래전에 멸종했지만."

"그래?"

"역시나 인간의 무분별한 사냥 때문이죠."

"네가 무분별하게 사냥한 것 같은 표정 짓지 마."

"그렇긴 하지만. 어차피 내가 그 시절에 태어났어도 그 남획을 막을 수는 없었을 테고. 이러는 지금도 동물은 점점 멸종해 가는데 난 아무것도 안 하고 있어요. 똑같은 죄예요."

그대로 둘이서 화살표를 따라 출구 근처 카페로 들어갔다. 구온은 "개미핥기는 분명히 꼬리하고 머리가 반대일 거예요"라고 끈질기게 말하더니 자리에 앉아서 나루세에게 물었다. "히지리 씨를 원망하는 사람은 찾았어요?"

"안심했어." "뭐가요?" "이대로 동물원은 역시 즐거운 곳이네요, 하고 돌아가 버리면 어쩌나 했거든. 기억은 하고 있었군." "지금 마침 생각났어요. 그래서 히지리 씨는요?"

"그 남자가 쓴 기사를 조사해 보니 사방에서 원망을 사도 이상하지 않겠더군." 다나카에게 받은 정보에는 다양한 기사가 있었다. "그 남자는 가해자 피해자 분간 없이 흥미로운 에피소드가 있으면 캐내는 것 같아. 요란한 타이틀로 관심을 부추기는 기사가 많았어. 뭐, 타이틀은 히지리가 붙인 게 아닐지도 모르지만."

"다카라지마 사야의 기사를 쓰다가 팬에게 원한을 샀겠네요. 히지리 씨는 정말 여기저기서 원한을 살 것 같아요."

"그러게. 원한을 품은 사람이 많다 보니 끝이 없어서, 평범한 원망으로는 끝나지 않을 사람을 찾기로 했어."

"평범한 원망으로 끝나지 않을 사람요?"

"사람을 습격할 정도로 원망을 품은 사람."

"히지리 씨는 어디까지나 호텔 털이범이라고 생각하는 것 같았는데."

"호텔 털이범일 가능성도 있지만 히지리에게 원한을 품은 사람이 범인일 가능성도 있어. 설사 이번 일과 상관은 없더라도 히지리를 끔찍하게 원망하는 사람을 찾아 두면 도움은 될 거야. 대항할 무기가 돼."

"히지리 씨가 우리를 괴롭힐 때에 대비해서. 그래서 끔찍하게 원망하는 사람은 찾았어요?"

"히지리의 기사 때문에 죽은 사람이 있어."

"죽었다니 심각하네요. 펜은 칼보다 강하다더니 진짜인가 봐요. 어떤 기사였어요?"

"하나는." 나루세가 그렇게 입을 열자 구온이 손을 들었다. "잠깐만요. 그 말은 기사 때문에 사람이 죽은 경우가 여러 번 있었다는 거예요?"

"그래."

"히지리 씨, 엄청나네요." 구온은 영혼 없이 말했다.

하나는 2년 전에 쓴 작은 선술집 기사였다. 식중독 때문에 아이가 죽었는데 그 가게 사장이 표적이 되어 사방에서 비난을 받았다. 그렇지만 사장의 태도는 나쁘지 않았다. 죄의식을 느끼고 진심으로 사과했지만 어느 잡지에 그 사장이 유흥업소에 다닌다는 기사가 실렸다. 유흥업소에 다녔던 건 식중독 사건 이전의 일로 사건 이후에는 다니지 않았으니 냉정하게 생각하면 엉뚱한 비난이지만 기사에서는 유흥업소에 빠진 사장이 식재료 관리를 소홀히 한 탓처럼 몰아가 결국 사장이 자살했다.

"유흥업소 좀 가면 어때서. 그 기사를 쓴 게 히지리 씨예요?"

"그렇지만 그 기사가 자살 원인이라고 단언할 수는 없어. 애초에 사장은 식중독으로 아이가 사망한 일 때문에 큰 충격을 받았으니까."

두 번째는 무차별 살인이었다. 도쿄의 대로변에서 한밤중에 칼을 든 청년이 난동을 부렸다. 두 사람이 죽고 한 사람이 다쳤다. 범인은 바로 체포되었는데, 히지리는 부상당한 피해자에게 주목했다.

"아, 그거, 요전에 히지리 씨가 자기 입으로 말했어요. 성실한 회사원인 줄 알았던 여자가 밤에는 유흥업소에서 일했다는 기사죠?"

"유흥업소에서 일하는 것하고 무차별 범행의 피해자가 된 건 서로 상관없는 일이야. 그런데 자극적인 기사를 썼어. 개중에는 밤늦게까지 일하니까 위험한 꼴을 당하는 거라고 말하는 놈들도 있을지 모르지만 인과관계는 없어. 히지리나 그의 기사를 싣는 잡지사의 주장은 이래. '독자가 사회적인 사건에 관심을 갖게 하려는 수단'이라고. 우리 이웃의 소식이다 이거지. 기사는 언제나 독자를 위해, 독자와 사회를 연결하는 가교여야 한다면서."

"아무리 가교라고 해도 피해자의 사생활을 그렇게 폭로하면 문제가 될 것 같은데요."

"문제는 됐어. 잡지에는 사과 기사가 실렸지." "그래서요?" "그게 끝이야." "그게 끝?"

"미안합니다, 앞으로 조심할게요. 그런 사과문을 싣고 끝이야. 일단 기사가 된 정보는 지울 수 없는데. 인간의 기억을 지울 수는 없어. 결국 직장에서도 가시방석 처지였던 그 여성은 자살하고 말았어."

"저런."

"또 하나는."

"몇 개나 더 있어요? 많이 남았으면 음식 좀 더 시키려고요."

"이걸로 끝이야. 이건 학교 선생님 이야기야. 제자에게 모욕적인 별명을 붙이거나, 무릎을 꿇게 하거나, '처형'이라고 하면서 연필로 손바닥을 찔렀다는 뉴스가 있었어."

"끔찍하네요."

"가짜였어."

"네?"

"학생의 부모가 그 교사가 마음에 안 든다고 가짜 정보를 기자에게 흘린 거야."

"그리고 히지리 씨가 등장?"

"물론 히지리도 가짜인 줄 몰랐어. 그저 그 어머니의 거짓말에 속았던 거지. 아이와 그 친구들에게도 거짓 증언을 시켰고, 히지리는 그 말을 믿고 기사로 썼어. 이웃 소식으로."

"거짓말인 게 금방 들통날 것 같은데."

"사실 교사가 강하게 반론했으면 좋았겠지. 다만 기사가 너무 이목을 끌어서 제자가 거짓말을 했다는 게 탄로 나면 이번에는 아이들이 비난받을 거라고 생각한 그 교사는 제자들을 지키려고 강하게 반론하지 않았어."

"훌륭한 선생님이네요."

"자기 학생들은 이해해 줄 거라 믿었겠지. 하지만 교사는 일자리를 잃었고 결과적으로 거의 자살이라 해도 무방한 상태로 플랫폼에서 전철로 뛰어들었어."

"끔찍하네요."

"그 후 교사의 악평이 가짜였다는 게 밝혀졌지. 물론 그 동네 사람들이나 학생들 사이에서는 당연한 사실이었지만 어쨌거나 세간에도 알려진 거야. 히지리에게도."

"그리고 사과 기사를 쓴 거예요?"

"이 경우 사죄는 하지 않았어. 법률적으로 문제없는 범위였다고 판단했겠지. 히지리는 자기도 거짓말에 속은 피해자라고 생각했는지도 몰라."

"나, 히지리 씨 팬이 될 것 같아요."

"죽은 사람의 관계자가 원한을 품어도 이상하지 않아. 히지리가 죗값을 치를 일은 없을 테니까. 그렇다면 차라리 직접 처단해 주마, 그렇게 생각하는 사람이 있어도."

"그게 내가 그 호텔에서 마주친 그 남자? 그렇다면 미안한 짓을 했네요. 복수하게 내버려 둘걸. 그것도 모르고 방해했네."

"원한을 품은 당사자인지, 부탁을 받은 다른 사람인지는 모르겠지만. 뭐, 자네가 방해한 건 사실이지만 복수한다고 꼭 행복해지는 것도 아니잖아."

"그래서 어느 거예요? 지금 얘기해 준 세 건 가운데 어느 게 정답이에요?"

나루세도 이게 퀴즈처럼 바로 정답을 알려 줄 수 있는 일이라면 편하겠다고 생각했다. 구온도 여기서 객관식 문제처럼 해답이 있다고 믿지는 않을 것이다. "그걸 이제부터 조사할 거야."

"내게 부탁할 일이라는 건 뭐예요? 난 뭘 하면 되죠?"

"자네가 호텔에서 가져온 방범 카메라 영상을 계속 봤는데."

"그렇게 몇 번이나 볼 정도로 재미있어요? 아, 혹시 또 다른 방범 카메라 영상을 가져오라고요?"

"아니, 아니야. 그냥 카메라 영상으로 보면 범인은 엘리베이터를 쓰지 않았어. 16층 자체에 숙박객이 적었는지도 모르지만 복도를 이동하는 사람이 애초에 별로 없어. 더군다나 히지리가 있었던 1601호 쪽으로 다가간 수상한 인물도 없어."

"역시 비상계단을 썼다는 뜻이겠죠?"

"히지리의 옆방, 1602호에 묵은 남자는 뭔가 알고 있을지도 몰라."

"전에도 말했지만 옆방 남자는 범인하고 체형이 완전히 달라요."

"범인이 아니더라도 1601호에서 난 소리는 들었잖아? 그러니 상황을 보려고 복도로 나왔던 거고. 직접 만나서 그때 이야기를 들어 보면 범인이 어디에서 왔는지 알 수 있을지도 몰라."

"하지만 어떻게 얘기를 들어요? 이름도 모르는데."

"사토 씨야."

"네? 카메라에 이름표라도 찍혔어요?"

"호텔에 연락해 봤어."

"뭐라고요?"

"요전 날짜를 말하고 1602호에 숙박했는데 지갑을 떨어뜨렸다고 했지. 만약 분실물이 들어오면 이쪽 주소로 보내 달라고 부탁하면서. 내가 이름을 작은 목소리로 우물우물 말했더니 상대가 단말기를 조작해 숙박 정보를 조사했는지 '사토 후미오 님 맞으시지요?'라고 말해 주더군."

지갑을 찾으면 먼저 전화로 연락해 달라고 부탁하고 슬그머니 등록되어 있는 전화번호가 몇 번이냐고 묻자 상대가 휴대전화 번호를 말해 주었다.

"그 호텔 직원 조금 어설프네요."

"개인 정보에 이렇게 예민한 시대에도 예의 바르게 행동하는 상대는 별로 의심하지 않는 법이야. 만약 상대가 경계했다면 다른 방법을 쓸 작정이었어. 어쨌거나 전화번호도 알아냈으니 연락해서 어디서 이야기 좀 듣고 싶다고 말해 볼 가치는 있어."

"오호라, 그걸 나한테 부탁하고 싶은 거군요?"

"그건 나도 할 수 있어. 자네는 다른 쪽."

"나루세 씨는 못 하고 나는 할 수 있는 일?"

"딱히 자네 특기 분야는 아니지만."

그때 나루세의 스마트폰이 울렸다. "유키코다."

"무슨 일일까요. 또 자해 공갈단인가?"

통화 단추를 누르자 날카로운 목소리가 들렸다. "지금 어디야?" 급하다는 건 알겠다. "주라시아야."

"거긴 또 왜. 아, 구온하고 같이 있어?" 역시나 유키코는 예리했다. "그렇다면 시청 일은 아니겠네. 다행이야. 그럼 지금 데리러 갈게." 운전 중인 듯했다.

"지금? 무슨 일로?"

"주라시아 어디에 있어?"

"출구 근처인데."

"마침 잘됐네. 거기는 넓으니까. 그럼 바로 나와, 어……." 유키코가 내비게이션 지도를 조작하는 듯했다. "동물원에서 나와서 버스 로터리를 지나 오른쪽으로 가. 난 600초 후면 거기 도착해."

"600초? 지금 어디야?"

"거기서 차로 600초 걸리는 곳."

전화가 끊겼다. 나루세는 구온에게 설명하고 바로 출구로 걸음을 돌렸다.

"대체 무슨 일일까요? 남의 휴일에 맘대로 끼어들다니." 구온은 불만스럽게 투덜거렸다.

"서두르는 기색이었어."

"그나저나 유키코 씨가 그런 말을 하다니 드문 일이네요. 교노 씨라면 늘 있는 일이지만."

"그 녀석은 천재 민폐꾼이니까."

"천재라고 하면 우쭐할 테니 그런 말 하면 안 돼요. 천재의 반대말은 뭐죠? 범재? 천재의 반대는 노력가?"

"민폐를 끼치는 노력가." 나루세는 일단 말해 봤지만 조금 아닌 것 같았다.

구온은 미련 없이 "나는 동물들을 더 보다 갈래요, 안녕"

하고 떠나갔다.

나루세는 버스 로터리를 따라 빠르게 이동해 오른쪽으로 걸어갔다. 슬슬 10분쯤 지나지 않았을까 하는 찰나에 뒤에서 경쾌한 경적 소리가 들려 고개를 돌리자 눈앞에서 차가 멈춰 섰다.

"나루세 씨, 타." 운전석에 앉은 채로 말하는 유키코의 목소리가 열린 조수석 창밖으로 들렸다. 서두르는 게 확실해서 나루세는 바로 조수석에 올라탔다. 안전벨트를 매는 사이에 차가 출발했다. "1,250초 남았어."

"뭘 세는 거야?" 가속 때문에 몸이 좌석에 눌렸다. 차는 매끄럽게 차선을 이동해 지방도로를 가로질러 국도로 들어가 남동쪽으로 달렸다. "신이치한테 무슨 일이라도 있어?"

"신이치는 괜찮아."

핸들을 쥔 유키코의 표정은 어두웠지만 그렇게 심각하게 고민하는 모습은 아니었다.

"설명할 시간은 없으니 일단 앉아 있어."

"상대의 기세에 눌려 입도 벙긋 못 하는 사람의 기분을 알겠네." 설명도 제대로 듣지 못하고 사기에 휘말리는 게 바로 이런 경우이리라. "생각보다 거역하기 어렵군."

유키코가 운전하는 차는 늘 그렇지만 정차하는 일이 거의 없다. 실제로는 신호가 파란불인 도로를 골라 달리는 것이지만 이쪽 주행에 맞춰서 신호가 바뀌는 것처럼 보였다.

대로를 빠져나가자 오피스 빌딩이 늘어선 거리가 나왔다.

"지도가 전부 머릿속에 들어 있어?"

"대강은. 내비게이션을 써도 되지만 가끔 싸우니까."

"싸워? 누구하고 누가?"

"나하고 내비게이션이. 왜 그쪽으로 가야 하냐고 따지게 돼."

매끄럽게 달려온 자동차는 멈출 때도 매끄러웠다. 서서히 속도를 줄여 브레이크 때문에 몸이 앞으로 쏠리는 일도 없이 스르르 정차했다. 유키코는 자세를 낮추고 창밖으로 옆 건물을 올려다보았다. "여기인 것 같아."

"뭘 하면 돼?"

"여기 25층이래. 입구에서 2501호를 누르고 '착불입니다'라고 말하면 열어 줄 거라던데."

"누가?"

"25층에 도착하면 문지기가 안내해 준대."

"그런 일방적인 설명을 듣고 따를 것 같아?" 나루세는 어이가 없었지만 어쨌거나 차에서 내리는 수밖에 없었다.

아파트 입구는 천장이 높고 상당히 호화로웠다. 관리인실로 보이는 공간이 옆에 있었는데 눈매가 날카로운 남자가 나루세를 뚫어져라 쳐다보았지만 불러 세우지는 않았다. 그렇지만 수상한 행동을 하면 바로 붙잡겠다는 듯 위협적인 눈초리였다.

　자동 잠금 현관 앞에 서서 2501을 눌렀다. 잠시 후 반응
이 돌아왔다. "예." 무뚝뚝한 남자 목소리다.

　"착불이다." 나루세가 그렇게 말하자 자동문이 스르르
열렸다.

　마침 1층에 와 있는 엘리베이터를 타고 25층으로 올라
가다가 나루세는 구온을 만나서 부탁하려던 일을 제대로
말해 보지도 못했다는 사실을 깨달았다. 대체 뭘 하러 동물
원까지 간 걸까?

　엘리베이터는 눈 깜짝할 사이에 25층에 도착해 문이 열
렸다. 양복을 입은 젊은 남자가 눈앞에 있었다. 한눈에 보
기에도 고급스러운 양복이 호스트와는 완전히 다른 품격
을 자아내고 있었다. 짧은 머리에 검은 안경, 이지적으로
보였다.

　"이쪽으로." 그는 나루세를 데리고 복도를 걸어갔다.

　나루세는 무심코 중얼거렸다. "그렇게 된 거군." 그제야
여기가 어딘지 짐작이 갔다. "카드 게임을 할 수 있나?"

　"예." 상대가 대답했다.

　히지리가 빚을 졌다는 아파트 카지노가 바로 이곳이리라.

　"카드는 잘하십니까?" 청년이 로봇 같은 말투로 물었다.
대답에 관심이 없는 게 뻔히 보였다.

　"도둑잡기라면."

"원하신다면 그것도 가능합니다." 어디까지 농담인지 모르겠다.

문지기가 복도 끝 2501호 앞에서 "여기입니다"라고 말했다.

지금 이게 무슨 상황일까? 나루세는 상상해 보았다. 카지노 사람이 그를 불러낸 걸까? 히지리의 정보를 바탕으로 나루세 일당을 공격해 봤지만 좀처럼 돈을 빼앗지 못하자 간편하게 카지노로 한탕 해치우려는 걸까? 그렇지만 유키코가 여기까지 안내해 준 게 묘했다. 나루세를 이곳으로 데려오라고 협박당한 걸까? 그렇게 보이지는 않았는데.

문이 열려 안으로 들어갔다. 상상과 달리 실내는 밝았고 클래식 음악이 흐르고 있었다. 깔끔한 하얀 벽지도 품위가 있었다.

커다란 흰 테이블 주위에 남자들이 앉아 있었다. 카드가 놓여 있고 칩 코인도 쌓여 있다.

맞은편에 앉은 남자는 잘 아는 얼굴이었다. 트럼프를 손에 들고 나루세를 보더니 쓴웃음을 지었다. "어이쿠, 나루세, 늦었네."

나루세는 한숨을 쉬었다. "자네는 정말 노력가야."

열세 세력이 뒤처지거나 불리한 상태. 또는 그런 양상.
"우리가 ○○라는 의견이 우세하다는군."

"자네한테 도와달라고 해도 와 준다는 보장이 없잖아. 왜,
자네는 뭐라고 해야 하나, 내가 하는 일이라면."

"질색이거든."

"한두 번이 아니니까. 내가 거짓말을 한다고 생각할지도
모르니 자네를 무조건 데려와 달라고 부탁했어."

옆에 앉은 나루세는 역시나 갑자기 끌려온 수상한 방에
도 주눅 든 기색이 없었다. "여기엔 어떻게 왔어?"

"그야." 교노는 히지리가 빚을 갚으려고 카지노 그룹을
부추겼다면 가만히 있을 수 없다고 생각했다. 이쪽에서 먼
저 뛰어들어야 하지 않을까? 그런 생각으로 이 아파트를
찾아왔는데 말 그대로 운이 바닥났는지 포커를 하면 할수
록 지기만 했다.

"여기는 어떻게 알아냈어?"

"히지리한테 연락해서 알려 달라고 했지." 구온이 받은
명함에 적혀 있는 번호로 연락했다. 히지리는 교노가 구온

의 일행이라는 걸 알고 있었는지, 혹은 전화 내용으로 알아차렸는지, 후자라면 요컨대 교노 때문에 약점을 늘린 꼴이 되지만 어쨌거나 회원제 카지노에 들어갈 수 있도록 편의를 봐주었다.

"그 결과가 이건가." 나루세가 몇 개 쌓여 있지 않은 교노의 칩을 눈짓으로 가리켰다. 쌓여 있다기보다 바닥에 깔려 있는 것으로밖에 보이지 않았다.

"천만 엔은 잃었어요." 앞에 앉은 양복 차림의 젊은이가 말했다. 콧대가 높고 쌍꺼풀이 뚜렷한 미남이었다. 표정이 없어 로봇 같았다. 오래전 만국박람회에서 본 접수 로봇이 진화해서 여기 온 게 아닐까 하는 생각이 들었다.

"그렇게 잃어도 괜찮은 거야?" 나루세가 미간을 찌푸렸다.

"안 괜찮지."

"그런데 왜 그렇게 질 때까지 계속했어?" 나루세가 앞쪽에 앉은 청년에게 시선을 돌렸다. 그가 바로 이곳을 관장하는 오쿠와라는 건 알아냈다. "딱히 우리가 몰아세운 건 아닙니다. 감금한 것도 아니고요. 친구분도 돌아가려고 마음만 먹으면 언제든지 돌아갈 수 있었습니다."

맞는 말이다. 폭력은 물론 위협 한번 하지 않았다. 심지어 위압적인 언동도 없었다. 온화하고 우아한 분위기 속에서 호사스러운 오락에 심취하고 있다는 사실에 행복할 정도였다. 게임이 끝날 때마다 "이쯤에서 그만둬도 됩니다"

라고 했지만 교노는 그만두지 않았다. 이유는 단순했다. 분했기 때문이다.

좋은 패가 들어오지 않는 게 아니었다. 운은 나쁘지 않다. 잃은 돈의 두 배를 걸면 다음 판에서 이겼을 때 만회할 수 있다. 그런 기대감 때문에 "한 번 더" 하고 게임을 계속했다.

그게 상대방의 작전이리라. 하지만 안다고 다 실천할 수 있는 것은 아니다. 상대가 우위에 있다는 것을 알면 알수록 대역전을 꿈꾸고 만다.

"이제 그만두는 게 어떻겠습니까, 하고 아까도 물어봤는데 친구를 불러도 되겠냐고 말씀하시더군요. 도와줄 사람을 부르길 원해서. 사실 그런 부탁은 들어주지 않습니다만 '우정 테스트'는 싫어하지 않거든요."

"우정 테스트?"

"진정한 친구가 몇이나 되는지 시험하는 거지요. 갑자기 전화를 걸어서 '지금 당장 와 줘'라고 부탁하는 겁니다. 사정도 안 듣고 몇 명이나 와 주는지. 해 보면 의외로 별로 안 오거든요. 저마다 각자의 일상과 용무, 예정이 있으니까요. 갑자기 와 달라고 해도 바로 대응하지 못하는 거죠." 오쿠와가 말했다. "친구라는 건 말입니다, 자기가 만나고 싶을 때 만나고 싶은 사람을 가리키는 거지, 상대가 만나고 싶을 때 만나 주는 사람을 가리키는 말이 아닙니다. 그러니 당신이 진짜로 올지 안 올지 시험해 보는 것도 재미있을 것 같아 딱 30분만 기다려 보기로 했어요."

사실 교노는 나루세에게 직접 전화로 와 달라고 부탁한 것은 아니다. 그러는 척하고 유키코에게 무조건 데려와 달라고 부탁했을 뿐이지만, 그건 눈치채지 못한 듯했다.

"다행이야, 자네가 진정한 친구라서."

"억지로 끌려온 거야."

오쿠와가 고개를 돌려 나루세를 똑바로 쳐다보았다. "그래서 어쩌렵니까? 대신 하겠습니까?"

"당연하지." "당연히 안 하지."

교노와 나루세의 목소리가 동시에 겹쳤다. 이어지는 말도 마찬가지였다.

"왜 안 해?" "왜 해야 해?"

"부탁이야. 이대로 가면 내 소중한 돈이 날아가고 말아." 얼마 전 은행 강도로 번 돈이니 내 돈이라고 주장하기는 약간 꺼림칙했지만, 가령 그것을 두루뭉술하게 '모두의 돈'으로 본다면 '모두의 돈'을 카지노로 날리는 게 더 미안하다는 자의적인 생각도 있었다.

나루세는 한참 동안 말이 없었다. 오쿠와나 그 주위에 있는 사람들은 재촉하지 않고 기다리는 시간을 즐기듯 가만히 앉아 있었다.

"꼭 포커만 해야 하나?" 나루세는 눈앞의 카드를 보고 있었다.

드디어 마음을 먹었구나! 교노는 기뻤지만 그 말을 했다가는 나루세의 의욕이 연기처럼 사라질 게 보여서 입을 다물었다.

"원하는 카드 게임이 있다면 그것도 상관없습니다."

"아니, 포커면 돼." 나루세가 말했다. "판돈은 저 녀석이 잃은 돈의 두 배로."

"눈물겨운 우정이로군요." 오쿠와가 찔러도 피 한 방울 나지 않을 것 같은 목소리로 말했다.

"우정이 아니라서 나도 눈물이 날 것 같아." 나루세는 그렇게 대답했다.

일대일 포커는 눈 깜짝할 사이에 카드를 받고 바로 결판이 났다. 카드를 한 장씩 교환한 후에 나루세가 승부를 포기한 것이다. "못 이겨."

"카드를 뒤집어 볼 때까지 승패는 알 수 없는 법입니다."

"알 수 있어. 당신 카드가 강해."

나루세가 하는 말이니 그럴 것이다. 교노 역시 그래도 붙어 보라는 말은 할 수 없었다. 보통은 상대가 기권했을 경우 자기 카드를 보여 줄 필요가 없지만 오쿠와는 "특별히 보여 드리죠"라며 다섯 장의 트럼프를 뒤집었다. 풀하우스였다.

역시 어쨌거나 진 게임이다. 오쿠와가 속임수를 쓰고 있다는 증거는 찾지 못했다. 정말 속임수를 쓰는지도 불확실하지만 이 정도로 강한 패를 얻는 걸 보면 어지간히 운이 좋거나 조작을 하거나 둘 중 하나다. 어느 쪽이든 이쪽의 대책은 별로 없다. 나루세라면 어떻게든 대항할 수 있지 않을까? 교노는 그런 간절한 마음으로 나루세를 불렀지만 역시 쉽지 않은 일이다.

"보시다시피 이걸로 2천만 엔이군요. 나중에 입금 방법을 알려 드릴 테니 기한까지 입금해 주시지요."

"우리가 행방을 감추면 어쩌려고?" 나루세가 물었다.

"물론 찾아야죠." 태연히 대답하는 오쿠와의 목소리는 거의 책을 읽는 듯했지만 그것이 오히려 위압적이었다. 찾아낼 자신이 있는 것이리라. "다만 서로 수고를 덜기 위해 약속을 지켜 주시면 고맙겠습니다."

"교노, 자네가 내 몫까지 내 줄 거야?" 나루세가 교노를 쳐다보았다.

"어째서 내가 자네 때문에 덤터기를 써야 해?"

그 말에 나루세는 눈을 빠르게 깜빡거리며 교노를 뚫어져라 쳐다보았다.

"왜 그래?"

"아니, 내가 할 말을 자네가 해서, 대본을 확인하고 싶어졌어."

대본이 어디 있다고 그래? 교노는 불만스럽게 투덜댔다.

"어쨌거나 저희는 돈만 받으면 상관없습니다. 어떤 형태든."

"어떤 형태든?"

"환금할 수 있는 거라면 그림이든 땅이든, 경마 고배당 증서든 스포츠 복권이든 다 괜찮습니다."

"스포츠 복권?"

"축구 복권 말입니다. 얼마 전에 다 털려서 빈털터리가 된 사람이 있었거든요. 우리도 난폭하게 굴 생각은 없었지만 돈을 내지 않으면 곤란하니까요. 어쩌나 고민하는데 그 사람이 될 대로 되라는 식으로 축구 복권에 도전했어요. 두 손을 묶인 상태로 필사적으로 예상을 했죠."

두 손이 묶여 있었던 이유를 물어볼 마음은 들지 않았다. 그들이 진심으로 나오면 그 정도는 한다는 뜻이리라.

"그게 적중했다는 거야?" 교노는 물어보았다.

"예. 얼마였더라?" 오쿠와가 말하자 그 뒤에 서 있던 청년이 대답했다. "1,500." 1,500엔일 리는 없으니 1,500만 엔이라는 뜻이리라.

"집념의 승리군." 나루세가 감탄했다.

"그렇죠. 드문 일이라 액자에 넣어서 장식해 뒀습니다." 오쿠와가 벽을 가리켰다. 그쪽에 액자를 걸어 둔 방이라도 있는지 모른다.

"환금하지 않고?"

"돈보다 당첨된 스포츠 복권이 더 귀하니까요."

"이것도 인연이니 궁금한 게 있는데." 나루세가 오쿠와를 똑바로 쳐다보았다.

"뭔가요?"

"요즘 나나 친구들 주위에 무서운 일이 자꾸 생기거든. 치한으로 누명을 쓸 뻔하거나, 차에 부딪힐 뻔하거나." 나루세는 그렇게 말하면서 주위 스태프들을 쳐다보았다. 병실이라기보다는 실험실에 가까운 새하얀 실내에서 의자에 앉아 있는 남자를 쳐다보더니 입을 열었다. "마침 저 남자처럼 생긴 사람이 전철에서 내 바로 뒤에 서 있었던 것도 기억나."

오쿠와는 거의 단정에 가까운 나루세의 억측에도 화내지 않았다. 표정에 변화가 없었다.

"제가 할 말은 없군요." 오쿠와의 목소리는 스푼으로 접시를 때리는 소리처럼 건조했다.

"아, 그러면." 나루세가 조심스럽게 뒷말을 이었다. "만약에 이기면 내 부탁 하나만 들어주겠어?"

"이기면? 더 할 생각입니까?"

"포커는 시간이 걸리니 좀 더 간단한 방법으로."

"어떤 방법이죠?"

"당신이 트럼프를 한 장 뒤집어. 나는 그게 6보다 큰지 작은지 맞히도록 하지."

"감으로 하는 내기는 별로 재미가 없어요."

"나는 딱 한 번만 질문할 거야. 당신은 거짓말을 해도 돼. 난 그 반응을 보고 맞힐 거야. 감이 아니라 고도의 심리전이지. 아마 당신 특기겠지만."

나루세의 제안을 거절할 가능성도 있다. 오쿠와가 어떤 태도를 보일지, 교노는 알 수 없었다.

잠시 후 오쿠와가 입을 대답했다. "해 볼까요?" 스태프는 그 말에 놀라지도 않았지만 흥겨워 보이지도 않았다. 모두 만국박람회 출신인가? 교노는 그런 생각을 했다.

오쿠와가 섞은 카드에서 한 장을 뽑아 손바닥 안에서 뒤집어 시선을 떨어뜨렸다.

"6보다 큰가?" 나루세는 직접적으로 물었다.

"예." 오쿠와가 바로 대답했다.

표정에서는 아무것도 읽어 낼 수 없었다. 나루세는 딱히 상대의 얼굴을 응시하지도 않았다. 슬쩍 쳐다만 보고는 고민하지도 않고 단정적으로 말했다. "6보다 크군. 약속대로 내 부탁을 들어줘."

"어떻게 맞았다는 걸 아는 겁니까?" 미미한 반응이었지만 당혹스러워하는 눈치였다. 오쿠와가 카드를 뒤집자 8이라는 숫자가 보였다.

"내 부탁은 하나야. 우리한테 더 이상 상관하지 말아 줘. 우리가 딱히 당신들에게 뭘 잘못하지는 않았잖아. 아마도 히지리가 우리라면 돈을 낼 거라는 정보를 제공했겠지. 우리하고 히지리 사이에는 여러모로, 뭐라고 하나."

"복잡한 사정."

"그래, 복잡한 사정이 있어. 솔직히 우리는 돈을 낼 수 없어. 그리고 트러블에 휘말리는 것도 싫어."

눈물의 호소까지는 아니었지만 솔직한 요구에 옆에서 듣고 있던 교노는 놀랐다. 하지만 어설프게 숨기거나 복잡하게 설명하는 것보다 이편이 깔끔하다.

"알겠습니다." 오쿠와가 선뜻 대답했다.

"정말이야?"

"원래 빚을 회수하는 대신 행동해 본 것뿐이었으니까요. 밑져야 본전이라고 하면 듣기 거북하겠지만, 저희도 다 믿은 건 아니었습니다. 그쪽이 먼저 우리를 공격한 거라면 몰라도 그렇지도 않고, 예상보다 쉽지 않겠다고 생각하던 참이었으니 앞으로 일절 관여하지 않겠습니다."

나루세는 일이 생각보다 쉽게 풀려서 그런지 눈썹을 씰룩거리며 교노를 보았다. "그거 고맙군."

"히지리 씨는 자기를 지키기 위해서라면 뭐든지 할 타입이기도 하고요."

"잘 아는군."

"그럭저럭 오래 알고 지냈거든요. 아, 다만." 오쿠와가 말했다. "그렇지만 당신들이 혹시나 우리를 방해하면."

"안 해." 나루세가 부정했다. "버섯은 질색이야."

오쿠와는 여전히 표정에 변화가 없었다. "재미있는 분이 군요."

"재미있어하는 것 같지 않은데."

"달관 세대라서요."

"어느 시대에나 젊은이들을 야유하는 호칭은 있지. 그보다 달관 세대라 불리는 청년들은 다들 당신처럼 침착한가?"

"달관 세대에게 그렇게 어려운 건 묻지 마세요." 그렇게 대답하는 오쿠와는 분명 교노나 나루세보다 지능이 높아 보였다. 자학이나 변명이라기보다 망토를 펄럭여 성가신 공격을 쳐 내는 것처럼 우아한 태도였다. 달관 세대라는 야유를 역으로 이용해 자신의 우수함을 감추려 한다.

"겸손하군. 정치가들이 보고 배워야 할 텐데."

"정치가도 사람 나름이죠."

"그렇군."

"자기 의견이 통하지 않았을 때의 반응을 보면 알 수 있습니다. 억지를 부리며 화를 내는 건 삼류예요."

"뭐, 어쨌거나 오늘은 이만 돌아갈게." 교노는 냉큼 돌아가려고 일어나서 문으로 이동하려 했다. 그때 벽 근처 낮은 선반 위에 있는 제법 큰 수조가 눈에 들어왔다. "이건?"

"아, 그건 거북이예요." 오쿠와가 설명했다. "할머니의 유품이죠. 거북이는 만 년을 산다던데 실제로 할머니보다 나이가 많아요."

설명을 듣고서야 수조 속에 있는 갈색빛이 도는 커다란 하얀색 돌이 등딱지라는 것을 깨달았다. 핸드볼만 한 크기로 바위처럼 울퉁불퉁했다.

어느 틈에 양복 차림의 남자가 양쪽에 서 있었다. 방금 전까지와 달리 신경을 곤두세우고 이쪽을 압박하고 있다.

"뭐야, 내가 훔치기라도 할까 봐?"

"난폭하게 다루면 수명에 영향이 있으니까요." 오쿠와가 말했다.

"수명이 만 년에서 천 년으로." 나루세가 중얼거렸다.

도둑이라도 된 것처럼 감시당하는 기분이라 교노는 거북해서 자리를 떴다.

그때 나루세의 목소리가 들렸다. "또 부탁해서 미안하지만, 한 번 더 승부하지 않겠어?"

교노는 나루세의 옆얼굴을 쳐다보았다.

"또 맞히면 이 남자의 빚을 눈감아 줘."

구온 4

알현 신분이 높은 사람을 만나는 일. "여왕을 ○○하다."
"○○을 허락받았어. 에헴."

뒤에 있는 나루세를 보니 조금 웃음이 나왔다. "나루세 씨가 여기 있는 걸 시청 사람들이 보면 놀랄 거예요."

"그럴까?"

"의외의 면을 봤다고 생각하지 않을까요?"

"돌아가고 싶어졌어."

"같이 가 달라고 한 건 나루세 씨잖아요."

나루세가 얼굴을 찌푸리며 손목시계를 확인했다. "그나저나 아직이야?"

"이제 슬슬 됐을 텐데." 구온은 그렇게 대답했다. 나루세가 거북해하다니 보기 드문 모습이었다. 줄에서 빠져나와 멀리서 나루세를 관찰하고 싶을 정도였다.

줄이 줄어들 기미가 없다. 구온은 자리에 서서 며칠 전 나루세와 함께 호텔을 다시 찾아갔을 때를 떠올렸다.

숙박객을 가장하고 둘이서 엘리베이터를 타고 16층으

로 올라가 히지리가 묵었던 1601호 앞까지 갔다. 중간에 구온은 "이쯤에서 소리를 들었어요"라고 설명했다.

"무슨 소리였어?"

"네?"

"처음에 자네 얘기를 들었을 때는 히지리하고 범인이 몸싸움을 벌인 줄 알았지만, 히지리는 자고 있었잖아."

"내가 누른 벨 소리에 깼죠. 듣고 보니 그러네요, 그건 무슨 소리였을까? 어쩌면 범인이 히지리 씨 방에 들어가는 소리였을지도."

"그렇군, 문이 닫히는 소리였나."

"아마도요." 어디까지나 억측에 지나지 않으니 그런 말밖에 할 수 없었다.

그 후 구온은 어슬렁거리는 나루세를 따라 복도를 반대쪽 끝까지 걸었다.

"여기 어느 방에 다카라지마 사야가 묵고 있었다는 뜻이네요."

"난 아이돌이나 여배우는 잘 모르지만, 역시 유명인한테는 관심이 있나?"

"나한테 묻는 거예요?"

"아니, 실수했어. 이름이 긴 동물이라면 또 몰라도 자네가 여배우에게 관심 있을 리 없지."

복도를 한 바퀴 돌아 직원용 엘리베이터 위치를 확인한

나루세는 "그럼 아래로 돌아갈까?"라고 말했다. 당연히 엘리베이터로 내려갈 줄 알았는데 아니었다. "비상계단으로 가자."

"여기 16층인데요. 계단으로 내려가기엔 조금 높아요."

"범인이 거기로 달아났을지도 모르잖아. 가 보자고."

1601호 쪽으로 돌아가 '비상구'라고 적혀 있는 문을 열었다. 건물 내부의 계단이 나선으로 위에서 아래로, 혹은 보는 방향에 따라서는 아래에서 위로 이어져 있다.

나루세가 먼저 계단에도 방범 카메라가 있다는 것을 발견했다. 비상계단 높은 곳에 작은 돔형 기계가 붙어 있었다.

"방범 시스템이 제법 철저하네요."

"감시당하는 것 같아 싫어할 손님도 있겠는데."

"다카라지마 씨는 그래서 이 호텔에 묵었던 걸까요?"

"무슨 뜻이야?"

"호텔 안에 수상한 사람이 들어오면 곤란하잖아요. 무슨 일이 있었을 때를 생각하면 카메라가 많이 달려 있는 호텔이 좋죠."

"수상한 기자가 같은 층에 묵고 있었지만."

"아마 호텔 직원이 히지리 씨를 도와줬을 거라고 했죠? 누굴까요? 예약 담당자일까? 누가 그런 짓을 했는지 조사해 볼까요?"

"아니, 지금은 히지리의 편의를 봐준 사람보다 히지리에게 원한을 품은 녀석을 찾고 싶어."

"이 비상계단 방범 카메라 영상을 입수하면 내가 만난 범인도 찍혀 있을까요? 또 녹화 데이터를 가지러 가야 하나, 싫은데." 아무래도 몇 번이나 가면 위험할 테고, 무엇보다 귀찮았다.

"아니, 안 그래도 돼. 아마 찍혀 있다고 해도 한순간일 테고 범인이 복면을 썼다면 도움이 안 될 테니까."

"나루세 씨는 다정하네요. 내가 하기 싫은 일을 전부 안 해도 된다고 말해 주다니."

"딱히 구온 자네를 위해서 하는 말은 아닌데."

"불필요한 작업은 안 해도 된다고 판단할 줄 아는 상사는 귀하다고요."

"마치 회사에서 일해 본 적 있는 것처럼 말하네." 나루세가 웃었다.

호텔을 한 바퀴 둘러보고 두 사람은 라운지 카페에서 차를 마시며 신이치의 활약을 구경하다 돌아왔는데, 그때 나루세가 문득 이런 말을 했다. "만약 히지리를 미워하는 사람이 범인이라면 굳이 이렇게 방범 카메라가 많은 곳에서 히지리를 습격할 필요가 있었을까?"

"여기가 아니면 히지리 씨를 만날 수 없었을지도 모르죠. 알고 보면 히지리 씨가 알현하기 어려운 귀빈이라거나." 구온도 그럴 리 없다는 건 안다.

"습격한 사람이 이곳을 선택한 이유가 중요할지도 몰라."

"예를 들면?"

"그래서 구온, 자네한테 부탁이 있어."

그 부탁의 내용을 들은 구온은 놀라면서도 웃고 말았다. "그런 건 혼자 가도 되잖아요."

"부끄럽거든. 익숙하지 않아서."

"나도 딱히 익숙한 건 아닌데."

겨우 시간이 되었는지 방금 전까지의 어수선했던 분위기가 가라앉더니 또 다른 종류의 술렁거림이 가득 찼다.

두 사람이 서 있는 줄이 짧아졌다. 구온이 고개를 돌려 뒤에 있는 나루세에게 말했다. "텔레비전 카메라가 와 있어요." 대각선 앞쪽에 카메라 몇 대가 있었다.

"찍히기 싫은데."

"우리를 찍으러 온 건 아니에요."

이벤트 스태프가 여기저기서 줄을 정리하고 있었다. 구온과 나루세도 조금씩 앞으로 전진했다. 꽤나 뒤에 있었는데 예상보다 빨리 끝이 보였다.

"저게 다카라지마 사야인가." 나루세가 그렇게 물었지만 구온 역시 "아마도"라고 대답하는 게 고작이었다. "난 사람 얼굴을 잘 기억 못 해요."

"레서판다 개체는 금방 구분하면서." 나루세는 그렇게

말하며 손에 쥔 책을 들고 확인했다. "이걸 내밀면 되지?"

"맞아요. 그리고 상대에게 제대로 경의를 표해야 해요. 놀리러 온 게 아니니까."

"당연하지."

구온은 사전에 구입한 책, 다카라지마 사야가 쓴 자서전을 펄럭펄럭 뒤적였다. "나루세 씨, 이거 읽어 봤어요?"

"읽었어. 의외로 호감이 가던데. 꾸밈없고 정중해. 파란만장한 인생을 내세운 책들과 달리 사소설 같은 느낌이야."

"헤에." 구온이 그렇게 대꾸하는데 스태프가 다가와 사인 순서를 알려 주었다.

'다카라지마 사야 사인회'라는 패널과 함께 긴 테이블에 다카라지마 사야가 앉아 있었다. 상큼한 분위기의 아름다운 얼굴로 사인하며 앞에 서 있는 상대에게 말을 걸고 있다.

순서가 와서 구온도 앞으로 다가갔다.

"고맙습니다." 다카라지마 사야가 무엇에 대해 고맙다고 인사하는 건지 구온은 일순 이해하지 못했다. 뒤늦게 책을 사 줘서 그런가 보다 했다.

"힘내세요, 응원할게요." 구온은 그렇게 말했다.

또 고맙다고 하며 다카라지마 사야가 사인을 했다.

"아, 그러고 보니." 구온은 타이밍을 노려서 물어보았다.

다카라지마 사야가 반사적으로 고개를 들었다.

"히지리 씨라는 기자 아세요?"

미소를 머금고 있는 표정에 커다란 변화는 없었다. 다만 "응?"이라고 되묻듯이 고개를 갸웃거릴 뿐이었다. 구온은 "아, 별것 아니에요"라고 대답했다.

"이 책 어땠어요?" 다카라지마 사야가 물었다.

구온이 방금 전 나루세에게 들은 그대로 "파란만장한 인생을 내세운 책들과 달리 사소설 같아서 좋았어요"라고 말하자 다카라지마 사야는 눈을 가늘게 뜨고 "기뻐요"라고 대답했다.

책에 사인을 받고 그 자리에서 빠져나와 나루세가 사인받는 모습을 지켜보았다. 줄에는 남녀노소, 다양한 사람들이 있어서 나루세의 존재는 특별히 눈에 띄지 않았다.

"나루세 씨, 그런 반응으로 알 수 있어요? 역시 여배우라 그런지 본심을 전혀 모르겠던데요." 합류해서 나루세에게 물어보았다.

"아니, 쉬웠어. 자네가 질문했을 때 다카라지마 사야는 거짓말을 했어."

"그게 거짓말하는 표정이었다고요?" 전혀 눈치채지 못했다.

며칠 전 호텔 라운지에서 다카라지마 사야 사인회에 가고 싶으니 함께 가 달라고 부탁한 뒤에 나루세는 이런 말을 했다. "때마침 그때 다카라지마 사야가 로비에 있었다는 사실이 마음에 걸려."

"그랬던가요?"

"로비에서 신이치한테 말을 걸었잖아. 팬에게 들켜서 소동이 벌어졌지만."

"그렇다면 더 상관없는 것 아니에요?"

"그 방범 카메라 영상을 보면 다카라지마 사야는 방으로 돌아온 히지리와 엇갈려서 엘리베이터를 타고 내려갔어. 우연일지도 모르지만 일부러 그랬을 가능성도 있어."

"일부러?"

"의심을 사지 않으려고. 기자가 습격당했을 때 자기가 같은 층에 있으면 여러모로 귀찮아지잖아. 그래서 알리바이를 만들려고 로비에서 호텔맨에게 말을 건 거지."

"요컨대 다카라지마 사야가 계획했다는 뜻이에요? 실제로 습격하려 했던 그 범인은 공범일까요? 하지만 무슨 이유로? 꽁무니를 따라다니는 히지리 씨가 귀찮아서 경고하고 싶었을까요?"

"그렇다면 아무리 알리바이가 있어도 의심을 살 거야."

"히지리 씨한테서 뭔가 빼앗고 싶었다거나? 기사로 나면 위험한 사진이나."

"그런 게 있었으면 히지리는 바로 잡지에 팔았을 것 같은데."

확실히 돈에 궁한 히지리에게 정보를 끌어안고 있을 여유는 없었으리라. "잠깐만요. 나루세 씨는 다카라지마 사야가 수상하다는 거예요, 아니라는 거예요?"

"아마 다른 동기가 있지 않을까?"

"다른 동기?"

"자기 주변을 맴돈다는 이유가 아닐지도 몰라. 오히려
쫓아다니는 히지리를 이용한 게 아닐까?"

"무슨 뜻이에요?"

"호텔에 숨어 지내면 히지리도 같은 호텔로 따라올 테니
그 순간을 노리면 된다고 생각했을지 몰라. 아까 어째서 이
호텔을 선택했는지 얘기했지. 다카라지마 사야가 여기로
유도했을 가능성이 있어."

"뭐 때문에요? 아니, 여기서 우리가 고민해도 모르겠죠."

"그래서 직접 본인에게 물어보려고."

"그래서 사인회에 가고 싶은 거군요."

"나루세 씨가 얘기했을 때 다카라지마 씨 반응은 어땠어
요?" 사인회가 열린 서점은 빌딩 안에 있었다. 구온은 그 옆
카페에 들어가서 나루세에게 물어보았다.

다카라지마 사야에게 동기가 있다면 히지리가 과거에
쓴 기사와 상관있을지도 모른다고 추측한 나루세는 '사람
을 죽게 만든 히지리의 기사'를 의심했다. 식중독을 일으킨
술집 사장, 무차별 폭행 사건의 피해자 여성, 가짜 소문이
퍼진 교사, 그중 누군가가 다카라지마 사야와 연관이 있지

않을까 추측한 것이다.

그것을 사인회에서 물어보기로 했다.

구온은 일단 "히지리를 알고 있는가", "히지리라는 기자를 인식하고 있는가" 하는 질문을 던졌다. 다카라지마 사야는 전혀 모르는 척했지만 그것은 거짓말이었다. 나루세가 그렇게 판단했으니 그럴 것이다. 그녀는 히지리를 알고 있으며, 안다는 사실을 숨기고 있다.

"나루세 씨는 뭐라고 물었어요? 식중독을 일으킨 술집을 알고 계십니까, 하고 일일이 물었어요?" 세 건의 사건과 연관성을 확인하려면 세 개의 질문을 해야 한다.

"처음에는 그럴 생각이었지만 힌트가 있어서 하나로 줄였지."

"힌트? 어디에 있었어요?"

"여기야." 나루세는 그렇게 말하며 방금 사인을 받은 책을 가리켰다.

"자서전?"

"어렸을 때 이야기가 있었잖아."

"난 아직 안 읽었어요."

"이웃 언니 이야기가 나와. 뭐, 언니라고 해도 다카라지마 사야가 초등학생 때 중학생이었던 것 같으니 나이 차는 꽤 나겠지만."

구온은 나루세가 펼친 페이지를 들여다보았다. 겨우 두

쪽 정도였지만 '이웃 언니'에 대한 이야기가 적혀 있었다.

다카라지마 사야는 어렸을 때부터 외모가 뛰어났는지, 반에서도 눈에 띄어 따돌림을 당하는 일도 있었다. 노골적인 괴롭힘이라기보다 애매모호한 심술, 숨은 악의에 지쳐 학교에도 가지 않고 집 근처 공원에서 지내는 경우가 많았다. 부모에게 의논하고 학원 선생님에게 고민을 털어놓자 그들은 "지구가 0시에 만들어졌다고 하면 공룡 시대는 23시 30분이야. 인류가 태어난 건 23시 59분 정도. 그러니 우리가 살아가는 시간은 우주나 지구의 역사로 보면 아주 짧으니까 별것 아니란다"라는 이야기를 하며 다독였다. 하지만 그런 말은 다카라지마 사야를 구원하지 못했다. 지구의 역사나 불우한 외국의 아이들을 생각해 봐도 지금 자신이 느끼는 고독과 불안은 치유되지 않았다.

그 '이웃 언니'는 공원을 지나가다가 "나도 오늘은 학교 땡땡이칠까" 하고 다카라지마 사야 곁에서 이야기를 들어주었다. "친구는 없어도 돼." 그렇게 말하며 웃더니 이런 말을 해 주었다. "친구가 많다고 행복해지는 것도 아니야. 사람들을 무서워하지 말고, 우습게 보지도 말고, 조금만 친절하면 돼."

그 후에도 다카라지마 사야는 '이웃 언니'를 만나 이야기를 나누었고, 그것이 마음의 지주였다고 했다.

"그 언니가 얼마 전에 죽은 것 같아."

구온이 읽은 페이지에는 '언니는 젊은 나이에 이 세상을 떠나고 말았지만'이라고 담담하게, 말하고 싶지 않은 사실을 얼른 훑고 지나가듯 간결하게 적혀 있었다. "20대에 죽었다는 뜻이네요. 왜 죽었을까요?"

"히지리 때문이야."

"네?" 농담인 줄 알고 나루세의 얼굴을 보았는데 농담과 거리가 먼 어두운 표정을 짓고 있었다.

"히지리의 기사 때문에 자살한 여자가 그 여성일 거야."

구온은 나루세가 알려 준 세 건의 사건을 떠올렸다. "그 무차별 폭행 사건의 피해자요?"

"회사와 유흥업소, 두 군데에서 일했지."

"그 사람이 어린 다카라지마 사야의 마음을 위로해 주었던 건가요. 하지만 진짜예요? 증거는 있어요?"

"없어." 나루세는 태연히 말했다. "그래서 아까 본인에게 물어봤어."

"아하, 알겠어요."

"그 세 사건 중에서 다카라지마 사야와 상관있는 일이라면 그거라고 생각했으니까. 둘 다 도쿄에서 태어났고."

"어느 쪽이든 다카라지마 사야하고 어……." 그 피해자의 이름은 아직 모른다.

"우시야마 사오리."

"아, 혹시 다카라지마 사야라는 예명이."

"한 글자 따왔을지도 모르고, 우연일지도 모르지."

"동물 이름이 들어 있는 건 좋네요." 구온은 고개를 끄덕거렸다. "그래서 다카라지마 사야한테는 뭐라고 물었어요?"

"우시야마 사오리 씨하고 친했습니까? 그렇게 물었을 뿐이야."

"어땠어요?"

"내가 아니라도 알 수 있을 정도로 동요했어." 나루세는 자기가 죄를 저지른 것처럼 미안한 표정으로 말했다. "편지를 주고 왔어."

"나루세 씨가 팬레터를 쓰다니. 결론만 말하면 어떻게 되는 거예요? 히지리 씨를 습격한 건 다카라지마 사야였다, 그런 거예요? 이웃 언니 일로 원한을 품고?"

"아니, 그때 다카라지마 사야는 로비에 있었어."

"그렇다면."

"공범이 있다는 뜻이겠지."

"찾기 귀찮겠네요."

"하지만 대충은 짐작이 가."

"공범이요? 아니면."

"대강 전부."

정말이지, 이래서 나루세 씨는 무섭다니까. 구온은 한숨을 쉬었다.

제3장

악당들은 사건의 구도를 알아차리지만, 상대보다 한발 늦는다

'1인치를 내주면 2야드를 빼앗긴다'

교노 4

위장 ① 어떤 사실을 덮기 위해 다른 일이나 상황을 꾸미는 것. "히지리를 자살로 ○○해 죽여 버리자." ○○ 공작. ② 주위와 다른 색이나 형태로 모습을 알아보기 어렵게 하는 것. 특히 전쟁터에서 하는 조작. 변장. ③ 범행 계획을 위해 현장에 있어도 이상하지 않을 사람이 되는 것.

"당신이 나루세 씨입니까?" 그런 말에 교노는 순간 "나는 그렇게 시시한 사람이 아니야"라고 되받아칠 뻔했지만 "예"라고 대답했다.

원래 나루세가 만날 예정이었는데 시청 업무 때문에 불가능해지자 대역으로 교노가 온 것이다.

"미안해. 상대가 그 시간밖에 비어 있지 않다고 해서. 이야기를 들어 봐 줘."

"역시 어려울 때는 유키코나 구온이 아니라 나를 찾는군."

"유키코는 볼일이 있다고 했고 구온한테는 거절당했어. 그래서 거의 도박하는 심정이지만 어쩔 수 없이 마지막 선택지인 자네에게 부탁하기로 한 거야."

"주인공의 등장인 셈이군."

"자네는 늘 자기에게 유리하게 들리도록 말하는군. 어쨌거나 아까 말한 대로 이야기를 나누고 오면 돼."

"큰 배에 올라탔다고 생각하고 나만 믿어."

"큰 배는 가라앉을 때 피해도 큰데."

막상 상대를 마주한 교노는 자신이 없어졌다. 패밀리 레스토랑에 나타난 그 남자가 뚱뚱한 중년 남자에 관록이 넘쳐서 그런 게 아니라, 나루세에게 들은 말을 믿을 수 없었기 때문이다.

"어, 당신이 그날 1602호에 숙박한 사토 후미오 씨?" 수첩을 보면서 물었다. 거기에는 나루세의 지시 사항이 적힌 메모가 있었다. 커닝 페이퍼를 보며 연기하는 기분이다.

"대체 어떻게 그걸 알았는지, 그리고 어째서 일부러 나를 만나러 왔는지 궁금하군." 사토 후미오는 경계하면서도 화를 내고 있었다. 어쩌면 경계심 때문에 화가 난 걸지도 모른다. "호텔이 정보를 유출한 건가? 못쓰겠군."

나이는 40대 중반으로 보였다.

"호텔 쪽은 아무것도 유출하지 않았는데." 교노는 강조했다. 신이치가 아르바이트하는 곳에 폐를 끼칠 수는 없다. "그날 일을 사과해야겠다 싶어서."

"처음에 연락했을 때도 그렇게 말했지. 그날 계획 때문에 사과하고 싶다는 수상한 말을 하면서."

교노는 그 수상한 부름을 무시하지 못하고 이렇게 만나러 온 시점에서 사토 후미오라는 이 남자가 유죄, 혹은 유죄에 한없이 가깝다고 표명하는 꼴이라고 생각했다.

"그때 1601호에 묵고 있었던 건 히지리라는 기자였어. 그리고 같은 16층에 다카라지마 사야라는 유명인도 숙박하고 있었고. 이건 이미 알고 있겠지만."

사토 후미오는 굳은 얼굴로 말없이 듣고 있었다. 이쪽에 '답'을 들켜서는 안 된다고 긴장하고 있는 게 뻔히 보였다.

"복면을 쓴 남자가 자고 있는 히지리를 덮치려 한 것도 알아. 다만 호텔 방범 카메라를 확인해 봐도 의심스러운 인물이 히지리의 방으로 가는 모습이 안 찍혀 있더군."

"카메라 영상을 어떻게?" 역시 호텔에서 정보를 유출했다고 의심한 건지 눈을 부라렸다.

"자세한 설명은 할 수 없지만 우리한테는 그런 힘이 있어. 어떤 정보기관의 힘이랄까, CIA나 KGB하고 비슷한."

"알파벳 세 글자고?"

"그래. PTA, NGK, ETC. 그런 조직의 힘이지. 어쨌거나 범인이 엘리베이터에서 내린 흔적이 없어."

"그래서 옆방에 있던 내가 수상하다? 내 모습이 방범 카메라에 찍혔으니까? 하지만 1602호 숙박객인 나라면 방범 카메라에 찍혀도 이상하지 않아. 오히려 당연한 거잖아."

"아니, 히지리의 방에 있던 범인과 당신은 겉모습부터 너무 달라."

"본 것처럼 말하는군."

"본 것처럼 말하는 능력으로 나보다 뛰어난 사람은 없

어." 교노는 가슴을 폈다. "나는 이렇게 추리했어. 범인은 당신 방에 숨어 있었던 게 아닐까."

그렇게 말하며 교노는 기분이 고양되는 것을 느꼈다. 지금 이 순간이 마치 명탐정이 불가능한 범죄의 수수께끼를 푸는 장면 같았기 때문이다.

"방에? 내가 숨겨 줬다는 뜻이야?"

"그 이유는."

"잠깐." 사토 후미오가 손을 뻗었다. 침착하라고 스스로를 타이르는 것이리라. "그건 이상하잖아."

"이상해?" 아내 쇼코가 자주 당신은 정말 이상하다고 그래서 교노는 그것이 자기를 부르는 말처럼 들렸다. '아무렴, 나는 이상해'라고 생각할 뻔했다.

"범인이 정말 내 방에 있었다면 거기까지는 어떻게 왔는데? 내 방에 왔다고 해도 엘리베이터를 써야 해. 결국 카메라에 찍히지. 그게 찍히지 않았다면."

"찍혀 있었어." 상대의 얼어붙은 얼굴을 보며 교노는 표정을 조금 누그러뜨렸다. "설마 그럴 리 없다는 표정이로군. 한 가지 충고해 줄까? 나처럼 우수한 탐정 앞에서는 그런 반응이 범인이라고 자백하는 꼴이야."

"정말 찍혀 있었어?"

"찍히지는 않았지만 찍혀 있었어."

"그게 무슨 말이야?"

"보통 사람은 영상을 아무리 봐도 모르겠지만 내가 보면 한눈에 알 수 있다는 뜻이지." 떠드는 사이 교노는 진상에 도달한 자신의 능력에 흥분하기 시작했지만, 사실 그 진상을 알아차린 건 나루세였고 그런 그도 어렵사리 알아냈다는 사실을 떠올렸다. "범인은 당신이 체크인하고 방에 들어가기 전에 이미 당신 방에 있었던 거야."

"그래도 영상에는 찍혀야 해."

"그래! 그래서 찍혀 있었지." "그럴 리는."

"방을 청소하는 스태프."

"엇."

"방을 청소하는 스태프는 객실을 돌아다녀. 그 모습은 영상에 남아 있지. 어때. 상당히 핵심을 찌르지 않았을까?"

"청소 스태프가 범인이라는 소리야?" 사토 후미오의 눈매가 날카로워졌다.

"그 질문에 대답하기는 어렵군. 청소 스태프가 범인이지만 히지리를 습격하려 한 범인은 아니야. 애초에 청소 스태프가 계속 방에 숨어 있는 건 현실적이지 못하고, 실제로 영상을 보면 스태프는 모두 일을 마치고 직원용 엘리베이터로 돌아갔어."

"무슨 말을 하고 싶은 건지 통 모르겠네."

"스태프들 중에 시트를 교환하려고 왜건을 끄는 사람이 있었어. 여기까지 말했으니 도출할 수 있는 답은 하나. 알겠어?" 교노는 거기서 말을 끊었다. 드디어 진상을 밝히는 장면이다. 가슴이 벅찼다.

패밀리 레스토랑 안의 다른 좌석을 둘러본 다음 소리 높여 외쳤다. "범인은 그 왜건 안에 숨어 있었던 거다!"

갑자기 뒤에서 헛기침이 들렸다. 아무래도 뒤쪽 테이블에 있던 사람 귀에는 교노의 목소리가 시끄러웠던 모양이다.

어쩔 수 없이 목소리를 낮추었다. "범인은 청소 스태프의 왜건에 숨어서 1602호에 들어갔어. 카메라에는 찍히지 않지. 그 후 당신이 체크인하고 1602호로 들어갔어. 방에서 밀회하는 사이가 아니라, 히지리를 습격할 때까지 거기서 시간을 때운 거지."

"잠깐." 사토 후미오의 안색이 점점 창백해졌다. "기다려."

교노는 말을 멈추지 않았다. 이대로 단숨에 말하지 않으면 펼쳐야 할 추리 내용을 잊어버릴 것 같았다. "범인은 히지리가 방으로 돌아왔을 때를 노려 1601호에 가서 히지리의 목숨을 빼앗고 다시 당신의 방으로 돌아올 계획이었어."

"하지만."

교노는 상대의 발언을 손으로 제지했다. "그렇다면 그 범인은 16층에서 어떻게 돌아갈 생각이었나, 그 문제가 남아 있지. 올 때는 청소 스태프의 왜건에 숨어서 몰래 올 수 있었어. 돌아갈 때는? 어쩌지? 안타깝지만 이 수수께끼도 내게는 어렵지 않았어. 사실 그때 16층에는 다른 인물이 와 있었어. 나는 그걸 알아냈지. 알아낼 수밖에 없었어, 이건 이미 내 숙명이야. 그때 역시 직원용 엘리베이터를 타고 왜건을 끄는 인물이 올라왔어. 누굴까? 그래, 당신은 알겠지." 교노는 거기서 다시 뜸을 들였다. 통로나 옆쪽 테이블에 사람이 없는지 한 번 더 확인하고 등받이 뒤에는 사람이 있다는 것을 의식하면서 손가락을 뻗으며 방금 전보다는 작은 목소리로 외쳤다. "룸서비스다!"

또 뒤에서 기침 소리가 들렸다. 여전히 시끄러웠나 보다.

"룸서비스 왜건에 하얀 테이블보가 덮여 있었어. 그건 당신이 부른 서비스지. 물론 숙박객이 룸서비스를 부탁하는 건 전혀 잘못된 일이 아니야. 다만 범인은 거기에 숨어서 16층에서 빠져나가려 했어."

사토 후미오는 입을 우물거리고 있었다. 체념한 건지 어이없어하는 건지 모르겠다.

"훌륭한 계획이야. 단순하지만 포인트를 잘 잡았어. 하지만 결과적으로 히지리 습격은 실패했어. 왜냐. 상관없는 청년이 1601호를 찾아왔기 때문이지."

"그건 대체?"

"그 청년이 누구였는지 나는 이미 파악하고 있지. 물론 놀랄 만도 해. 어쨌거나 우리는 정보력이 뛰어나니까, 물에 빠진 사람이 지푸라기를 잡는 힘보다도 강하게 대강의 정보를 쥐고 있거든. 어쨌거나 당신들은 거기서 계획을 중단할 수밖에 없었어."

사토 후미오가 머릿속으로 회의를 열고 있는 것을 교노는 알 수 있었다. 어떻게 해야 하나? 교노의 이야기를 모르쇠로 딱 잡아떼야 하나? 아니면 모든 것을 털어놓아야 하나?

잘 들어, 교노, 아마도 사토 후미오는 동요해서 고백해야 할지 말아야 할지 고민할 거야. 나루세는 그렇게 예측했다. "그러니 그때는 그들의 계획을 전부 파악하고 있다는 걸 알려 주고 우리가 같은 편이라는 걸, 적어도 적이 아니라는 걸 이해시켜."

"난 이렇게 추리했어." 교노는 눈앞의 사토 후미오를 지그시 쳐다보았다.

"뭐가."

"먼저 범인은 히지리를 어쩔 작정이었을까? 방범 카메라 영상에 찍히지 않도록 계획해서 무엇을 하고 싶었던 걸까, 추리해 보았지. 내가 추리하면 답은 금방 나와. 알겠어? 1601호에서 히지리가 목숨을 잃었다고 치자. 물론 경찰이 수사하겠지. 그때 어느 방범 카메라에도 범인으로 추정되는 인물이 찍히지 않았다면 어떻게 될까? 히지리는 자살 혹은 사고사로 처리되지 않을까? 범인들은 그렇게 기대했겠지. 그래서 카메라에 찍히지 않을 방법을 고민했어. 그때 히지리는 방으로 돌아온 뒤에 자기도 모르게 잠이 들었다고 하더군. 범인들이 뭔가 졸음을 유발하는 약을 썼을 가능성이 있어."

"내가 약을 넣었다는 건가?"

"그런 말은 안 했어." "그럼 누가?"

"그것도 내게는 쉬운 문제야. 허무할 정도지." 교노는 그렇게 말했지만 '답'이 기억나지 않아 황급히 수첩을 펼치고 훑어보았다. "으음, 그러니까." 메모에는 '히지리는 1층 카페에서 자기도 모르는 사이에 약을 먹었다. 전에도 외국인이'라고 적혀 있었다. 좀 더 이해하기 쉽게 써 둘 것이지. 교노는 그 메모를 쓴 과거의 자신을 원망했다. "카페야. 그날 히지리는 라운지 카페에 있었어. 범인이 거기서 약을 탄거지. 사실 전에도 그 라운지에서 외국인이 잠든 일이 있었어. 호텔맨 아르바이트 학생이 옮겨 줬다던데." 그러고 보니 라운지의 여종업원이 신이치가 그 외국인을 방까지 데려갔다는 이야기를 해 줬다.

"그때는 약이 제대로 듣는지 확인했던 건지도 몰라. 어떤 일에나 예행연습은 필요하니까. 어쨌거나 히지리는 거기서 약을 먹고 방으로 돌아가 잠들었어. 범인은 몰래 그방에 들어가 어떠한 방법으로 히지리의 목숨을 빼앗을 계획이었겠지. 자살인지 사고인지, 뭘로 위장하려 했는지는 모르겠지만. 나중에 경찰이 수사하면 방범 카메라를 조사할 거야. 하지만 그 결과 범인의 모습이 나오지 않으면 타살 가능성은 사라지겠지. 그렇게 생각한 거다!"

사토 후미오는 입술을 꽉 다물고 있었다.

"사토 씨, 지금부터 말할 깜짝 놀랄 진상을 듣고 놀라지 마."

"어?"

"이건 상당히 복잡한 범행이야. 실행범은 청소 스태프의 도움으로 1602호에 들어가지. 그곳은 당신이 예약한 방이야. 그리고 룸서비스 담당이 실행범을 밖으로 데리고 나가. 그리고 카페 점원이 히지리에게 약을 먹여." 교노는 거기서 조용히 숨을 들이마셨다. 마침내, 이 자리에 울려 퍼질 정도로 큰 목소리로 중요한 대사를 말할 순간이다. 교노는 흥분했다. 그런데 그보다 먼저 교노를 제지하듯 등 뒤에서 기침 소리가 들렸다. 젠장, 모처럼 중요한 장면인데! 교노는 원망스러운 마음으로 속삭이듯 말했다.

"그때, 그 호텔에 있던 모두가 공범이었던 거다!"

사토 후미오는 어리둥절한 표정으로 교노를 바라보며 눈을 껌뻑거렸다.

교노는 눈앞의 컵을 들고 물을 마셨다.

어떠냐, 놀라운 진상에 말도 안 나오겠지. 교노는 말이 없는 사토 후미오를 쳐다보았다.

그는 확실히 말을 잃은 것 같았지만 잠시 후 입을 열었다. "모두라니."

"왜 그래?"

"모두라니 말이 지나쳐."

사실 마음 같아서는 "그 호텔은 그걸 위해 지은 거다!"라고 말하고 싶었지만 너무 과해서 참았다.

"맞아." 교노는 끄덕거렸다. "방금 그건 말이 지나쳤어."

유키코 4

약혼 결혼을 약속하는 것. 또는 그 약속. 혼약. 갓 ○○
한 커플. 약혼자 : 혼약을 맺은 사람.

"대체 몇 명이 협력한 거야?" 유키코는 맞은편에 앉은 교노
에게 물어보며 접시에 담긴 요리를 입으로 가져갔다. 처음
와 본 레스토랑이었지만 내부가 넓어 답답하지 않았다.

요리는 전부 나왔고 근처에 점원도 없다. 주방에 요리사
가 있을 뿐이다.

"히지리를 습격하려 한 남자, 청소 스태프 여성, 룸서비
스 여성, 사토 후미오, 라운지의 여종업원, 그리고." 교노가
입에 넣은 음식을 우물거리며 고개를 끄덕거렸다. "맛있군.
무슨 고기였지?"

"다카라지마 사야야." 옆에 앉은 나루세도 고기를 먹으
며 말했다.

"이 고기가?"

"아니, 나머지 협력자 말이야. 고기는 사슴인 것 같은데."

"그 사람은 무슨 역할이었던 거야?"

"사슴 역할인가?" 교노가 엉뚱한 소리를 했다.

"아마 다카라지마 사야가 그 호텔에 있었던 건 히지리가 그곳에 숙박하도록 유인하기 위해서였을 거야. 다카라지마 사야가 묵고 있다는 정보가 있으면 히지리는 호텔에 접근하겠지. 정보를 얻으려고 호텔 쪽에도 액션을 취할 거야. 적당히 정보를 흘려 주고 같은 층 객실도 예약할 수 있습니다, 하고 친절하게 가르쳐 주니 덥석 문 것 아닐까?"

"누가 가르쳐 준 거야?"

"그런 의미로는 호텔 스태프 중에 한 명쯤 동료가 더 있었을지도 몰라. 히지리에게 정보를 제공하면서 객실 예약도 조정할 수 있는 사람이겠지. 어쨌거나 그들은 16층에 방을 잡은 히지리가 특종 때문에 그 호텔에 붙어 있을 거라고 생각했어. 아마 그랬겠지."

"그것 때문에 일부러 다카라지마 사야가 협력했다는 거야? 잠적 중이었는데?"

"그 잠적 자체가 작전이었던 거야." 나루세는 별것 아니라는 듯이 말했다. "잠적한 여배우라고 하면 히지리가 더 군침을 흘릴 테니까."

"나루세, 그렇다면 다카라지마 사야는 자기 일에 영향이 생길 것까지 각오하고 일부러 잠적했다는 거야?"

"자서전을 읽어 보면 그녀는 우시야마 사오리를 은인으로 생각하고 있어. 은인의 목숨을 앗아 간 남자에게 복수하고 싶었던 것 아닐까?"

"다른 협력자들도 모두 히지리에게 원한이 있다는 뜻?"

"그럴 가능성이 높아. 교노, 사토 후미오는 우시야마 사오리의 지인이었나?"

"우시야마 사오리가 일하던 유흥업소의 단골손님이었다더군." 교노가 말했다. "그냥 손님이 우시야마 사오리를 위해 복수까지 하려 들까 싶어서 물어보았는데, 사토 후미오는."

"뭐라고 했어?"

"우시야마 사오리는 좋은 사람이었다고 그랬어. 그 사람이 격려해 주지 않았다면 지금 여기 없었을 거라고. 사토 씨는 지금은 벤처기업 중역으로 활약하고 있어. 모든 게 우시야마 사오리라는 좋은 사람 덕분에 힘든 시기를 이겨 낼 수 있었기 때문이라고 하더군."

좋은 사람이라는 표현에는 다양한 의미가 있다. 마음이 넓은 사람, 친절한 사람, 선한 사람, 악인이 되지 못하는 사람, 팔방미인이나 체면을 차리는 사람이라는 뜻도 있다. 게다가 완벽하게 선한 사람은 없다. 그렇게 생각하면서도 유키코는 이렇게 말했다. "아마 그 아가씨는 정말 좋은 사람이었을 거야."

가게 주방에서 하얀 요리사 옷을 입은 남자가 다가왔다. 키가 크고 생김새가 젊다. 모자를 벗고 테이블 옆에 서서 "입에 맞으십니까" 하고 물었다.

"굉장히 맛있군." 나루세가 대답했지만 감정이 깃들어 있지 않아 유키코는 쓴웃음을 지었다. 한편 교노는 얼마나 만족스러운 요리였는지 끝없이 떠들고 있다.

"지비에 요리라는 건 원래 사냥꾼이 잡은 새나 짐승으로 만든 요리였습니다만." 요리사가 설명했다. "식중독 위험도 있어서 저희 가게에서는 철저하게 식재료를 관리하고 있습니다."

만약 이 자리에 구온이 있었다면 어떤 반응을 보였을까? 유키코는 상상해 보았다. 원래 "동물을 잡아먹다니 잔인해!" 하고 항의하는 타입도 아니고 오히려 천진하게 고기 요리도 즐길 줄 알지만 '사냥꾼'이라는 표현에는 하고 싶은 말이 많을 것 같았다. 나루세가 구온을 이 가게에 부르지 않은 이유는 그런 점을 배려했기 때문일지도 모른다.

"가끔 오해하고 자기가 잡은 물고기를 요리해 달라거나, 재료를 가져다줄 테니 써 달라는 분도 계시지만 정중히 거절합니다."

"어떤 일이나 나름대로 고민이 있네." 유키코는 혼잣말처럼 중얼거렸다.

"오늘은 일부러 시간을 내 달라고 해서 미안하군." 나루세가 사과했다. "우리 때문에 가게를 열어 준 거지? 평소에는 이미 닫았을 시간일 텐데."

오너 겸 요리사인 그가 밤 10시 이후라면 단독 예약으로 요리를 즐기며 이야기를 나눌 수 있다고 제안했다고 한다.

"아닙니다, 여기가 제일 편하게 이야기할 수 있는 곳이니까요. 오늘은 원래 아르바이트도 적고, 요리를 서빙해 준 직원도 방금 돌아갔습니다." 의자에 앉은 요리사는 스포츠맨처럼 시원시원한 분위기가 있었다. 그는 이야기의 실마리를 풀려는 것처럼 머뭇거리며 유키코 일행을 쳐다보았다.

나루세가 먼저 말했다. "이쪽에서 부탁해 놓고 이런 말은 뭐하지만, 정말 이야기를 들어 줄지 확신은 반반이었어."

요리사가 웃었다. "사토 씨 연락을 받고 모두 함께 의논했습니다."

"합의제인가?"

"저희 계획은 실패했습니다. 다시 시도하기는 어려울 테고요."

"히지리는 이제 그 호텔에 묵지 않을 테니까."

그는 아쉬운 표정으로 수긍했다. "여러분은 저희 계획을 거의 전부 파악하고 계시는 것 같으니 시치미를 떼는 것보다 여러분을 신뢰하는 게 낫다고 생각했습니다."

"그런 말을 들으니 마음이 무겁군."

"설령 당신들이 저희가 한 짓을 폭로하더라도 사람들이 그 남자의 악행에 주목해 준다면 한 방은 먹인 셈이니까요."

그 말에는 유키코도 놀라지 않을 수 없었다. "그렇게까지 해서 히지리에게 복수하고 싶은 거예요?"

"물론입니다." 요리사가 즉답했다. "용서할 수 없어요."

"당신은 그 당시에 우시야마 사오리 씨와 교제하고 있었죠?" 유키코는 물어보았다.

"결혼할 예정이었습니다." 세상을 떠난 약혼자를 깊이 생각하지 않으려는 방법인지, 그는 감정을 싣지 않고 소탈하게 말했다. "그랬는데 그 기사 때문에."

"그럼 자네는, 그러니까, 사오리 씨의 다른 직업에 대해서는." 교노가 조심스럽게 물어보려 하자 그는 바로 "몰랐습니다"라고 자조 어린 목소리로 대답했다. "기사를 보고 처음 알았습니다. 그녀는 돈이 필요했던 것 같아요. 부모 관계가 조금 복잡해서."

나루세가 끄덕거렸다.

우시야마 사오리의 부모는 이혼했지만 둘 다 약이나 수술 때문에 돈이 필요했다. 우시야마 사오리가 돈을 마련해야 하는 입장은 아니었지만 못 본 척할 수 없었으리라.

그 정보를 조사해 준 다나카는 기가 막힌다는 듯이 이렇게 말했다고 한다. "히지리는 그런 사정은 기사에서 쏙 빼놓네."

그 이유는 유키코도 짐작할 수 있었다.

알기 어렵기 때문이다.

모처럼 '낮에는 회사, 밤에는 유흥업소. 심야에 여자 혼자 나돌아 다니다 무차별 범죄를 당했다'라는 방향으로 잡지 독자들의 호기심을 채워 줄 기사에 '사실은 어머니의 난치병 때문에'라는 사실을 섞으면 비난해야 할지 동정해야할지, 모두 혼란에 빠진다. 모두란 누구인가? 잡지를 읽는 독자, 텔레비전을 보는 시청자다. 물론 시청자나 독자에게 죄는 없다. 그들은 진실을 원하는 게 아니기 때문이다.

"가정환경이 복잡한 줄은 알았지만 제게 돈이 필요하다는 말은 하지 않았습니다. 미덥지 못했을지 모르지만 의논 정도는 해 주길 바랐는데." 괴로운 듯 잠깐 입술을 꽉 다물었다가 힘없이 웃었다. "뭐, 어쨌거나 저는 미덥지 못했겠죠."

"혼자서 전부 끌어안았던 사오리 씨도 잘한 건 아니지만."

"자극적인 기사를 쓴 기자는 사과했나?"

"글쎄요. 저는 모릅니다. 장례식에도 오지 않았어요."

"그 장례식에서 만난 건가?" 나루세가 다시 질문을 던졌다. "이번 멤버들을?"

그는 고개를 끄덕였다. "사오리와 같은 직장에서 일하던 여성도 있었고."

"회사 쪽?"

"둘 다입니다. 회사 동료도 왔고, 유흥업소 동료도 한 명 왔어요. 사토 씨는 처음에 단골 거래처 사람이라고 거짓말을 했습니다." 그는 유쾌하다는 듯이 웃었다. "유흥업소 단골손님이라고 말할 수는 없었겠죠. 하지만 장례식이 끝나고 혼자서 술에 취해 저하고 이야기하다가 갑자기 무릎을 꿇더군요."

"자네한테 사과할 일인가?"

"사토 씨는 잘못이 없습니다. 물론 마음은 복잡하지만." 그는 데드볼을 맞은 야구부원처럼 쓴웃음을 지었다. 투수를 탓해도 소용없다고 말하고 싶은 눈치다. "하지만 그런 일로 복잡하게 고민할 겨를이 없었다고 할까요. 많은 일이 있었고, 사오리는 이미 세상을 떠났으니."

나루세는 뭐라 말하고 싶은 눈치였지만 입을 열지 않았다. 질문보다도 침묵이 상대의 말을 끌어낸다는 것을 아는 것이다.

"사토 씨, 좋은 사람이죠?" 안타깝다는 듯이 표정이 일그러졌다. "사토 씨뿐만 아니라 다른 동료분들도 모두 사오리에게 얼마나 도움을 받았는지 말해 줬어요. 깨달았을 때는."

"깨달았을 때는?" 유키코는 뒷말을 물었다.

"강한 인연이."

그렇군. 유키코가 팔짱을 끼고 짤막하게 말했다.

"오늘은 교노 씨도 말수가 적네."

"아무래도 신기한 이야기니까. 게다가 좋은 이야기인지,

슬픈 이야기인지, 무서운 이야기인지, 그것도 잘 모르겠어."

"세상에는 어느 한쪽으로 분류할 수 없는 이야기가 많아. 좋은 이야기로도 슬픈 이야기로도 들리는 것으로 가득해." 나루세가 말했다.

"채플린의 격언처럼 말이야? 인생은 가까이서 보면 비극이지만 멀리서 보면 희극이라고 했던."

"그것하고는 조금 달라." 나루세는 교노와의 대화를 끊었다. "그래서 대체 어떻게 그 호텔에 모두 모인 거지? 우연일 리는 없어. 그렇지만 그렇게 절묘하게 모일 수가 있는 건가?"

그는 입을 열었다. "처음에는 사오리의 회사 동료였던 여성이 그 호텔에서 스태프로 일하고 있었습니다."

"회사를 그만뒀나?"

"예. 그 사건 때문에 회사에 환멸을 느꼈는지."

그는 어째서 환멸을 느꼈는지 설명해 주지 않았지만 유키코도 상상할 수 있었다. 무차별 범죄의 피해자인데도 밤에 또 다른 일을 했던 우시야마 사오리를 보호하려 하지 않고 오히려 거추장스러운 존재로 냉대했던 게 아닐까? 그 결과 우시야마 사오리는 막다른 길에 내몰렸다.

"그 여성이 호텔에서 일할 때 히지리가 일 때문에 찾아왔다고 하더군요. 라운지에서 어떤 여성과 함께 있었는데 태도가 난폭했다고."

"떨어진 동전도 줍지 않는 타입이니까."

"예?" "아무것도 아니야."

"어쨌거나 히지리는 멀쩡히 잘 지내는 것 같았답니다."

"그 호텔 스태프는?"

"룸서비스 일을 하고 있었습니다만."

"그 여성이 히지리를 어떻게든 하고 싶다고 생각한 건가."

나루세의 차가운 말투 때문에 주범을 찾아내려는 것처럼 들렸으리라. 그는 바로 강조했다. "모두 그렇게 생각했습니다. 모두 함께 생각한 일입니다. 그 호텔은 방범 카메라가 여기저기에 설치되어 있었으니 그걸 역으로 이용하면."

"자살로 꾸밀 수 있다. 카페 점원이나 청소 스태프는 아르바이트로 숨어든 건가?"

"숨어들었다고 하니 스파이가 잠입한 것처럼 들리는군요." 그가 미소를 지었다. "다들 아주 평범하게 일했습니다."

"디데이를 위해서."

라운지 카페 점원은 우시야마 사오리의 유흥업소 동료, 청소 스태프는 중고등학교 동급생이었다고 한다. 1602호 숙박객은 사토 후미오다.

"방 예약은 누가 조작한 거지? 히지리를 그 방에, 사토 씨를 그 옆방에 묵게 해야 했잖아?"

"아아, 그건 예약 책임자가 협력해 줬습니다."

"협력?"

"의분을 느껴서."

"그 이유만으로?" 나루세가 되물었다.

"의분은 동기가 되지 않습니까?"

"될지도 모르지만 당신들은 그걸 믿은 건가?"

"그야." 그는 두루뭉술하게 설명을 덧붙였다. 들어 보니 룸서비스 여성 스태프와 그 예약 담당이 사귀거나, 혹은 이미 결혼한 관계인 듯했다.

"몇 가지 궁금한 점이 있어." 나루세는 그의 대답을 기다리지 않고 물었다. "먼저 사토 후미오인데."

"좋은 사람입니다."

"그건 알았어. 악인은 아닌 것 같군. 내가 궁금한 건 만약 당신들 계획대로 되었을 때의 일이야."

"또 하나의 미래." 그가 농담처럼 말했다.

"그 경우 방범 카메라가 '범인으로 보이는 인물은 16층에 오지 않았다'는 걸 증명한다, 그런 계획이었지."

"예."

"하지만 그래도 다른 객실의 사토 후미오는 의심을 사지 않았을까? 히지리에게 원한을 품은 사람을 모조리 조사하면 옆방에 사토 후미오가 숙박했다는 사실에 주목할 가능성도 있어."

"가능성이 없는 건 아닙니다."

"어쩔 작정이었나?"

"실은 그때." 그가 대답했다. "사토 후미오 씨는 신용카드 회사에 문의 전화를 걸었습니다."

"무슨 뜻이에요?" 카드 문의가 무슨 상관이지? 유키코는 미간을 찌푸렸다.

"그런 전화는 콜센터에서 트러블 방지를 위해 녹음합니다."

"그렇군."

"사전에 자동 음성이 이렇게 말하지요. '통화를 녹음합니다.'"

"그런 소리를 들으면 말할 보람이 마구 솟아나지." 교노가 고개를 끄덕거리고 있다. "혀가 매끄러워져."

"그 녹음이 만일의 경우 알리바이가 될 예정이었나?"

"예. 만약 경찰이 거기까지 조사한다면. 그 시간에 사토 씨는 계속 전화를 하고 있었다는 걸 알겠지요."

"카드 회사에 클레임을 넣으면서 히지리를 자살로 꾸며 살해할 수도 있지 않았을까?" 교노가 유키코를 쳐다보았다.

"상당히 힘들겠지만." 유키코는 그렇게 대답했다.

"또 궁금하신 건 뭡니까? 제 역할입니까? 그거라면."

"아니, 그건 알아. 그때 히지리의 방에 들어간 게 당신이었겠지." 나루세는 당연하다는 듯 말했다.

우시야마 사오리와의 관계로 볼 때 약혼자인 그가 복수의 주역이었던 것이다.

"다카라지마 사야는 어느 시점에서 한패가 됐지?"

"아아." 그는 약간 미안한 표정을 지었다. 일반인과는 다른 입장의 여성을 그들의 복수에 끌어들여 괴로운 것이리라. "처음부터였습니다."

"처음부터?"

"장례식 때 몰래 찾아왔어요. 처음에는 누군지 몰랐지만 상대가 먼저 말해 주었죠. 그래서 호텔에서 복수할 계획을 세웠을 때부터 협력해 주었습니다."

"당신하고 사귈 때 우시야마 사오리는 다카라지마 사야에 대해 아무 말도 하지 않았나요?"

"텔레비전에 다카라지마 사야가 나올 때 '우리 집 근처에 살았어'라고 기쁜 얼굴로 자랑했습니다. 이야기를 나눈 적도 있지만 기억하지 못할 거라고 했으니, 설마 친하리라고는 생각도 못 했습니다."

"다카라지마 사야에게는 은인이었다더군." 나루세가 말했다.

"겸손했군요." 유키코는 우시야마 사오리가 어떤 사람이었을지 상상해 보았다. "교노 씨였다면 '은인입니다'라고 쓴 플래카드를 들고 만나러 갔을 텐데."

"그러게. 나는 항상 누군가의 은인이니까." 교노는 의미를 알 수 없는 소리를 하며 가슴을 폈다.

그 후 몇 가지 질문을 하고 나루세가 인사를 했다. "오늘은 시간을 내 줘서 고마웠어. 이미 사토 씨에게 들었지만 당신들 계획을 방해한 건 우리 친구야."

"그때 그 방에 온 청년 말이군요."

구온이 맞닥뜨린 복면 남자가 이 사람이었다는 뜻이다.

"그걸 사과하고 싶었어."

사과를 받아도 난처하리라. 그는 입을 다물었다. 유키코 일행이 거의 다 먹어서 접시만 남아 있었지만 자기가 만든 요리를 바라보며 말했다. "……저희가 하려던 짓은 잘못된 행동이겠지요."

"잘못된 행동? 무슨 소리야?" 교노가 미간을 찌푸렸다.

유키코는 그가 하려는 말을 이해할 수 있었다. 소중한 사람이 죽었고 그 계기를 만든 사람에게 복수하려고 생각하는 것은, 하물며 목숨을 빼앗으려 하는 것은, 지나친 행동이라는 걸 그도 막연히 느끼고는 있었으리라.

나루세가 대답했다. "정답은 모르겠어. 다만 그 히지리의 기사 때문에 인생이 바뀐 사람은 적지 않아. 혼쭐을 내주려 했다고 그게 잘못된 행동이라고는 생각하지 않아. 죽여도 되냐고 묻는다면 대답하기 어렵지만, 딱히 큰 잘못이라고 생각하지는 않아."

"그렇습니까?" 그런 말을 들을 줄은 예상도 못 한 것 같았다.

"우리는 별로 상식적인 사람이 아니라서 일반적인 의견이라고 말하긴 어렵지만." 교노가 어깨를 움츠렸다.

"난 당신들을 방해하지 말 걸 그랬다고 생각하지만." 유키코는 웃었다.

"예?"

"계획이 잘 풀렸으면 좋았을 텐데."

그가 눈을 동그랗게 떴다. "그건 조금 거친 의견이네요."

"자기들이 실행하려던 계획이면서." 교노가 어이없어했다.

나루세 6

의뢰 ①남에게 용건을 부탁하는 일. 상대의 태도에 따라서는 명령으로 착각하는 경우도 있다. ②타인에게 의존하는 일. 부탁. "○○심이 강하군."

꼭 과장님을 만나고 싶다는 사람이 찾아왔는데요, 하고 같은 과 직원이 알려 주러 왔다. 부서 고참으로 믿음직한 직원이었다.

"무슨 일이지. 뭐 화났던가?" 나루세는 물어보았다. 직함을 가진 직원을 지명하는 경우는 대개 불평 민원이다.

"그런 분위기는 아니었습니다. 용건을 물어도 과장님께 할 말이 있다는 말뿐이고."

"알았어." 그렇게 대답하고 자리에서 일어나려는데 그 여직원이 이런 말을 했다. "아, 그러고 보니 과장님도 의외로 그런 면이 있네요."

"그런 면?"

"요전 텔레비전 연예 소식에 다카라지마 사야 사인회가 나왔거든요."

"아아."

"깜짝 놀랐어요."

"찍혔나?"

"소중하게 책을 품고 계시던데요." 상사의 뜻밖의 측면을 발견하고 기뻐하는 것 같았다.

사인회에 참가한 건 딱히 나쁜 일이 아니니 변명하면 다카라지마 사야나 그 팬들에게 실례가 될 것 같았지만 뭐라고 말해야 할지 몰라 짤막하게 둘러댔다. "실제로 보니 감동했어."

"그렇죠?" 그 직원이 웃으며 말하는 소리를 들으며 창구로 다가간 나루세는 그곳에서 히지리의 모습을 발견한 순간 상황을 파악했다. 민원이 나왔다고 속으로 탄식했다.

"과장님." 히지리가 손을 들었다.

"무슨 용건입니까?"

"아니, 잠깐 부탁이 있어서요." 히지리는 싹싹하게 웃었지만 눈이 웃고 있지 않아, 뱀을 쳐다보는 기분이었다.

"무슨 내용입니까? 담당 부서로 안내해 드리겠습니다."

"어디에 구멍이 없나 싶어서요."

"구멍? 지반침하 말입니까?" 그거라면 주택환경정비과이리라.

"왜, 비밀 이야기는 어디 구멍에 담아 두어야 하잖아. '임금님 귀는!' 그거 말이야. 지금 비밀 이야기를 털어놓고 싶어서 좀이 쑤시는데 말하면 난처한 사람이 있으니 어떻게 해야 할지 몰라서." 히지리는 그렇게 말하며 속삭였다. "여기에 은행 강도가! 그렇게 말하고 싶거든."

"'당나귀 귀 부서'에 오셨다?"

점심시간에 근처 선술집에서 만나기로 했다. 지하에 있는 가게로 낮에는 런치 메뉴를 파는데 좌석 수가 많아서 점심에도 그럭저럭 빈자리가 있었다.

"구온이라는 그 청년보다 당신이 똑 부러져 보이니 내 예상이 맞는다면 나루세 씨가 리더 아닐까? 냉정하게 판단할 수 있을 것 같거든." 히지리는 정식이 나오자 용건을 꺼냈다.

"뭔가 문제라도?"

"얼마 전에 당신 동료가." 히지리는 '동료'라는 표현을 의미심장하게 강조했다. "내가 권한 카지노에 간 것 같던데."

"지고 있었지만 최종적으로는 플러스마이너스 제로가 된 것 같더군요. 덕분에." 시치미를 떼거나 견제하는 것보다 정면에서 맞서야 한다고 판단했다. "히지리 씨는 거기에 상당히 큰 빚이 있다고요."

"그래, 힘들어. 그래서 살짝 의논하고 싶은데."

"위법적인 도박으로 진 빚은 갚지 않아도 됩니다. 물론 알고 계시겠지만."

"그럼, 알다마다. 하지만 그렇다고 '그렇구나, 위법이니 갚지 않아도 되지, 미안, 미안' 하고 용서해 줄 상대라면 누가 고생하겠어?"

그렇겠지. 나루세도 그렇게 생각했다. 그 아파트에 있던 카지노 그룹은 젊은 남자들이었지만, 젊음 특유의 천박함이나 유치함과는 거리가 멀어 보였다. 침착하고 관용적인 분위기가 있는 한편, 그들에게 거역하는 자나 규칙을 따르지 않는 자에게는 엄격한 태도를 취할 게 틀림없다. 관용은 때로 경시당하고 통제가 무너지는 원인이 된다. 단속할 곳은 단속해야 조직을 유지할 수 있다.

"그래서 살짝 부탁하고 싶은 게 있어. 그 사람들한테 내 빚을 면제해 달라고 부탁해 줄 수 없을까?" 히지리는 나루세를 올려다보며 말했다.

"어떻게?"

"그건 당신들이 고민할 문제지, 내가 고민할 문제는 아니지. '범죄를 줄여 주세요!'라고 부탁하는 시민에게 경찰이 '어떻게?'라고 말하나? 어쨌거나 나는 그 그룹하고 연을 끊고 싶거든."

"내게 그런 힘이 있다면 좋겠지만."

"그건 어떻게든 노력해 줘야지." 히지리는 기쁜 듯이 말하더니 어디까지나 지나가는 말처럼 덧붙였다. "왜, 나루세 씨 아들도 모처럼 일자리를 얻었다면서."

고개를 들자 히지리가 자기 힘을 과시하듯 콧구멍을 벌름거렸다.

"역시 꼼꼼히 조사했군."

"이쪽도 일단 프로니까."

"나는 이미 이혼했는데."

"그래도 귀한 아들이지."

"아이는 상관없잖아?"

"아버지가 범죄자라니."

"엉뚱한 누명일 뿐이야."

"공무원이 그러면 쓰나."

결국 히지리는 아직도 체포되지 않은 은행 강도들을 찾아냈다는 내용으로, 어떤 제목을 달지는 모르지만 어쨌거나 나루세 일당을 기사로 쓸 작정인 것 같았다. 상황증거와 억측뿐이긴 하지만 히지리는 그래도 어떻게든 된다고 했다. 경험에서 오는 자신감이 묻어나 그냥 허세는 아닌 게 명백했다. 이름을 가린 일반인의 정체를 넌지시 흘리며 범죄에 가담하고 있는 듯한 인상을 심을 수 있을까?

마음대로 하라고 내치는 방법도 있었지만 그럴 수도 없다. 그들이 은행 강도인 건 사실이다. 조사하면 캥기는 부분은 있다. 도발로 상대를 자극하는 건 현명한 방법이 아니다.

"게다가 이건 억측이 아니라 사실이니까." 히지리가 자료 같은 것을 꺼내서 펼쳤다. 기사 스크랩도 있었다. "이 지미치 다케오라는 남자를 아나?"

신이치의 아버지다. 눈덩이처럼 빚이 불어나 유키코가 피해를 우려해 아직 어린 신이치를 데리고 지미치 곁을 떠났다.

"몇 년 전에 강도단의 일원으로 체포당한 것 같던데. 동료 한 명은 살해당했고."

지미치는 단순히 말단이고 나루세 일당이 훔친 거금에 대한 정보를 제공했을 뿐이지만 범죄에 가담한 것은 사실이다. 그렇지만 살인에는 관여하지 않았다.

"이 지미치 다케오 말인데, 당신 동료의 아들, 그 호텔에서 일하던 그 청년의 아버지 맞지?"

"이혼했는데."

"생물학적 아버지라는 사실은 변하지 않아."

"무슨 말을 하고 싶지?"

"그 성실한 학생 주변에 그런 정보가 퍼지면 역시 안 좋잖아. 그 청년의 아버지는 범죄자입니다, 하는 소문이 나면 아무래도 다들 거리를 두겠지?"

"신경 안 쓸지도 모르지." 실제로 신이치가 자기 아버지를 어떤 식으로 이해하고, 어떤 식으로 받아들였는지, 어떤 식으로 소화했는지는 나루세도 몰랐다. 다만 유키코가 때때로 두 사람의 생활에 대해 말할 때 "난 딱히 신경 안 쓰는데"라는 신이치의 말이 거짓이 아닌 것은 분명했다.

"본인은 괜찮아도 주위의 반응은 바뀌지. 아무리 올곧은 성격에 건전한 물고기라도 물이 흐려지면 힘들어. 그런 법이야."

"수조를 더럽히는 일에 익숙한 것 같군."

나루세의 야유가 통하지 않았는지 히지리는 미간을 찌푸리는 데 그쳤다. "수조? 어쨌거나 나는 지금까지 그런 사람을 몇 명이나 봐 왔어."

"기사 때문에 소중한 인생이 망가진 사람들 말인가?"

"겨우 주간지 기사야. 나쁜 건 그런 기사에 몰려들어 소란을 떠는 사람들이지. 언론은 원래 보도의 자유라는 게 있어서, 대중의 알 권리를 지켜 주니까."

"알 권리라니, 편리한 말이군." 나루세는 평소 이런 말에는 반론하지 않고 부정도 긍정도 하지 않고 흘려듣지만, 이 순간에는 반사적으로 반박했다. "일반인이 보면 '알아야 할 일'과 '몰라도 될 일' 두 종류가 있어. 유명인의 스캔들도 잡지에 실리면 호기심에 읽을지 모르지만, 실리지 않아도 아무도 곤란하지 않아. 기사를 쓰는 쪽이 대의명분으로 알 권리를 내세우는 것 아닌가?"

히지리가 싱글벙글 웃고만 있어서 나루세는 말을 이었다.

"기사를 팔려면 독자들의 호기심을 만족시켜야 하지. 그러기 위해서는 누군가의 비밀을 캐내야 한다고 솔직하게 주장하는 게 차라리 나아."

"하지만 나루세 씨, 그런 말을 해도 정치가나 대기업 비리는 모두 알 권리가 있어."

"사회에는 전혀 영향이 없지만 독자가 우르르 몰려드는

뉴스와, 국가에는 중요하지만 관심을 받지 못하는 뉴스, 히지리 씨라면 어느 쪽을 다룰까?"

히지리는 주눅 든 기색도 없이 말했다. "그야 나는 수준이 낮은 기자니까. 다만 기자에도 여러 종류가 있어. 저마다 사명감이 있고 노력하고 있는데, 나루세 씨처럼 싸잡아 비판하면 불쌍해. 좋은 기자도 있고 나쁜 기자도 있는 거야."

"싸잡아서 말한 적 없어."

히지리는 비난의 화살을 피하는 데 도가 튼 작자다.

"하지만 나루세 씨, 타인의 불행은 꿀맛이라는 건 거짓말이 아니야. 질투에 관한 연구를 보면 실제로 쥐들도 자기보다 뛰어난 라이벌이 불행을 당하면 뇌가 기쁨을 느낀다더군. 이건 불가항력이야, 뇌의 문제야." 히지리는 같은 말을 몇 번이나 했는지, 정해진 연설을 하듯 술술 이야기했다.

나루세는 상대의 작전에 끌려가고 있다는 걸 깨닫고 침착함을 되찾으려 했다. 그때 히지리의 스마트폰이 울렸다.

히지리는 양해도 구하지 않고 그 자리에서 전화를 받더니 노골적으로 불쾌한 목소리로 말했다. "뭐? 그런 건 아무래도 상관없잖아!" 고압적으로 화를 내기 시작했다. "그러니까 내가 준 재료가 있잖아!"

말이 통하지 않는지 짜증을 내며 일어나더니 가게 출입구 부근에서 통화했다. 욕설을 퍼붓는 소리가 들렸다.

겨우 돌아왔다 싶더니 투덜거렸다. "정말 눈치가 없어,

요즘 하청 라이터들은."

"일반론으로 판단하는 건 잘못이야. 좋은 라이터도 있고 나쁜 라이터도 있는 거지."

"지금 상대는 나쁜 쪽이야. '그 소재는 법률 때문에 쓸 수 없습니다' 하고 잔소리를 하다니. 그렇게 겁을 내면 아무것도 못 해. 법률 위반은 안 걸리면 그만이야."

"내 말대로 하면 된다, 이건가."

"그렇게 말해 줬어. 정말이지." 히지리는 한숨을 쉬고 화가 삭을 때까지 혼잣말 같은 소리를 계속 중얼거렸다. "그래서 무슨 얘기를 하다 말았지?"

"이 점심 식사를 마치면 서로 다시는 얽히지 말고 각자 할 일을 열심히 하자, 그런 이야기였어."

히지리가 경멸 어린 눈빛으로 쳐다보았다. "시시한 농담을 하는군."

"난 재미있는데."

"나루세 씨, 잘 들어, 어쨌거나 내 부탁은 이쪽 빚을 전부 없애 달라는 거야. 방법은 알아서 고민해. 2주 기다리지. 2주 뒤 주말이야. 그때까지 연락이 없거나, 연락해도 빚이 그대로 남아 있으면."

"있으면?"

"나는 내 할 일을 하겠다."

"수조를 더럽히겠다는 거군."

구온 5

따르다 ① 윗사람의 뒤를 따라 행동하다. 수행하다. "사장을 ○○에서 파리에 간다." ② 외부의 작용을 거스르지 않다. 타인의 말을 얌전히 듣다. 명령, 가르침, 규칙 등을 지키다. 큰 힘에 맡기고 흘러가는 대로 움직이다. 굴복하다. 항복하다. ③ 다른 것들의 변화에 따라 변하다. 다른 것에 대응하다. "시리즈가 계속됨에 ○○ 집필이 힘들어진다." ④ 어떤 의무를 행하다. 종사하다.

그 방은 교노의 말대로 새하얗고 청결한 기운으로 가득했다. 어디선가 본 적이 있다 싶어 기억을 더듬어 보았지만 과거에 갔던 숙박 시설이나 아파트와는 달랐다. 아아, 그건가. 그렇게 떠오른 것은 영화 〈2001 스페이스 오디세이〉에서 주인공이, 그를 주인공이라고 불러도 될지는 모르겠지만 마지막으로 들어간 방이었다. 그 정연하면서도 스산함이 감도는 고요한 실내와 흡사했다.

"요전에도 히지리 씨하고 아는 분이 왔었지요." 테이블에 앉은 남자가 말했다. 아직 젊지만 침착해서 관록마저 감도는 그가 이 자리를 통제하는 것은 확실했다. 이 남자가 오쿠와라는 자가 틀림없다.

"헤에."

"재미있는 분이었습니다. 크게 지고 있었는데 마지막에 제로로 만들고 돌아갔습니다." 오쿠와에게서는 분한 기색을 찾아볼 수 없었다. 유쾌함도 분노도 없다.

"헤에." 구온은 며칠 전 여기에 와서 포커를 친 교노나 나루세와는 상관없는 사람인 척하려고 모호하게 대답했다.

다른 손님은 없다. 구온은 방을 어슬렁거렸다. 돌아다니지 말라고 혼날 줄 알았는데 그런 일은 없었다. 다만 스태프로 보이는 청년들이 눈을 빛내고 있다.

"아, 이 거북이!" 수조를 발견한 구온은 거기서 훌륭한 등딱지를 가진 거북이를 보고 흥분해서 사진을 찍으려고 스마트폰을 꺼냈다. 그러자 어느새 자세가 곧은 창백한 얼굴의 남자가 옆에 서서 나직이 주의를 주었다. "사진은 안 됩니다." 작은 목소리였지만 말투가 날카로워서 협박이 아닌데도 구온은 움찔 놀라 스마트폰을 바로 넣었다. "보기만 하는 건 괜찮아?" 그렇게 말하며 거북이를 굽어보았다.

"그건 할머니의 유품입니다." 오쿠와가 말했다.

"좋네. 굉장히 훌륭한 거북이야. 몸집도 크고. 분명 할머니도 훌륭한 분이셨겠어." 구온은 빈말이 아니라 진심으로 말했는데 오쿠와가 큰 소리로 "그렇게 말씀해 주니 기쁘군요!"라고 외쳐서 깜짝 놀랐다. 뒤를 돌아보니 오쿠와가 아까와 큰 차이는 없지만 그래도 표정을 누그러뜨리고 있었다. "할머니는 그 거북이처럼 귀엽고 온화한 분이셨습니다."

거북이 같다는 게 어떤 건지 구온은 잘 상상이 되지 않았지만 "응응" 하고 고개를 끄덕거렸다.

포커가 시작되었다. 어찌 되나 걱정했지만 구온이 각오

한 것처럼 일방적인 대결은 아니었다. 오히려 구온에게 좋은 패가 들어오는 일이 많아 대전 상대인 오쿠와는 종종 승부를 포기했다. 칩 코인은 줄었다가 늘고, 늘었다가 줄었다가 다시 늘어나, 최종적으로는 심부름값 이상 보너스 미만의 금액을 땄다.

교노는 "흥을 돋운 다음 단숨에 몰아세워서 홀랑 빼앗아 간다"라고 했는데 딱히 그렇지도 않았다. 구온이 "땄을 때 그만둘까?" 하고 돌아갈 기색을 내비쳤을 때도 붙잡지 않고 "그게 좋겠군요"라고 조언 같은 말까지 했다.

오쿠와의 조모를 칭찬해서 호감을 샀나 싶을 정도였다. 거북이를 소중하게 여길 정도니 나쁜 사람은 아닐지도 모른다. 구온은 잠시 그런 생각을 했지만 이렇게 돌아갈 수도 없었다.

"저기, 의논할 일이 있는데." 말을 꺼냈다.

"뭡니까?"

"날 소개해 준 히지리 씨 말인데."

"예."

"그 사람 빚을 어떻게 좀, 없었던 걸로 해 줄 수 없을까?"

일단은 정공법으로 가는 수밖에 없다. 다 함께 모여 의논했을 때 나루세는 그렇게 말했다. 나루세의 아들 다다시나 신이치를 들먹이며 협박이나 다름없는 방법으로 거래하려는 히지리의 수법에는 구온도 학을 뗐지만 섣불리 다

투기보다 얼른 히지리의 소원을 들어주고 연을 끊는 게 낫다고 생각했다.

"빚은 없애 드릴 수 있습니다."

"아, 그래? 다행이야."

"돈을 갚으면 시원하게 사라집니다."

"아, 그런 뜻이구나." 구온은 어깨를 늘어뜨렸다. "그 사람, 못 갚을 것 같던데."

"그렇더라도 갚아야죠."

"히지리 씨를 마구 때리거나, 난폭한 수단으로 돈을 회수할 생각은 없는 거야?"

"난폭한 수단이라면?"

"예를 들어 생명보험을 들게 하고 목숨을 빼앗는다거나." 구온이 너무 태연히 말해서 그런지 오쿠와는 작은 웃음처럼 짧은 한숨을 토했다.

"무서운 소리를 하는군요."

"예를 들면 그렇다는 거지. 히지리 씨는 이기적이고 못된 사람이니 그 정도 강경책은 써도 될 것 같은데."

"재미있군요. 히지리 씨의 빚을 없애 달라고 하기에 히지리 씨를 돕고 싶은 줄 알았는데, 이번에는 죽여서 보험금을 타지 않겠냐고 하다니."

"그야." 오쿠와 일당이 히지리를 공격해 주면, 운 좋게 큰 타격을 입혀 주면 구온 일행에게 집적거릴 여유도 사라진다. 그렇게 되면 만사형통인데. "혹시나 히지리 씨가 어디로 도망가면 어쩔 거야? 쫓아갈 거야?"

"그야 쫓아야죠. 지옥 끝까지. 아니, 우리가 쫓아간 그 자리가 지옥이 될 겁니다."

담담하게 말하는 오쿠와의 박력에 구온은 오싹했다.

"다만 달아나지만 않는다면 저희는 강요하지 않습니다. 물론 일정 기간마다 청구는 하지만, 갚을 마음이 있다면 과한 행동은 하지 않습니다. 저희도 수고가 드니까요."

"히지리 씨는 갚을 마음이 없는 것 아닐까?" 그들을 부추길 요량으로 구온은 그렇게 말했다. "좀 더 세게 받아 내는 게 나을 텐데."

"조언입니까?"

"설마. 인간의 나쁜 부분은 타인에게 조언할 수 있다고 믿는다는 점이야."

"재미있는 말을 하는군요. 벌레나 동물은 조언하지 않습니까?"

"페로몬으로 신호는 보내. 하지만 안타깝게도 인간은 말로 주고받으려 하잖아."

"말은 안 됩니까?"

"꼭 안 되는 건 아니지만. 말에는 논리와 감정이 들러붙어 있으니까. 솔직하게 미안하다고 사과할 상황인데 '내가 왜 고개를 숙여야 하지'라고 생각하면 말이 바뀌어. 그래서 잘 안 풀리는 거야. 말은 머릿속 상사의 결재를 몇 단계나 거쳐야 겨우 밖으로 나오는 거니까. 정직해질 수 없지. 페로몬처럼 솔직하게 밖으로 나온다면 알기 쉬울 텐데."

구온은 거기서 화장실에 다녀오기로 했다. 양복 차림의 꼿꼿한 스태프를 따라 복도로 나갔다. 검은 재킷을 입은 장신의 청년이 말없이 앞을 걸었다.

히지리는 머리가 좋다. 오쿠와 일당의 '달아나거나 거역하지 않으면 억지로 몰아세우지 않는다'는 기조를 아는 것이다. 그래서 달아나지 않고 갚을 의지를 내비치면서 어디까지나 시간만 벌고 있다.

복도는 그리 길지 않았지만 구조가 조금 복잡했다.

"미로 같네." 그렇게 말하자 앞장선 스태프가 "이 층의 방을 몇 개 이어 붙였거든요"라고 대답했다.

"호화로워. 개미집 같아."

스태프가 걸음을 멈췄다. 천천히 돌아보더니 진지한 표정으로 되물었다. "개미집이 호화롭습니까?"

"그야 당연히 호화롭지. 개미집에도 여러 종류가 있긴 하지만."

"흰개미는 개미가 아니지요?"

"흰개미는 바퀴벌레 친구야. 아, 그런 의미에서 재미있는 건 뒤꿈치걷기라는 벌레인데."

"아아, 알고 있습니다." 표정은 없었지만 목소리가 약간 들떴다. "88년 만의 새로운 발견으로 목이 추가되었죠."

구온은 기뻤다. 항상 새로운 종의 곤충이 발견되지만 그 모든 게 메뚜기목이나 나비목, 잠자리목과 같이 이미 존재하는 '목' 분류의 어딘가에 포함된다. 하지만 독일 대학원생의 관찰력과 열정으로 발견된 뒤꿈치걷기는 어느 '목'에도 속하지 않는, 완전한 미지의 곤충이었다. 그 때문에 '뒤꿈치걷기목'이라는 구분이 생겼다. 21세기에 접어들어 새로운 '목'이 추가된 건 놀라운 일이었다. "잘 아네."

"신종이라고 해도 어디까지나 사람이 최근에 발견한 것뿐이지, 뒤꿈치걷기 자체는 옛날부터 있었겠지만요."

"응응." 구온은 동료를 발견한 것 같아 기뻤다. "그건 알아? 뒤꿈치걷기는 88년 만에 발견했지만, 그 88년 전에는 무엇을 발견했는지? 갈로아벌레목이야."

"들어 본 적 있습니다."

"그 갈로아벌레하고 뒤꿈치걷기는 상당히 가까운 사이야. 계통도로 말하면 서로 이웃이지. 게다가 그 옆이 망시목이거든."

망시목이란 바퀴벌레나 사마귀를 합한 분류를 말한다. 보통 사람은 잘 모르겠지만 이 스태프는 바로 반응했다. "아아. 사마귀나 바퀴벌레하고 가깝다니 뜻밖이네요."

구온도 동의했다. "그래서 내 생각인데, 아직 바퀴벌레 주변에는 새로운 생물이 숨어 있을 것 같아.

스태프는 눈을 살짝 크게 뜨고 말했다. "일리가 있군요."

"놀랐어." 구온은 저도 모르게 중얼거렸다.

"왜 그러십니까?"

"이런 이야기에 그렇게 관심을 보이는 사람이 없으니까."

"잘은 모르지만 관심은 있습니다."

"곤충 분류 이야기에? 고마운 일이네." 구온은 앞으로 걸어갔다. 복도 안쪽 방, 문 옆에 인식 장치 같은 게 있다. "화장실에 비밀번호가 필요해?"

"아니, 이쪽입니다." 스태프는 조용히 구온을 불러 세워 바로 옆문을 가리켰다.

"비밀번호 입력 방식이라니 조금 구식이네." 방금 전 지나친 문을 돌아보며 말했다. 사람은 누가 얕본다고 느끼면 화가 나서 말하지 않아도 될 말을 할 때가 있다. 단순한 도발에 상대가 반응할지 자신 없었는데 그는 바로 되받아쳤다. "아니, 지문입니다."

지문이야? 역시 최신이네. 얼버무리고 화장실로 들어갔다.

예상대로 스태프가 화장실 안까지 따라오지는 않았다. 애초에 아파트에 들어올 때 이미 면밀한 소지품 검사로 속임수에 쓸 도구가 없는지 확인했지만, 지갑 속까지는 조사하지 않았다.

구온은 지갑을 꺼내 카드 틈새에 손가락을 넣어 억지로 끼워 놓았던 것을 조심스럽게 꺼내 작은 선반에 넣었다.

"미안해." 구온은 돌아갈 채비를 하다가 대뜸 사과했다.

"무슨 일입니까?" 오쿠와는 여전히 로봇 같은 얼굴이었지만 다소 의표를 찔린 기색이었다.

"이거." 구온은 스마트폰을 꺼냈다. "아까 거북이 사진, 찍지 말라고 했는데 실은 한 장 찍었어."

오쿠와는 스마트폰을 들고 "아아" 하고 유감스럽다는 듯이 말했다.

"너무 귀여워서 그만."

"죄송하지만 사진 촬영은 좋아하지 않습니다."

"그렇지?" 구온은 대답했다. "삭제해. 더 안 찍었는지 확인해도 되고."

제대로 반성하고 있다고 생각한 건 아니겠지만 오쿠와는 화내지 않고 담담히 스마트폰을 조작한 뒤에 구온에게 건넸다. "정직하게 말해 줘서 다행입니다."

만약 그 사실을 숨기고 돌아가려다가 무단 촬영이 발각되었으면 어떻게 되었을까? 상상만 해도 두렵다.

구온은 아파트를 뒤로하고 건물에서 멀리 떨어져 한숨을 쉬고 어깨 힘을 뺐다. 그제야 자기가 긴장하고 있었다는 것을 깨달았다.

스마트폰으로 전화를 걸었다. 상대는 바로 받아 "어땠어?"라고 물었다.

"아아, 나루세 씨, 포커는 간신히 지지 않고 돌아왔어요.

그 사람, 속임수를 쓰는 걸까요?"

"쓰려고 마음먹으면 언제든지 쓸 수 있겠지. 하지만 속임수와 상관없이 원래 강한 걸 거야."

"기술적으로?"

"기술도 지식도 감도 있겠지. 하지만 지지 않았다니 대단하군."

"좋은 사람이었어요. 다른 스태프도."

"자네 잣대도 수수께끼라니까. 그래서 필요한 정보는 손에 넣었어?"

"어느 정도는."

"만나면 자세히 얘기해 줘."

"맡겨 둬요. 아, 교노 씨는 거기서 다 털렸다면서요?"

"포커 말이야? 그래."

"그럼 나중에 자랑해야지."

"더 시끄러워질라." 나루세가 말했다. "그나저나 내 쪽으로 연락이 왔어."

"연락? 교노 씨한테서요?"

"아니, 모두가 동경하는 아이돌에게서."

순간 무슨 소리인가 싶었지만 잠시 후 깨달았다.

"사인회 팬레터도 효과가 있나 보네요."

"진짜로 읽나 봐."

나루세 ㄱ

팬 ① 스포츠나 예능, 혹은 선수, 팀, 연예인들의 열성적인 지지자나 애호가. 후원자. fanatic(열광자)의 줄임말. ② 선풍기. 송풍기. 환기용 날개.

"역시 신경 쓰이나." 나루세는 벤치에 앉아 말했다. "고생이 군."

옆에는 선글라스에 마스크를 쓴 여성, 얼굴을 거의 가린 다카라지마 사야가 있었다. "아, 아니요."

"선글라스를 쓰고 있어도 두리번거리는 게 보일 정도 야."

"이렇게 사람 많은 곳은 역시 조심스러워서요."

야마시타 공원, 바다를 바라보는 수많은 벤치 가운데 한 곳에 앉아 있었다. 휴일이라 그런지 사방에 사람밖에 없다. 공을 차례로 위로 던져 저글링을 하는 길거리 예술가가 왼쪽 앞에서 길 가는 사람들을 끌어모으고 있다.

"벤치에 앉아 있는 사람을 굳이 들여다보는 사람은 거의 없어."

"머리로는 알고 있지만." 다카라지마 사야는 그렇게 털어놓았다. "어디에나 예리한 사람과 끈질긴 사람은 있으니까요."

그런 이야기를 나누는데 어디서 초등학생으로 보이는 소녀가 두 사람 앞으로 다가와 등을 돌린 채로 바닥에 털썩 앉았다. 부모를 기다리는 걸까? 두 사람 앞에서 두리번거리는 아이에게 다카라지마 사야가 한 번 "길을 잃었니?"라고 물었지만 소녀는 쌀쌀하게 부정하고 계속 주위를 두리번거렸다.

나루세가 "여기서 엄마하고 만나기로 했니?"라고 묻자 그렇다고 대답했다. 나루세는 다카라지마 사야를 보며 어깨를 으쓱했다.

"솔직히 난처해요." 다카라지마 사야가 말했다.

"난처해? 눈앞에서 어슬렁거리는 여자애가?"

나루세의 농담은 통하지 않았다. "그게 아니라 우시야마 씨 말이에요. 더 이상 얽히고 싶지 않아요. 전 별로 상관도 없고."

"하지만 지난번 책에는 우시야마 씨 이야기를 썼잖아."

"아아, 그거." 다카라지마 사야가 나루세를 비웃듯 얼굴을 일그러뜨렸다. "그렇게 깊은 뜻은 없었어요. 그냥 그 사람 일은 왠지 또렷하게 기억나서 한번 써 볼까 하고."

"은인이 아니었나? 책에는 그렇게 적혀 있었는데."

"도움을 받은 건 사실이지만 이해하기 쉬울 것 같아서 은인이라고 쓴 것뿐이에요."

"그렇다면 어째서 그 사람들을 도왔지?" 그 호텔에서 히지리를 끌어들이기 위한 미끼가 되었던 일에 대해 그렇게 물었다.

"도왔다고 할 정도는 아니에요. 전 원래 얽히기 싫었어요." 다카라지마 사야가 내뱉은 한숨에 마스크가 살짝 떨렸다. "부탁을 받고 어쩔 수 없이 도왔지만."

퍼뜩 깨달았을 때는 이미 히지리가 눈앞에 있었다. 미아처럼 꼼지락거리고 있던 소녀 옆에 서서 그 소녀의 허리춤에서 막대기처럼 생긴 기계를 꺼내더니 무뚝뚝한 몇 마디로 소녀를 멀리 보냈다.

"아이고, 나루세 씨, 이런 곳에서 다 만나네." 히지리가 기쁘다는 듯이 말했다.

"아까 그 아이에게 마이크라도 쥐여 줬나?" 이쪽 대화를 도청하려고 소녀를 두 사람 근처로 보낸 것이다. 정성이 대단하군. 나루세는 감탄했다. "당신 딸은 아니겠지."

"심부름값을 주면 나이에 상관없이 도와주는 사람은 얼마든지 있어요." 히지리는 그렇게 말하며 귀에서 이어폰을 뺐다.

"몇 푼으로 사람들에게 수상한 일을 시키는 건 좋지 않아." 나루세는 진심으로 말했다.

"뭘, 아동 포르노 세계로 끌어들이는 것도 아닌데."

"하지만 히지리 씨 일을 도운 아이가 다음에 더 수상한

일을 부탁받았을 때 경계하지 않게 될 가능성이 있지. 전에
는 문제가 없었다고 방심할지도 몰라."

"설령 그렇다 해도 내가 직접 나쁜 짓을 한 건 아니니까."

"간접적으로 사람을 불행하게 만드는 건 아무렇지도 않
은가?"

히지리는 콧구멍을 벌름거렸다. "그렇게 따지면 아무것
도 못 합니다. 흔히들 그러잖아요, 누가 칼에 찔려 죽었다
고 해서 칼을 만든 사람이 나쁜가? 돈 때문에 사람이 죽으
면 돈을 인쇄한 사람 잘못인가? 천만에, 그렇지 않아요. 그
렇게 사람이 불행해진 원인을 더듬어 가다 보면 모두가 가
해자지요."

"그럴지도 모르지만 당신이 하는 짓은 그런 것과 달라."

"달라요? 정말 그럴까?"

"기사에 상처받는 사람이 있어. 그건 간접적인 문제가
아니야. 직접적인 가해지." 나루세는 그렇게 말하며 프리킥
으로 날아온 공이 포물선을 그리며 골을 흔드는 장면을 떠
올렸다.

"만약 내가 그렇게 나쁘다면 이미 체포되지 않았겠습니
까?"

"내가 하고 싶은 말은."

"뭡니까, 과장님?"

"조금 더 미안한 생각을 가지면 어떻겠냐는 것뿐이야."

히지리에게는 그 말이 통하지 않았다. 별소리를 다 듣는다는 표정으로 고개를 갸웃거리더니 이를 씩 드러냈다. "그나저나 설마 다카라지마 씨하고 나루세 씨가 서로 아는 사이였다니."

다카라지마 사야가 선글라스를 매만지며 고개를 숙였다.

나루세는 물어보았다. "언제부터 날 미행했지?"

"아니, 나도 무명의 공무원 나루세 과장님을 끈질기게 쫓아다닐 정도로 한가하진 않아요."

"다행이군. 무명의 공무원을 끈질기게 쫓아다닐 정도로 한가한지 걱정했는데."

"내가 미행한 건 여기, 다카라지마 씨 쪽입니다."

"언제부터?" 다카라지마 사야는 마스크에 손을 뻗는 척하며 미간을 찌푸렸다.

"어제부터. 요즘 별로 일이 없는 것 같던데. 뭐, 그렇게 잠적 같은 짓을 하니 여기저기서 일감이 끊길 수밖에 없겠지. 덕분에 미행하기 편했어." 그때부터 히지리는 본성을 드러내듯 말투가 뻔뻔해졌다. "거짓말이 아니야. 사진도 찍었으니까. 오늘은 낮에 네일숍에 들렀지. 그리고 점심 식사. 손톱에 정성을 들이다니 사치스럽군."

비밀을 들킨 것처럼 다카라지마 사야가 손가락을 숨기며 기어들어 가는 목소리로 설명했다. "그게 유일한 스트레스 해소법이니까."

"그리고 쇼핑을 한답시고 택시를 타기에 어딜 가나 했는데, 여기 야마시타 공원에 와서, 더군다나 내가 잘 아는 남자를 만나고 있었으니 놀라지 않을 수 있나. 위대한 강도 나루세 씨하고 말이야. 환상적인 투샷이야."

"강도?" 다카라지마 사야가 되물었다.

"비유적 표현이겠지." 나루세는 얼버무렸다.

"요즘 집음 마이크는 성능도 좋아. 방금 전 대화도 그럭저럭 잘 들렸지만 자세히는 모르겠단 말이야. 대체 무슨 얘기를 했는지 좀 알려 줘. 그 사람들을 도왔다는 건 무슨 소리야?"

자세를 낮췄다가, 대등하게 맞섰다가, 때로는 위에서 위협하기도 하며 히지리는 차례로 자세를 바꾸는 권투 선수처럼 말투와 표정을 바꾸었다.

"우시야마 씨라는 이름이 나오던데 누구야?"

"기억에 없나?" 나루세는 가만히 히지리를 쳐다보았다.

"아니, 모르겠는데. 성만 갖고 알 수가 있나. 남자야, 여자야?"

"진심으로 하는 소린가?"

"그야 물론이지."

거짓말을 하는 기색을 전혀 찾아볼 수 없어 나루세는 한숨을 쉬었다. 자기 기사 때문에 자살한 사람의 이름을 기억하지 못할 수 있을까? 물론 기억해야 한다는 법은 없다. 나루세는 환멸을 느끼지는 않았다. 오히려 예상했던 반응이었다.

"저기, 전 그만 돌아갈게요." 다카라지마 사야는 이 늪에서 빨리 벗어나지 않으면 가라앉는다고 생각하는 것 같았다.

"아, 잠깐만. 아니, 순서가 조금 바뀌었지만 난 이런 사람인데." 히지리는 명함을 내밀었다. "몇 번 건넸지만 아마 버렸을 테니까."

"필요 없어요. 당신 같은 사람들은." 다카라지마 사야는 손을 휘둘러 그 명함을 뿌리쳤다. 명함은 바닥에 떨어져 어디선가 불어온 바람을 타고 날아갔다. "기생충이나 다름없어요." 목소리는 작았지만 날카로운 말을 던졌다.

그 말에는 히지리도 불쾌했는지 화를 억누르는 게 눈에 보였다. "잠깐, 잠깐 기다려. 그렇게 말할 건 없잖아. 이리 됐으니 두 사람 사진을 주간지에 싣는 수밖에 없겠어. 아니, 꼭 실어야지. 나도 화났어."

"두 사람?" 나루세는 얼굴을 찌푸렸다. "무슨 소리지? 나는 일반인인데 우리가 공원에서 만났다는 것만으로 기사가 될 리 없을 텐데."

"그걸 어떻게든 만들어 내는 게 내 수완이거든." 히지리는 왼손으로 자기 오른팔을 툭툭 쳤다. "애초에 다카라지마 사야 같은 유명인이 일반 남성, 더군다나 이혼 경력이 있는 공무원하고 공원에서 데이트를 했다는 시점에서 사람들은 관심을 가져."

"이혼 경력이 있으면 안 되나?"

"아들 이야기도 써야지."

"그건 현명하지 못한데." 나루세는 화를 낼 필요를 느끼지 못했다.

"두 사람이 어떤 사이인지는 이제부터 차근차근 조사할 테지만 상상은 얼마든지 자극할 수 있지. 게다가 나루세 씨가 과연 일반인이라고 할 수 있을까?"

"일반인이라고 해 줘."

"범죄자와 다카라지마 사야의 밀회라면 팬이 아니더라도 눈을 번득일 거야."

"범죄자?" 다카라지마 사야가 의심스러운 눈빛으로 나루세를 쳐다보는 게 선글라스 너머로도 느껴졌다.

"증거도 없이 기사를 쓰면 누가 곤란할까?"

"그야 물론." 히지리는 그제야 비로소 본성을 드러냈다. 억지로 입고 있던 옷을 벗어 던지듯, 예의범절은 이제 필요 없다고 배짱을 부리는 건지도 모른다. "곤란한 건 너희들이지." 사나운 말투였다. "잘 들어, 내 기사에 화를 내는 사람은 지금까지도 많았어. 따지고 드는 놈도 있었고 고발한 놈도 있었지. 잡지사에 협박 전화를 건 놈도 있었어. 재판에서는 이긴 적도 있고 진 적도 있어. 그리고 어떻게 되었을까?"

"어떻게 되었지?"

"나는 이렇게 너희들 앞에 서 있다. 그게 답이야. 자유롭고 즐겁게 생활하면서 여전히 같은 일을 하고 있지. 요컨대 나는 곤란하지 않아. 그리고 재판에서 이긴 쪽은 어떨까? 사과 기사가 나오면 마음이 풀릴까? 아니지. 분한 마음이 풀릴까? 아니야. 괜히 더 분통만 터지지. 어떻게 해도 나는 곤란하지 않아. 기사 때문에 곤란한 사람들한테 욕먹는 건 익숙해. 무슨 일이 벌어질지도 예상할 수 있지. 하지만 익숙하지 않은 너희는 이제부터 고생할 거야."

나루세는 히지리를 쳐다보았다. 화는 났지만 그가 하려는 말은 이해할 수 있었다. 기사가 누군가를 상처 입히고, 그에 대한 사죄 기사가 실려도 히지리는 상처받지 않는다.

다카라지마 사야의 어깨가 작게 들썩거렸다. 마스크 때문에 답답한 건 아니리라. 불쾌함과 분노로 숨이 거칠어진 것이다.

"아까 기생충이라고 했지? 그 말도 많이 들어. 하이에나란 말도. 단지 내 입장에서 보면 조금 다르거든. 나는 조금 약한 곤충을, 개미 떼 속에 떨어뜨리는 것뿐이야. 그러면 개미가 그 벌레를 먹어 치우지. 이 경우 그 벌레를 먹은 건 누구지? 하이에나인 내가 아니야. 모여들어서 물어뜯으며 즐기는 건 수많은 평범한 사람들이야. 그렇지? 이 세상은 누구나 다른 누군가의 기생충이야."

"그렇군. 군중을 움직이는 것뿐이라는 건가?"

"바로 그렇지."

"숨통을 끊지는 않나?"

"뭐?"

"만약 군중이 꾸물거리면 당신이 냉큼 숨통을 끊지는 않느냐고 묻는 거야."

그게 무슨 소리냐는 듯이 히지리는 잠깐 얼굴을 찌푸렸지만 곧바로 대답했다. "가능성은 있지."

"무슨 뜻이지?"

"나약한 상태로 치욕스럽게 살 바에야 내가 숨통을 끊어주는 게 낫지."

"모금을 방해하고 있다고 들었는데." 나루세는 다나카에게 들은 이야기를 떠올리며 말했다. 해외에서 수술을 받기 위해 필사적으로 모금하는 가족 주위를 맴돈다는 소문으로, 정말 방해하는 건지는 모르겠지만 아마도 좋지 않은 일을 꾸미고 있을 것이다.

히지리가 용케 안다는 듯이 대꾸했다. "방해하는 게 아니야. 오히려 도와주고 있지."

"어떻게?"

히지리는 과장스럽게 어깨를 으쓱했다. "기사로 써서 모금을 도와달라고 호소했어. 좋은 기자지?"

"공짜로 쓰진 않았겠지."

히지리는 또 용케 안다는 듯한 표정을 지었다. "부친이 음식점을 하거든. 거기서 제법 많이 먹고 마셨지. 그야 아이 수술을 위해 기사를 써 주는 나는 구세주나 마찬가지 아니겠어?"

확실히 모금 정보를 퍼뜨려 준다면 부모 입장에서는 히지리에게 매달리고 싶어지리라. "그래서 기사 효과는 있었나?"

"글쎄, 영 효과가 없는 것 같아." 히지리는 유쾌하기 짝이 없다는 표정이었다.

어떤 매체에 기사를 썼는지 물어보자 누드나 스캔들만 싣는 주간지 이름을 말했다. 그런 곳에 수술을 바라는 가족의 기사를 싣는다고 영향력이 있을 것 같지는 않았다.

"난 제대로 썼어. 약속은 지켰어."

"그 아이는 결국 어떻게 됐지?"

"가족끼리 모금함을 들고 아직 길거리에 서 있지 않겠어? 이제 시간은 얼마 안 남았을지도 모르지만."

"남의 일처럼 말하는군."

"모르는 것 같아서 말해 주는데, 남이야."

다카라지마 사야가 더는 못 참겠다는 듯이 그 자리에서 떠나려 했다.

남아 있는 나루세에게 히지리가 "이제 느긋한 소리를 할 때는 지났어"라고 말했다.

나루세는 다카라지마 사야를 보았다. 그녀는 몹시 불쾌한 기색이었지만 한편으로는 눈앞의 뱀을 경계하듯 긴장하고 있었다.

다카라지마 사야는 공인이다. 스캔들이 나면 그녀뿐만 아니라 업무 관계자, 사무소는 물론이고 광고에 나오는 회사, 가족이나 친척, 친구들에게도 영향이 있다. 평소 "다카라지마 사야가 내 친척이야"라고 자랑하던 사람들은 언제 그랬냐는 듯이 후회하리라. 자전거하고 부딪치기만 해도 뉴스가 될지도 모른다.

"기한은 잊지 않았겠지, 나루세 씨?"

"기한?"

"앞으로 일주일이야. 어떻게든 해결해."

"어떻게든?"

"전에 부탁한 일 말이야."

카지노 그룹에 진 빚을 탕감해 달라는 말이라는 건 알았다. "앞으로 일주일이라."

"잘 들어, 연장은 없어. 다음 주 일요일까지 좋은 소식이 없으면 온 힘을 다해 기사를 쓸 거야."

"어떤 일에나 온 힘을 다하는 건 좋은 일이야."

"난 상관없잖아?" 다카라지마 사야가 신경질적으로 외쳤다.

"상관없는데 왜 만났어?"

"지난번 사인회에서 이 사람한테 협박 편지를 받았으니까. 만나 주지 않으면 무슨 짓을 당할지 모를 것 같았어."

"협박할 생각은 없었어. 그냥 이야기를 들어 줬으면 했을 뿐." 나루세는 그렇게 말했다.

나루세와 다카라지마 사야를 번갈아 보던 히지리는 줄타기를 그만두고 노골적으로 비열한 협박꾼으로 변했다. "뭐, 사정은 모르겠지만 여기서 '안녕' 하고 보내 줄 순 없지. 안됐지만 다카라지마 씨도 참가해 줘야겠어."

"난 상관없어!" 다카라지마 사야가 찢어질 듯한 목소리로 외쳤다.

제4장

**악당들은 다른 악당으로부터
달아나려고 필사적으로 행동하지만,
일이 예정대로 되지 않는다**

'계획은 사람이 세우지만
성패는 하늘에 달렸다'

교노 5　**지라시** ①광고, 선전을 위해 배포하는 인쇄물. 대개 낱장 인쇄로 신문에 끼워서 배포한다. 전단 광고. 해충 박멸 업체 ○○○. ②각종 재료를 초밥과 섞고 고명을 뿌려 만드는 초밥의 종류. ③어지러이 흩어진 무늬. ④휘갈겨 쓴 글. ⑤소설에서 독자의 주의를 다른 곳으로 돌리기 위한 장치.

"이해합니다." 교노는 그렇게 말했다. 눈에 띄어서는 안 된다는 걸 알면서도 볼륨 조절을 못 해 목소리가 커졌다. "방범 문제 때문에 전단지를 무단 배포해서는 안 되지요. 정말 옳은 말씀입니다. 이해한다는 말씀밖에 못 드리겠군요. 당신은 지금 제게 옳은 말씀을 했습니다."

눈앞에 있는 사람은 아파트 관리인실에서 나온 관리인이었다. 각진 얼굴에 안경을 썼다. 정년 후에 아파트 관리 회사에서 일하는 걸까, 양복이 잘 어울리고 관록이 있었다.

"도저히 안 될까요?" 옆에 있는 여성이 관리인에게 물었다. 자연스러운 말투로 소박한 질문을 던진다.

그렇군, 많은 말보다 단순한 질문에 귀를 기울여 줄지도 모른다. 교노는 자기보다 스무 살은 어린 여성에게 인생의 비결을 배운 기분이었지만 어쨌거나 의식보다 먼저 입에서 말이 튀어나오니 어쩔 도리가 없다.

"우편함에도 써 놨지만 여기는 전단지 배포 금지예요."

교노와 여성이 아파트 1층 우편함에 전단지를 넣으려 하자 관리인이 다가와 그들을 막았다.

"종류에 상관없이?" 교노는 관리인을 뚫어져라 쳐다보았다. "우리는 전단지 배포에 목숨을 걸고 있다고 해도 과언이 아닌데. 아무리 중요한 소식이라도 넣어서는 안 된단 말씀입니까?"

"중요하다니 어떤 내용입니까?"

"예를 들자면 '이 아파트 우편함에 무단으로 전단지를 넣는 사람이 있으니 주의 요망'이라는 경고성 전단지나."

"전단지를 넣는 사람이 있다는 전단지를 넣겠다는 말씀입니까?"

"예를 들자면 그렇다는 거지만."

"실제로는 어떤 전단지입니까?" 관리인이 손을 뻗어 교노가 들고 있는 종이 다발에서 한 장을 빼냈다. "음, 해충? 거미?"

"붉은등과부거미입니다. 최근 몇 년 사이 뉴스에도 자주 나왔는데 못 보셨습니까? 외래종인데 신경독을 가지고 있어요. 물리면 그 독이 사람 몸속으로 들어가는 겁니다. 아아, 그러고 보니 이 아파트에 항혈청은 있습니까?"

"항혈청?"

"중독된 사람에게 주사하는 치료제 말입니다."

"그런 게 있을 리가."

교노는 과장스럽게 고개를 저었다. "설마! 정말 없을 줄이야! 충격입니다. 대책 없고 대비하지 않는 사람이 적의 존재를 고집스럽게 인정하지 않는 꼴이군요. 기가 막힙니다. 잘 들으세요, 만약 이 아파트에 붉은등과부거미가 나타나면 관리인으로서 어떻게 책임질 작정이죠?"

관리인은 냉정했다. 수다스럽게 채근하듯 부추기는 교노를 보며 당황한 기색이었지만 그렇다고 "혹시 모르니 우편함에 넣고 가세요"라고 허락하지는 않았다. 그는 동요하면서도 얼굴을 찌푸렸다. "하지만 아파트에 그런 거미가 들어오겠습니까? 엘리베이터를 타고?"

뜨끔한 곳을 찔린 교노는 노골적으로 뜨끔한 표정을 지었다.

"최근 사례로는." 옆에서 여성이 끼어들었다. "택배 상자 바닥에 붙어서 퍼진다고 해요."

즉흥적으로 한 말이겠지만 진실미가 있었다. 교노는 그 여성에게 감탄했다. 그녀는 원래 우시야마 사오리가 일하던 유흥업소 동료였다. 히지리에게 복수하려고 호텔 카페 종업원으로 참가했다. 이번 작전에서 교노 일행은 그들에게도 도움을 구했다. 운은 떼어 봤지만 교노 일행의 작전을 얼마나 이해해 주고 도움을 줄지, 혹은 발목을 잡을지 미지수였는데 침착하고 임기응변까지 가능해 예상보다 더 도움이 되었다.

231

"하지만 전단지는 곤란합니다."

규범의식이 강한 사람은 성가시다. 허풍으로 넘어가 보려 해도 항상 '규칙'으로 돌아선다.

"거미를 우습게 봐서는 안 됩니다. 무기는 조준을 하죠?"

"무기?"

"거미줄로 라이플 조준 십자선을 만든다는 건 아십니까? 기온에 영향을 받지 않고 안정적이라는 이유 때문이죠."

"그게 무슨 상관입니까?"

"거미는 무기나 다름없다는 뜻입니다." 교노는 단언했지만 물론 관리인이 그런 말에 수긍할 리 없다. "어째서 그렇게까지 전단지를 넣고 싶은 겁니까? 되레 의심스럽네요." 그런 예리한 지적까지 한다.

그때 "그렇다면" 하고 대답한 것은 역시나 교노 옆에 있는 여성이었다. "이러면 어떨까요? 이 전단지를 선생님께 맡길게요. 그걸 아파트 게시판에 붙여 주셔도 되고, 그것도 어려우면 선생님 쪽에서 '거미를 발견하면 연락해 주십시오'라고 경고문을 써 주실 수 없을까요? 발견한 사람이 있으면 선생님께서 저희에게 연락해 주시면 찾아오겠습니다."

"오호라."

"그게 낫겠네. 어디까지나 여러분의 안전, 독거미의 공포를 경감하는 게 저희 목적이니까요. 전단지 배포 자체가 목적은 아닙니다."

"방금 전에는 전단지 배포에 목숨을 걸고 있다고 하지 않았습니까?"

"이것만큼은 말씀드리겠습니다." 교노는 상대에게 고개를 들이댔다. "목숨은 섣불리 거는 게 아닙니다."

"먼저 말한 건."

교노는 손을 내밀어 그 뒷말을 막고 강하게 말했다. "어쨌거나 저희는 거미가 걱정되는 것뿐입니다." 관리인에게 전단지를 건네고 증언대에서 선서하듯이 무릎을 꿇고 오른손을 들었다. "거미의 미래를 위하여."

관리인이 덩달아 진지한 표정으로 역시나 오른손을 내밀고 따라 했다. "거미의 미래를 위하여."

밖으로 나와 차로 돌아갔다. 이번 일을 위해 빌린 렌터카였다. 교노는 조수석에 앉아 입을 열었다. "훌륭했어."

여성이 눈을 가늘게 떴다. "이제 제 일은 끝난 건가요?"

"아마도." 자세한 건 나루세에게 물어봐야 안다. "끌어들여서 미안해."

"그건 제가 할 말이에요. 저희가 끌어들인 거잖아요?"

"보기에 따라서는." 교노는 그렇게 말했다.

"하지만 정말 저기서 돈을 빼낼 수 있을까요?" 그녀가 핸들을 쥔 채로 앞 유리 너머를 턱짓으로 가리켰다. 방금 전에 다녀온 아파트가 있었다.

"아마도." 이 역시 나루세에게 확인하기 전에는 모른다.

"그걸로 그 기자를 해치울 수 있을까요?" 자기는 머리가 나빠서 잘 모르겠다고 덧붙였지만, 이번 전단지 배포 문제를 두고 관리인을 상대로 교섭한 것만 봐도 두뇌 회전이 빠르다는 것은 교노도 알 수 있었다.

히지리의 입을 막으려면 일단 카지노 그룹에 진 빚을 어떻게든 해야 한다. 나루세는 그렇게 말했다.

"굳이 도와줘야 해요?" 구온이 싫다는 듯이 투덜거렸다.

"안 도와주면 히지리는 막다른 길에 몰릴 거야. 그렇게 되면 열심히 기사를 쓰겠지. 그러면 다카라지마 사야가 힘들어져."

"우리 얘기도 쓰겠네." 유키코가 한숨을 쉬었다.

개인 정보는 밝히지 않더라도 온갖 억측을 바탕으로 음흉한 테크닉을 구사해 은행 강도로 짐작되는 4인조의 정체를 내비칠 게 분명하다. 유키코와 신이치는 전남편 지미치 문제로 주위로부터 곱지 않은 시선을 받을 가능성도 있다.

"그렇게 되면 우리 가게의 앞날도 고민해 봐야겠군. 나루세, 자네도 강도라는 걸 들키면."

"공무원은 부업을 금지하니까. 규칙을 확인해 보진 않았지만 은행 강도 부업은 괜찮다는 항목은 아마 없을 거야."

"그래서 어쩔 거야?"

"이미 구온이 사전 준비를 해 놨어. 다음은 자네가 나설 차례야."

"나만 할 수 있는 중요한 역할이군."

"전단지 배포야."

그 중요한 역할을 마친 교노의 옆, 운전석에 앉은 여성이 말했다. "우리는 가급적 그 사람한테는 폐를 끼치고 싶지 않아요."

그건 내 얘기인가? 교노는 그렇게 말하려다가 아니라는 것을 바로 깨달았다. "연예인이니까."

"잃을 게 너무 많아요."

"그 사람은 상당히 협조적이야." 나루세나 유키코에게 들은 이야기로는 우시야마 사오리를 위해서라면 어떤 짓이든 무릅쓸 각오인 듯했다.

"그래요. 우리가 그 호텔에서 일을 저지르기로 계획했을 때도 그 사람이 진심이었기 때문에 힘을 낼 수 있었어요."

"살해 계획에 힘을 내다니 좀 그런데."

"그렇죠?" 얼굴을 찡그리며 웃는 모습은 그런 말을 하는 데도 귀여운 구석이 있었다. "하지만 그 사람, 진심이에요."

"히지리 살해에?"

"자꾸 무서운 말씀 하지 마세요." 그녀가 웃었다. "그 사람, 우시야마 씨의 원한을 풀어 주고 싶은 일념뿐이에요.

우리도 물론 같은 마음이지만. 그렇잖아요, 무차별 폭행의 피해자일 뿐이지 나쁜 짓은 하지 않았는데 심한 기사를 쓰다니. 원래 다정한 사람이라 그런 일에 충격을 받은 거예요. 너무하지 않아요? 만약 심판이 있다면 분명 오심이라고 했을 거예요."

"심판이?"

"있다면 말이죠. 판정이 불공평하잖아요. 그 기자는 사실 바로 퇴장감인데."

오호라. 교노는 고개를 끄덕거리며 우리는 퇴장하지 않아도 되나 의문을 품었다. 오심 연발로 버티고 있는 건지도 모른다.

"아, 그나저나 어떻게 그 사람하고 얘기한 거예요?" 다카라지마 사야 이야기라는 건 알 수 있었다. "그 잠적 사건 이래로 사무소 사람이 메시지를 일일이 확인하는 것 같아요. 그런 건 헌법 위반 아닌가요? 남의 메시지를 읽어선 안 되잖아요."

"안 된다는 말은 헌법에 없을지도 모르지만 다카라지마 사야도 메시지 연락에는 예민해진 것 같았어. 처음에는 내 동료에게 연락을 했는데, 그것도 편지였어."

나루세는 사인회 때 건넨 편지에 '우리는 당신이 호텔에서 저지른 일을 알고 있다', '우리는 히지리 때문에 곤란을 겪고 있으니 당신의 아군이다'라는 내용을 써서 '관심이 있다면 연락해 달라'고 연락처와 민간 사서함 주소를 써 두었다고 한다. 다카라지마 사야가 연락을 할지는 불확실했지만 나루세는 "가능성은 절반 이상이야"라고 내다봤다. "사인회에서 내가 우시야마 사오리의 이름을 언급했으니까. 단순한 장난이라고 생각하지는 않을 거야."

다카라지마 사야는 편지를 보냈다. 메시지는 사무소에서 확인할 가능성이 있어 다른 수단이 무난하다는 설명과 함께 "자세한 이야기를 듣고 싶다"며 안전한 곳을 지정했다.

"아, 그렇구나." 운전석에 앉은 여성이 시동을 걸면서 말했다. "저희 때하고 같은 방식이네요. 그렇다면 그쪽 그룹에도 여자분이 있나요?"

"뭐, 그렇지."

"그쪽은 뭐 하는 그룹이에요?"

교노 쪽은 히지리와 적대하는 어떤 팀이라고만 설명했다. 제대로 된 일을 한다고 생각하지는 않겠지만, 은행 강도일 줄은 꿈에도 모를 것이다.

"우리는 그냥." 교노는 그 자리에서 떠오르는 대로 지껄였다. "붉은등과부거미 동호회야."

"그럴 줄 알았어요."

유키코 5

손톱 ①사람의 손가락, 발가락 끝이나 파충류 이상의 척추동물의 손끝, 발끝을 덮는 판판한 각질 부분. 사람의 손톱, 개나 고양이의 발톱, 소나 말의 발굽 등. "○○을 깎다." "○○으로 할퀴다." ②물건을 걸거나 매다는 도구. 고리 종류. ○○ 때 : 달여서 마실 수 있다.

"그 기자의 빚을 탕감해 주려고 위험한 다리를 건너다니, 너무 화가 나요." 유키코 앞에 있는 다카라지마 사야는 머리에서 김이라도 뿜을 기세였다.

"괜찮아, 우리는 위험한 다리를 건너는 일에 익숙하니까."

"돌다리도 두드려 보고 건너나요?"

"두드릴 때도 있고 안 두드릴 때도 있고."

다카라지마 사야는 유키코 쪽으로 손을 내민 채로 미소를 지었다. 역시 연예인은 광채가 다르다 싶은 미소가 아니라, 자연스럽고 온화한 표정이었다. "저, 여러분은 무슨 일을 하는 분들인가요? 요전에 야마시타 공원에서도 그 기자가 강도가 어쩌고저쩌고했는데."

"강도!" 유키코는 작은 목소리로 외치며 손으로 입가를 가리는 시늉을 했다. "그렇게 무서운 사람은 아니야. 단지 자랑할 만한 직업도 아니라서. 몇 번이나 말하지만 우리는 그 히지리란 작자의 적, 당신들과 같은 편이야. 그건 믿어 줘."

"네, 믿을게요."

"그보다 그날 야마시타 공원에 정말 히지리가 찾아올 줄이야."

유키코는 며칠 전에도 이 자리에서 다카라지마 사야를 만났다. 나루세에게 보낸 엽서에 그런 지시가 적혀 있었기 때문이다. 메시지 연락은 위험하다. 직업상 자유롭게 만나러 가기는 어렵지만 유일하게 밀담을 나눌 수 있는 장소가 있다고.

나루세도 설마 그게 네일숍일 줄은 몰랐으리라.

다카라지마 사야는 일하는 틈틈이 단골 네일숍에 간다. 그곳 사장과는 옛날부터 친한데 허물없는 사이라 다카라지마 사야의 부탁을 잘 들어준다고 했다. 즉 다카라지마 사야가 주위 시선을 신경 쓰지 않고 누군가와 이야기하고 싶을 때, 그 네일숍 개별실을 빌려주는 것이다.

그때도 다카라지마 사야는 손님으로 앉아 있고 직원으로 가장한 유키코가 맞은편에 앉았다. 손톱을 정리하고 장식하기 위해 손님과 직원의 거리는 가깝고, 누가 근처에 다가오는 일도 없다.

비밀 이야기를 하기에는 안성맞춤이었다.

며칠 전에도 유키코는 이 네일숍에서 다카라지마 사야를 만나 나루세의 말을 그대로 전했다. 그 후 야마시타 공원에서 나루세를 만나 대화해 달라. 미행당하고 있을 가능성이 있으니 처음에는 본론으로 들어가지 말고 상황을 봐서 우시야마 사오리에게는 관심 없는 척해 달라는 부탁도 했다. 만약 히지리가 미행했다면 그들 몰래 대화를 엿들었을 가능성이 있기 때문이다.

"설마 정말 도청할 줄은 몰랐어요." 다카라지마 사야는 그렇게 말했다.

나루세도 질렸다는 듯이 탄식했다. "공원 벤치 근처에 있던 아이가 내 질문에 거짓말로 대답하더군. 근처에 히지리가 있지 않을까 싶어 다카라지마 씨에게 눈짓을 했지. 아니나 다를까 히지리가 나타났는데, 그렇게 노골적으로 협박할 줄은 예상 못 했어. 그렇게 알기 쉽게 본성을 드러낼 줄이야. 조금 더 숨겨도 될 것 같은데."

결국 다카라지마 사야와는 제대로 이야기도 못 하고 이렇게 다시 네일숍에서 만나게 되었다.

"그런데 대체 어쩔 작정이에요? 그 기자의 빚은 아마 상당히 큰 금액일 거예요. 그걸 갚아 준다니."

"뭐, 못 할 건 없는데."

"그래요?"

"이미 움직이고 있으니까. 당신 동료의 힘도 빌려서."

"제 동료요?"

"그 기자를 호텔에서 무찌르려 했던 동료들. 우시야마

씨 연인이었던 사람도."

"다들 좋은 사람이에요."

"그 좋은 사람들한테 부탁해서 도움을 받기로 했으니까."

카지노 그룹 일당과는 나루세와 교노, 구온도 안면이 있기 때문에 아파트에 찾아갈 때 마주치면 일이 귀찮아질 가능성이 있다. 향후의 작전을 고려하면 추가 인원이 필요한 건 분명했다.

"나도 뭔가 할 수 있으면 좋을 텐데."

"아니, 당신이 움직이면 눈에 띄어." 유키코는 바로 말렸다. "일도 해야 하잖아."

"일은 아무래도 상관없어요." 다카라지마 사야는 미련 없이 말했다. 한 치의 망설임도 없이 시원스러웠다. "저만 아무것도 안 하다니 견딜 수 없어요."

부상 중인데도 빨리 시합에 내보내 달라고 공을 던지는 야구 선수처럼 저돌적인 자세였다. 유키코는 그런 상대를 다독거렸다. "그렇게 성급하게 굴지 않아도 필요할 때는 꼭 부탁할게."

"전 정말 이해할 수 없어요."

"히지리 말이야?"

"사오리 언니가 피해자가 된 건 백 보 양보해서, 아니, 만 보 양보해서 운이 없어서 그랬다고 쳐요. 하지만 그런 지독

한 기사를 쓴 사람이 반성도 하지 않고 뻔뻔하게 살아 있다니."

"실은 그 기자, 그렇게 보여도 매일 반성과 회한으로 불상을 조각하고 있을지도 몰라."

"정말이에요?"

"어디까지나 하나의 가능성이지만."

"야마시타 공원에서 그 기자가 그랬는데, 해외에서 수술을 받아야만 하는 가족이 있대요."

"무슨 얘기야?"

"그 가족이 돈이 필요해서 모금을 하는데, 그 사람들을 등치고 있는 것 같아요. 불상을 조각할 여유는 없을 거예요."

"그러네."

"사오리 언니는 정말 따뜻하고 다정한 사람이었어요. 사람들을 무서워하지 않고, 우습게 보지도 않고."

"조금 친절하고."

"알고 계세요? 아, 제 자서전."

"어쨌거나 일단 다음 주까지 히지리의 빚을 어떻게든 해야 해."

"그러지 않으면 역시 위험한가요?" 다카라지마 사야는 역시 내키지 않는 기색이었다.

"그 남자가 나나 당신 기사를 가차 없이 쓸 테니까."

"그 정도는 신경 안 써요."

"뭐, 그럴지도 모르지만. 그래서 그 남자가 이겼다고 으스대면 열받잖아. 그러니까 지금은 고통을 감내하고 때를 기다리는 마음으로 일단 요구를 들어주는 수밖에 없어."

"빚을 탕감할 방법은 있어요?"

"열심히 움직이는 중이야."

카지노 그룹의 아파트에는 며칠 전 구온이 찾아가서 지문 인식 보안 시스템이 있는 방을 알아냈다.

"아마 거기에는 돈이 있을 거예요. 어쩌면 고객 정보일지도." 구온은 그렇게 말했다.

나루세는 그것을 바탕으로 계획을 제안했고, 다 함께 구체적인 작전을 짰다.

"카지노 그룹에게서 빼앗은 소중한 걸 밑천으로 교섭할 작정이야." 유키코는 그렇게 설명했다.

"어떻게 빼앗을 건데요? 그런 게 가능해요?"

유키코도 가능 여부는 알지 못했다.

매니저가 연락했는지 다카라지마 사야의 스마트폰이 울렸다. "슬슬 가 봐야겠어요." 자리에서 일어난 다카라지마 사야의 손톱은 유키코가 아마추어 실력으로 바른 색으로 물들어 있었다. "이거, 고마워요."

다시 봐도 민망해서 유키코는 짤막하게 대답했다. "다음에는 조금 더 잘해 줄게."

나루세 日

약속 서로 정하는 일. "○○ 장소를 착각했다." "3분 뒤에 ○○한 대로 도쿄행이 출발한다." 당사자 한쪽이 동의하지 않을 경우에는 잠복이라 한다.

히지리에게서 전화가 걸려온 것은 그날 정오를 앞둔 시간이었다.

"오늘이 바로 기일인데 어떻게 됐어?" 안전지대에서 하청업자를 협박하듯 여유롭고 심술궂은 말투였다. "기한은 지켜야지. 내 일도 마감이 제일 중요하거든."

"오늘 정리될 거야." 나루세는 대답했다. 전화번호를 가르쳐 준 것 자체를 후회했다.

"뭐가 정리돼?"

"당신 빚 문제."

"정말 시간에 아슬아슬하군. 어떻게 갚아 줄 거야?" 히지리의 목소리에는 출제자의 여유가 있었다. 답하는 건 언제나 그가 아닌 것이다.

"수법은 별로 알리고 싶지 않은데." 숨길 필요도 없었다. "그 아파트에 다녀올 거야."

"그놈들 아파트? 이 판국에 도박에 걸겠다고?"

"아니, 카드 게임은 안 해. 카지노가 아니라 몰래 들어갈 작정이야."

"그래서 돈을 훔쳐 올 건가?" 히지리의 목소리가 조금 날카로워졌다. "거긴 쉽게 들어갈 수 없어. 내가 또 소개해 줄까?"

"방법은 있어."

"허. 금고에서 돈을 훔쳐서 선물해 줄 셈이야?"

"아니, 그건 현명하지 않아. 그 돈으로 빚을 갚으면 아파트에서 훔친 돈이라고 의심할 게 뻔해."

"그러네. 그럼 어쩔 건데?"

"카지노니 고객 정보를 관리하고 있겠지. 그걸 훔친다."

"훔쳐서 어쩌려고?"

스스로 생각하라고 내치고 싶었지만 그러기도 귀찮았다. "먼저 당신 빚에 대한 근거가 사라져. 누가 얼마나 잃었는지, 빚 액수도 정보가 사라지면 그만이야."

"그렇지만 그놈들은 증거가 없어도 나를 쫓아올 거야. 그렇잖아? 게다가 그렇게 장부가 사라지면 역시 날 범인으로 의심할지도 몰라."

"맞는 말이야." 나루세는 히지리를 위해 조언해 주는 상황에 스트레스를 느꼈지만 어쩔 수 없었다.

"그럼 어쩔 건데?"

"아마 고객 중에는 정치가도 있겠지." 나루세가 그 아파트에서 카드 게임을 했을 때 오쿠와가 "자기 의견이 통하지 않았을 때 억지를 부리며 화를 내는 건 삼류 정치가"라고 했는데, 그가 아는 정치가를 염두에 둔 발언인 것 같았다. 카지노에 오는 정치가가 몇 명 있지 않을까? "정치가는 고객 정보가 폭로되면 난처하겠지."

"그렇겠지."

"그럴 바에야 오쿠와 일당을 어떻게든 처리하려 들지도 몰라."

"정치가를 움직여서 그 카지노를 적발하게 만들 셈인가?"

"그런 셈이지. 공식적으로 당당히 적발하는 건 어려울지 몰라도 숨은 힘으로 어떻게든 되지 않겠어?"

"숨은 힘? 정치가를 너무 과대평가하는 것 아니야?"

"정치가에도 분명 여러 종류가 있겠지. 강한 적을 무찌르기 위해 다른 강한 녀석하고 싸움을 붙이는 것도 일종의 작전이야."

"그렇군." 히지리는 조금 고민하듯 뜸을 들였다. "일단 그 고객 정보를 본 다음에 결정하지. 정말 가져올 수 있어?"

"그러지 않으면 우리도 위험하니까." 나루세는 진심으로 그렇게 말했다.

히지리가 만족스러운 목소리로 자랑스럽게 말했다. "발표할 기사 원고는 벌써 다 써 놨어. 조심해. 이게 잡지에 실리면 다카라지마 사야도 너희도 지금 사는 곳에는 붙어 있 지 못할 거야."

"그렇게 무서운 기사인가?" 나루세는 웃음을 터뜨릴 뻔 했다. 사람을 동네에서 쫓아낼 만한 힘이 네 기사에 있느냐 고 말하고 싶었지만 그만두었다. 아마도 히지리는 전적이 있을 것이다. 근거 없는 허세가 아니다. 법적인 인과관계는 불확실하지만 나루세가 아는 범위에서만 세 명이 기사 때 문에 죽었다. 어쩔 수 없이 이사한 사람들의 수는 훨씬 많 을 것이다.

"내 경험으로 볼 때." 히지리가 말했다. "다카라지마 사야 는 일이 줄어서 어차피 조만간 은퇴할 거야. 나루세 씨, 당 신은 틀림없이 직장에서 버티지 못할 테고, 잘하면 아들 일 자리에도 영향이 있겠지."

"잘하면." 나루세는 멍하니 복창했다.

"전에도 말했을지 모르지만 언론은 정치하고 상관없는 하찮은 스캔들을 아주 좋아하거든. 책임질 위험은 적은데 손님을 끌어모으지."

"히지리 씨 실력은 잘 알고 있어." 나루세는 그렇게만 대 꾸했다.

"오후 1시에." 히지리는 시간과 만날 장소를 지정했다. "가게 위치는 알아?"

"조사하면 금방 알아." 전화를 끊자 눈앞에 있던 교노가 물었다. "어때, 좋은 소식이야?"

"좋지도 나쁘지도 않은 평범한 소식이야. 어쨌거나 우리는 예정대로 진행하는 수밖에 없어." 나루세는 그렇게 대답했다.

"구온으로 괜찮겠어?"

"무슨 뜻이야?"

"아니, 그 녀석 바로 얼마 전에 그 아파트에 다녀왔잖아. 얼굴 때문에 들킬지도 몰라."

"하지만 나나 자네도 카지노에 갔었어. 소거법으로 하면 유키코지만."

벌레는 질색이야.

유키코는 그렇게 말하며 거부했다. 실제로 벌레에 대한 지식이 있는 게 낫다는 걸 감안하면 구온이 적임자인 건 사실이다.

"변장까지는 아니더라도 마스크라도 쓰고 속이는 수밖에. 마침 다나카에게 산 마스크가 있어."

"뭐든 파네." 교노가 쓴웃음을 흘렸다.

"마스크를 통하면 목소리가 달라진다더군. 간단한 음성 변조기지. 그걸 쓸 거야. 그리고 또 한 사람, 요전에도 자네하고 함께 전단지를 나눠 준."

"아아. 그 아가씨는 큰 도움이 됐어. 침착하고 임기응변 능력도 뛰어나고."

"그 사람이 오늘도 도와줄 거야. 구온과 함께 아파트에 간다."

"차라리 다음부터는 그 아가씨를 동료로 삼아도 되지 않을까?" 교노는 자기가 끓인 커피를 입에 머금었다. "구온보다 훨씬 활약할 텐데."

"내기해도 좋은데." 나루세는 말했다. "나중에 구온도 똑같은 말을 할 거야."

"'나 대신 그 아가씨를 동료로 삼으면 어떨까요'라고? 그 녀석이 그렇게 기특한 소리를 하겠어?"

"아니, '나'라는 말 대신 다른 이름이 들어가겠지."

"오호라, 나루세, 그렇게 되어도 실망하지 마." 교노는 진지한 얼굴로 그렇게 말하더니 입술을 일그러뜨렸다. "그나저나 자네 말처럼 이걸로 정리되는 거야? 카지노에서 명단을 훔쳐서, 그걸 쓰면 끝?"

"잘 풀리길 기도하는 수밖에 없어. 이 일상이 내일 이후에도 이어지도록."

"일상인가."

"그래. 개인의 일상이 계속되는 건 무엇보다 중요한 일이야."

"나루세, 자네는 항상 침착한데, 정말 모든 게 예정대로 풀린다는 보장은 없어. 조심하고 또 조심해서 보험을 들어 둬야지."

"마지막 보험은 그거야."

"뭐야?"

"그 카지노 그룹이 기념으로 챙겨 뒀다는."

"스포츠 복권!" 며칠 전 그 아파트에서 오쿠와라는 남자가 말했던 것을 기억해 냈는지 교노는 손가락을 튕길 기세였다.

"그것도 구온이 가져올 예정이야. 아마 그리 어렵지는 않겠지. 액자로 걸려 있었으니까."

"스포츠 복권을 환금할 건가?"

"어떻게 쓸지는 다시 생각해 봐야겠지만 최악의 경우 그 돈으로 어떻게든 되겠지."

"스포츠 복권이 마지막 수단인가."

"그래."

"소중하게 챙겨 와야 할 텐데."

그리고 나루세는 한동안 교노의 가게 테이블에 앉아 책을 읽었다. 지방자치단체의 바람직한 형태에 대한 그리 재미있지 않은 내용으로, 교노에게 20분에 한 번꼴로 "시장 선거에라도 나갈 셈이야?"라는 말을 들었다.

구온은 예정대로 11시 전에 전화했다. "이제 아파트에 들어갈 거예요"라고 말하고 바로 끊었다.

이제 시작이군. 나루세는 일어섰다.

"어이, 나루세, 내가 함께 가지 않아도 괜찮아?" 교노가 물었다.

"자네는 가게에 있는 게 나아."

"쇼코는 꼭 이렇게 중요한 순간에 외출한다니까. 쇼코가 돌아오면 나도 바로 갈게. 반드시 갈 테니까, 그때까지 불안해도 어떻게든 버텨."

"무리해서 올 필요 없어. 서두를 필요도 없고."

"그런 말을 할 때야? 되도록 빨리 합류할게."

"부탁이니까." 나루세는 말했다. "무리하지 말아 줘."

구온 6

아파트에 들어가자 관리인실에서 남자가 나왔다. "일부러 연락해 주셔서 고맙습니다." 구온이 고개를 숙이자 옆에 있던 여성이 약속한 대로 뒷말을 받았다. "일전에는 감사했습니다. 전단지를 붙여 주셨군요."

"아아, 요전에 우편함에 전단지를 넣으려 했던 분인가?" 각진 얼굴의 관리인이 낯익은 사람을 만난 것처럼 기뻐했다. "부탁한 대로 게시판에 붙여 두었는데, 설마 정말로 거미가 나올 줄이야."

"다행이에요." 그녀는 상쾌하게 대답했다.

"의외로 그런 법입니다. 저희 회사가 전단지를 배포하면 해충이 나오는 경우가 많아요." 구온이 그렇게 말하자 관리인이 바로 되받아쳤다. "설마 당신들이 전단지와 함께 벌레를 두고 간 건 아니겠지?"

들켰나요? 구온은 그렇게 대답할 뻔했지만 관리인은 어디까지나 재치 있는 농담을 한 것뿐이었다.

실제로는 지난번 구온이 이 아파트 카지노에 왔을 때 씨를 뿌려 두었다. 정확히 말하면 거미의 알집이다.

"알집이 뭔가요? 알하고는 다른 건가요?"

직원 유니폼을 입은 그녀가 엘리베이터 앞에서 구온에게 작은 목소리로 물었다.

"알이 잔뜩 들어 있는 주머니예요. 거미는 이령 유충까지는 거기서 자라거든요. 아, 이령이라는 건 탈피를."

"됐어요, 벌레 이야기는 별로 좋아하지 않아서. 어쨌거나 그걸 두고 왔다는 거죠?"

"있죠, 벌루닝이라는 거 알아요? 종류마다 다르지만 알집에서 나온 아기 거미들은 처음에 모여서 생활하는데요."

"생활이라니, 마치 사람 같네요."

"동물에게도 벌레에게도 생활은 있어요."

그때 엘리베이터가 도착해 문이 열렸다. 구온은 헬멧을 쓰고 입에 마스크를 꼈다.

"아, 아. 아아아아아. 어때요?" 구온은 발성 연습을 하듯이 말했다.

"완전히 다른 목소리예요. 굉장해요. 그 마스크, 시판 제품이에요?"

"뭐, 말은 많이 안 할수록 좋겠죠?" 전에 왔던 손님이라는 것을 들키면 큰일 난다.

안으로 들어가 25층 단추를 눌렀다.

"그래서 아기 거미들은 모여서 지내는 기간이 끝나면 독립해요. 잎사귀 위에서 배를 드러내고 거미줄을 만들어 내죠. 물구나무는 아니지만 그런 느낌으로. 거미줄이 바람을 타고 붕 뜨면 손을 떼고 날아가는데 그걸 벌루닝이라고 해요. 바람을 타고 느긋하게 혼자 여행하는 거예요. 불안과 자유가 뒤섞인 모험이죠."

"거미도 손이라고 해요? 발이 아니라?"

"아무렴 어때요?" 구온은 웃었다.

"한 가지 물어봐도 돼요?"

"그러세요." 교노에게 이미 들었지만 이 여성은 두뇌 회전이 빠르다. 구온은 감탄했다. 대화하는 데 불필요한 수고가 들지 않아 편했다. 만약 이 트러블을 무사히 해결하면 이 사람을 교노 씨 대신 동료로 넣는 게 낫지 않을까? 반쯤 진심으로 그런 생각을 했다.

엘리베이터가 위로 올라가면서 공기가 증발하는 감각이 몸을 감쌌다.

"거미를 어떻게 세팅했어요?"

"세팅이라고 할 만큼 멋진 건 아니에요. 요전에 그 사람들 방에 들어갔을 때 알집을 두고 왔어요. 화장실 구석에. 유충이 안에서 나올 시기의 알을."

"말처럼 쉬운 일인가요?"

"성장한 아기 거미들이 애써 준 거죠."

"독거미라고 해도 그리 위험하진 않은가 봐요."

"위험하긴 하죠. 옛날에는 일본에 맹독을 가진 거미 같은 건 없었는데. 신경독이라 사람에 따라서는 위험해요."

"괜찮을까요?" 그녀는 엘리베이터 층계 표시를 올려다보고 있었다. "그 독에 이미 누가 당했을 가능성은 없나요?"

"그럴 일은 없어요." 아무리 상대가 불법 카지노 그룹 일당이라 해도 독에 당해도 싸다는 생각은 할 수 없었다. "내가 두고 온 건 붉은등과부거미가 아니니까요. 그거하고 비슷하게 생긴."

"가짜?"

"가짜라고 하면 거미도 억울하겠지만." 구온이 어깨를 움츠리자 그녀는 재빨리 "미안해요"라고 사과했다. "거미는 관대하니까 사과할 필요 없어요. 별무늬꼬마거미라는 건데, 이건 사실 등은 붉지 않지만 생긴 게 비슷하거든요."

"붉은색이 아니면 들키지 않을까요?"

"요전에 당신이 나눠 준 전단지의 별무늬꼬마거미 사진에 수컷 붉은등과부거미라고 써 놨으니, 그걸 보고 믿었을지도 모르죠."

화장실 안쪽 선반, 화장지 수납함 속에 숨겨 두었으니 거미 알집을 바로 발견하지는 못했으리라. 알아차렸을 때는 이미 늦어 거미들은 사방으로 흩어졌을 게 틀림없다. 처음으로 발견한 스태프는 "뭐야, 거미인가" 정도로 생각했겠지만, 한 마리도 아니고 대량으로 나타나면 아무래도 신경 쓰일 것이다. 결국 아파트 관리실에 전화했을 테고, 관리인은 "굿 타이밍!"이라고 외쳤는지는 모르겠지만 거미 박멸 전단지를 가리켰을 것이다. 사진을 본 스태프는 "바로 이 거미였어!" 하고 지명수배범, 범죄자를 발견한 기쁨에 흥분하지 않았을까?

그 결과 구온이 출동한 것이다.

엘리베이터 문이 열리자 바로 카지노 그룹의 문지기가 다가왔다.

유니폼을 입고 마스크를 끼고 그럴싸한 도구를 들고 있는 두 사람을 그리 의심하는 기색은 없었지만 그래도 몸수색은 했다. "상당히 중무장했네." 문지기가 구온의 머리를 가리키며 말했다.

"어떤 벌레는 머리를 공격하기도 해서요." 그렇게 대답하며 헬멧을 손가락으로 툭툭 쳤다.

"살충제를 뿌릴 예정입니다." 그녀가 미리 정해 둔 대사를 말했다. "다른 분들은 밖에서 기다려 주시겠어요?"

"사전에 설명을 들어서 벌써 다 나갔어." 남자는 무표정하게 말했다.

"현명하시네요." 그녀가 그럴듯하게 끄덕거렸다. "다들 어디 계십니까?"

"그 정보가 필요한가?" 남자의 지적이 예리했기 때문에 그녀도 순간 말문이 막혔다.

"무슨 일이 생기면 책임자에게 확인받아야 할 수도 있으니 혹시나 하고요." 구온이 거들었다.

"아, 그렇겠군. 맞은편 스포츠 바에 있으니 괜찮아."

대낮부터 여는 바가 있을까? 의문이 머릿속을 스쳤지만 어쩌면 여기 사람들이 경영하는 점포일지도 모른다. 나루세의 말에 따르면 이곳 카지노 그룹은 여기저기에 점포를 가지고 있다고 했다.

"그렇다면 이 방 안에 다른 분들은 안 계십니까?" 구온은 혹시나 하는 기대를 숨기고 물어보았다. 아무도 없으면 방에서 물건을 훔치기도 쉽다. "그러면 좋을 텐데"라고 중얼거릴 뻔했다.

"한 명 남아 있어. 딱히 당신들을 의심하는 건 아니지만 완전히 비울 수는 없으니까."

"그렇겠지요."

상대는 그 말을 끝으로 두 사람을 방으로 안내했다.

실내에 혼자 남아 있다는 스태프가 지난번 화장실로 안내해 준 남자가 아니길 바랐다. 그 남자는 벌레에 해박한 것 같았기 때문이다. 정말 독거미인지 꼼꼼히 따질 가능성도 있다.

문이 열리고 카지노 스태프가 나타났다. "어서 오십시오. 수고가 많으십니다." 정중하고 겸손한 말투였다. 구온은 요전에는 신세를 졌다고 말할 뻔했다.

아니나 다를까, 혼자 남은 남자는 며칠 전 함께 벌레 담화를 나눈 남자였다. 하지만 구온을 알아보는 것 같지는 않았다.

날조한 신분증을 적당히 내밀고 구온은 여성과 함께 방 안으로 들어갔다.

"중무장이군요." 남자가 방금 전 문지기처럼 헬멧을 가리켰다.

"천장에서 벌레가 떨어지는 경우도 있어서요."

"거미가 나온 거지요?" 구온 옆에서 여성이 말했다. 자기 역할을 확실히 수행하는 데 전념한 그녀는 망설임이 없었다.

"그렇습니다." 남자는 별로 곤란해 보이지 않았다.

구온은 여성과 함께 실내로 들어갔다.

"넓네요."

"어디서부터 어떻게 합니까?"

"살충제를 뿌려야 하니 잠시 밖으로 나가 주시겠습니까?"

"그건 안 됩니다." 즉답이었다. 화난 기색은 아니었지만 손을 좌우로 저었다. "똑똑히 지켜보지 않으면 제가 혼납니다."

"그렇겠죠." 그녀가 말을 맞췄다.

구온은 일단 현장검증을 하듯 방을 몇 군데 돌아보았다.

남자가 복도 구석을 가리켰다. "처음에는 여기에 한 마리 있었다고 합니다."

구온이 시선을 돌렸다. 지금은 없다. 위를 쳐다보니 복도 천장 부근에 목표물이 있었다. "아, 저기에 거미줄이 있네요."

하얀 실로 짜다 만 어중간한 거미줄이 있었다. 남자는 딱히 관심이 없어 보였다.

구온은 복도로 가서 화장실을 조사했다. 처음부터 목표물이 있는 곳을 쳐다보면 의심을 살지 모른다. 그런 세세한 문제가 신경 쓰여 변기 주변을 둘러보다가 허리를 펴고 선반을 보았다. 알집의 잔해가 없을까. 눈에 힘을 주었지만 보이지 않았다. 지금 "여기에 알이 있었네요"라고 말하면 남자가 "화장실? 그러고 보니 며칠 전 벌레 이야기를 한 남자가 들어갔는데" 하고 구온을 떠올릴지도 모른다.

괜한 소리는 하지 않는 게 상책이리라.

"아, 여기에." 복도에서 그런 목소리가 들려 밖으로 나가 보니 남자가 바닥을 가리키고 있었다. 확실히 별무늬꼬마거미가 있었다. 여성이 간절한 눈빛으로 구온을 돌아보았다. 벌레를 싫어하는 걸지도 모른다. 업자인 척하면서도 허리가 엉거주춤했다.

"아, 죄송합니다, 이건." 남자가 일어섰다. "붉은등과부거미는 아닌 것 같네요."

역시 들켰나. 구온은 속으로 혀를 차며 당장 상대의 의혹과 함께 날려 버릴 기세로 들고 있던 살충제를 뿌렸다. 갑작스러운 일에 남자는 몸을 젖히고 울컥한 표정으로 구온을 향해 눈을 부라렸다.

"아, 안 죽네요." 구온은 그렇게 말했다. "위험할지도 모릅니다."

"위험?" 남자가 돌아보았다. 눈이 마주치면 들킬 것 같아 당황했지만 시선을 피하는 것도 수상하다.

구온은 허리를 굽히고 거미를 들여다보았다. 그리고 소형 스프레이를 꺼내 뿌렸다. 거미는 재빨리 달아났지만 구온은 고개를 돌려 여성을 마주 보고 의미심장하게 끄덕거렸다.

"무슨 문제라도?" 남자가 조금 불안한 기색으로 물었다.

예상한 반응이었다. 구온은 대답했다. "내성이 있는 종류일지도 모릅니다."

"내성? 그렇다면."

"상당히 성가시죠. 죄송합니다. 조금 떨어져 주시겠습니까? 다른 살충제로 바꾸겠습니다." 여성이 의료용 마스크를 꺼내 남자에게 건넸다. 그 마스크를 끼고 뒤로 물러나라고 지시했다.

"아니, 그건 어쩌면 붉은등과부거미가 아니라."

"죄송합니다, 비키세요. 약이 독합니다." 그리고 막무가

내로 작업을 시작했다.

"잘 들어, 사람들은 누가 눈앞에서 당당하게 일하기 시작하면 말리기 어려운 법이야." 교노가 그런 말을 했다. "더군다나 상대가 유니폼을 입은 전문가라면 따를 수밖에 없겠지. 방호복을 입은 나사 직원이 '비켜요!'라고 지시하면 당연히 비키겠지? 승무원이 '경청해 주십시오'라고 하면 다들 주목해."

"그건 좀 다른 이야기 아닌가요?" 그때 구온은 교노에게 그렇게 반론했지만 지금 이렇게 실천해 보니 해충 박멸 업자로 위장한 그들의 "비키세요!"는 효과가 있었다. 남자가 뒤로 물러났다.

작은 용기를 내려놓고 스위치를 켜자 주위에 연기가 뭉게뭉게 피어오르기 시작했다. 물론 살충 효과는 없고 사람은 물론 거미에게도 무해한 연기지만 그 연막을 틈타 복도로 진입했다.

지문 인식 장치가 달린 문이 보였다. 구온은 주머니에서 얇은 비닐을 꺼내 조심스레 인식 장치에 가져다 댔다. 전에 이곳에서 나가는 길에 "거북이 사진을 찍었다"고 털어놓아 오쿠와가 직접 스마트폰을 들고 삭제하게 했다. 그의 지문을 채취하기 위한 작전이었다. 그 흔적을 바탕으로 다나카에게 의뢰해 인식 장치에 쓸 지문을 복제했다.

문이 열려 안으로 들어갔다. 뒤에서 여성이 따라 들어오자 연기가 침입하지 않도록 문을 닫았다. 시간이 별로 없다.

컴퓨터와 방범 카메라 모니터, 그리고 금고가 있었다.

모니터가 연결된 단말기를 발견했다. USB 포트가 있다. 안심하고 주머니에서 꺼낸 메모리 스틱을 꽂았다. 실행 파일이 작동해 하드디스크 영상 파일을 삭제해 줄 것이다. "만약 USB를 꽂을 데가 없으면 물리적으로 부수는 수밖에 없어." 다나카는 그렇게 말했다던데 다행이다. 파괴하려면 시간이 걸리니 가급적 피하고 싶었다.

구온은 벽으로 다가가 챙겨야 할 것을 주머니에 넣었다. 그리고 뒤를 돌아보자 여성이 자기 몸보다 큰 금고를 쳐다보고 있었다.

"그건 필요 없어!" 구온은 큰 소리로 외쳤다.

"어?"

"우리 목적은 돈을 가지고 돌아가는 게 아니에요."

"하지만."

"모처럼 여기까지 왔으니 돈도 가져가고 싶은 마음은 알아요. 하지만 우리는 지시만 따르면 돼요." 구온이 너무 감정적으로 격하게 말해서 여성은 순간 움찔 떨며 고개를 작게 끄덕였다.

"이걸 거기에 꽂아요." 구온은 다른 USB 메모리를 건네며 그 옆에 있는 단말기 포트를 가리켰다.

여성이 USB를 꽂으며 "이건 무엇 때문에?"라고 교과서

읽듯이 딱딱하게 물었다.

"고객 정보를 지우는 거예요. 그러면 히지리 씨가 빚을 안 갚아도 되니까." 구온은 그렇게 말하고 문 앞으로 향했다. "가요."

"어, 이건 안 가져가요?"

삭제할 때까지 시간이 걸리기 때문에 기다릴 여유가 없었다.

가장 중요한 목적은 방범 카메라 영상, 지난번 나루세나 교노가 왔을 때의 정보를 전부 지우는 것이었다.

복도로 나가자 약간 옅어지기는 했지만 연막이 아직 남아 있어, 두 사람은 연기 속에 몸을 숨기고 이동했다.

"어떻습니까?" 남자가 갑자기 연기 저편에서 불쑥 튀어나와 깜짝 놀랐지만 침착함을 가장하고 "혹시 몰라서 다른 방에도 뿌려 뒀습니다"라고 말하며 카지노로 사용하는 방에도 들어갔다. 여성이 가방에서 헝겊을 몇 장 꺼내 "살충제가 묻으면 안 되는 곳에는 이걸 씌워 주세요. 특제 보호 시트입니다"라고 말했다. 그편이 진짜 같다는 발상 때문이었다.

남자는 거북이가 든 수조를 비롯해 몇 군데에 검은 천을 덮었다. 사실 단순한 세차용 수건이다.

"그럼 방에서 나가시죠." 남자에게 지시했다.

그럴싸하게 연기를 분사한 뒤에 보호 시트를 회수하고

뒷정리를 하고 현관으로 향했다.

남자를 돌아보고 "아마 거미가 더 나오지는 않겠지만 당분간 상황을 지켜봐 주세요"라고 애프터서비스 안내가 적힌 전단지를 건넸다.

현관으로 나가 엘리베이터 쪽으로 가니 왔을 때와 마찬가지로 몸수색 담당 문지기가 다가와서 짐과 유니폼 주머니를 뒤졌다.

엘리베이터 앞까지 가서 임무를 마친 안도의 한숨을 내쉬었지만 뒤에서 발소리가 다가와 몸이 굳었다. 재빨리 뒤를 돌아보았다. 무슨 일인가 했더니 실내에 있어야 할 남자가 서 있었다.

"무슨 일이라도?" 목구멍으로 튀어나오려는 당혹감을 안으로 쑤셔 넣었다.

들켰나? 간담이 서늘해졌다.

"연기가 아직 남아 있는데 마스크는 계속 쓰고 있어야 합니까?"

"그만 벗어도 괜찮습니다." 여성이 대답했다.

배보다 배꼽이 더 크다 주객이 전도되다. 본말이 뒤바뀌다. 누군가를 함정에 몰아넣으려던 계획으로 스스로 궁지에 빠지다.

아파트에서 나오는 구온과 여성의 모습이 백미러로 보였다. 유키코는 열쇠를 돌려 차에 시동을 걸었다. 이번 일을 위해 준비한 밴이다. 차체에는 해충 박멸 업체 이름이 페인트로 찍혀 있었다.

차가 동물처럼 진동했다. 늘 그렇지만 성난 말을 다루는 기분이었다.

두 사람이 슬라이드 도어를 열고 차 안으로 뛰어들어 해충 박멸용 도구와 가방을 거칠게 내려놓았다.

"고생했어." 유키코는 그렇게 말했다.

구온이 마스크를 벗고 기쁜 표정으로 대답했다. "일단 해야 할 일은 했어요."

여성도 유니폼을 벗고 본인이 챙겨 온 옷으로 갈아입기 시작했다.

"시간은 어때요? 예정대로?"

"거의 정확해." 유키코는 대답했다. "이제 약속한 가게로 가면 정확히 오후 1시. 출발해도 괜찮으면 말해."

"괜찮아요. 출발해도 돼요." 백미러에 비친 구온이 그렇게 말하며 헬멧을 벗었다. 그 얼굴을 보고 아직 출발할 수 없다고 말할 수밖에 없었다. "속도를 낼 거니까 전부 다 정리한 뒤에. 거기 친구도 제대로 준비해."

"아, 그러네요." 구온은 경쾌하게 대답했다. 교사의 말에 표면적으로 씩씩하게 대답하는 초등학생 같았다.

창유리를 두드리는 소리가 날 때까지, 거기 사람이 있는 줄도 몰랐다. 흠칫 놀라 오른쪽을 쳐다보았다. 뒷좌석 여성이 재빨리 칸막이 커튼을 쳐서 눈가림을 했다.

창을 열자 검은 양복 차림의 젊은 남자가 서 있었다. 표정이 차갑다. 호스트 같은 경박함보다 엄격한 계율을 지키는 수도승 같은 준엄한 기운이 감돌았다. "저기, 한 가지 묻고 싶은데."

"무슨 일인가요?" 유키코는 이미 그가 아파트 카지노 그룹의 일원이라는 것을 눈치챘다. 기어 위치와 핸드브레이크 상태를 몰래 확인했다.

"그쪽에 해충 박멸을 부탁할 때는 전화로 연락하면 되나?" 차에 적힌 광고를 가리키며 물었다.

"네, 거기 적힌 전화번호로." 물론 진짜 회사는 아니지만 항상 통화 중으로 돌아가는 전화번호가 적혀 있다.

"인터넷에는 나오지 않던데." 남자가 스마트폰을 보란

듯이 조작해서 내밀었다.

"홈페이지가 없어서요."

"요즘 시대에?"

"요즘 시대에는 오히려 그래야 눈에 띄니까요." 유키코는 자기가 말하면서도 설득력이 없어 얼굴을 찌푸릴 뻔했다.

물론 남자는 물러서지 않고 거듭 질문했다. "아까 저 아파트에서 작업했지?"

"네, 의뢰를 받아서."

"뭘 훔쳤지?"

유키코는 입을 다물고 시선을 힐끗 비스듬히 위로 던져 남자의 표정을 확인했다. 무뚝뚝한 표정은 변함없었지만 화살처럼 날카로운 질문이었다.

"훔쳐요? 무슨 말이죠?"

"방범 카메라 데이터가 망가져 있었어. 증거를 남기지 않으려고 그랬겠지. USB 메모리도 꽂혀 있던데 그걸로 조작한 것 아니야?"

"무슨 말인지 전혀." 잘도 다 맞혔네. 유키코는 감탄했다.

"실은 오늘 미리 연락을 받았어. 신고랄까 밀고랄까, 충고?"

"그게 저하고 무슨 상관이죠?"

"해충 박멸 업자 중에 악질 업체가 있으니 조심하라던데. 특히 오늘 우리를 찾아올 업자는 수상하니 작업이 끝나면 조사해 보라고 말이야. 혹시 몰라 바로 저쪽 바에서 대기하고 있었지."

"조심성이 많군요."

"조심 세대라고 불리고 싶을 정도야."

"익명의 충고를 믿었단 말인가요?"

"뭐, 혹시 모르니 양쪽에 다 걸어 보는 거지. 코인은 여러 곳에 걸어야 지지 않는 법이거든."

"경계해서 손해 볼 건 없으니까."

"어쨌거나 시동을 끄고 차에서 내려." 남자가 말했다. 가벼운 말투였지만 거역할 수 없는 힘이 있었다. 더군다나 손에 권총을 들고 있다.

"알았어." 유키코는 한숨을 내쉬고 순순히 따르는 척하다가 그 자리에서 핸드브레이크를 풀고 차를 급발진시켰다.

"자, 출발."

유키코는 핸들을 쥐고 뒤에 있는 두 사람에게 말했다. 칸막이 커튼이 걷혔다. "들켰나 보네요." 구온이 말했다.

"확실하게." 유키코는 액셀을 힘껏 밟으며 사이드미러에 비친 후방을 확인했다. 뒤따라오는 검은 차가 보였다. 방금 전 그 남자처럼 무표정하고 눈도 깜빡하지 않을 듯이 생긴 차량이다.

"확실하게 들켰어."

검은 차는 속도를 높여 거리를 좁혀 왔다. 유키코는 차선을 바꿔 교차점에서 좌회전했다. 지도는 머릿속에 들어 있었다. 신호 타이밍을 계산했다.

"어때요? 따돌릴 수 있을까요?" 구온이 물었다.

"큰 문제만 없으면."

핸들을 꺾어 교차점을 돌았다. 액셀을 힘껏 밟아 지금 막 파란불로 바뀐 신호 밑을 통과했다.

행선지는 나루세가 있는 가게였다. 기억하는 경로를 따라 달렸다.

"아, 나루세 씨 전화예요." 구온은 말하기가 무섭게 전화를 받았다. "지금 열심히 달려가는 길이에요. 길은 별로 안 막혀요. 어, 유키코 씨, 앞으로?"

"1,300초 정도."

"그게 몇 분인데요? 아, 1,300초래요." 구온은 전화를 끊었다.

거리 풍경이, 간판과 가로수가 차례로 뒤로 흘러갔다. "아, 당신은 슬슬 내리는 게 좋겠어." 뒷좌석의 여성에게 말했다. 말이 없어서 차에 타고 있다는 사실을 깜빡할 뻔했다.

"그러네요."

이제부터는 유키코와 구온이 할 일이다. 어떻게 전개될지 불확실했다. 트러블이라도 생겨 그녀를 말려들게 하면 위험하다. 이것은 사전에 정해 놓은 일이었다.

차선이 많은 직진 도로에서 재빨리 갓길로 붙어 차를 세웠다. "수고했어요. 정말 큰 도움이 됐어요"라고 구온이 인사하며 슬라이드 도어를 열었다. 여성이 그 문으로 내렸다. 뒤도 돌아보지 않고 재빨리 그 자리를 벗어나는 움직임만 보아도 유능하다는 걸 알 수 있었다. 해야 할 일을 명확하게 처리한다.

유키코는 차를 출발시켰다. 구온이 문을 닫았을 때는 이미 차선을 하나 오른쪽으로 이동했다.

"따라오던 차는 사라졌네요." 구온이 뒤를 돌아보고 말했다. "잘 따돌렸을까요?"

"차간거리가 별로 멀지 않았으니 다른 길로 돌아갔을지도 몰라. 이쪽에 들키지 않게 뛰어들 작정이겠지." 방금 전까지의 차간거리와 도로 사정을 고려하면 후방 차량이 보이지 않는 것은 부자연스럽다. 그렇다면 어디선가 꺾어서 앞지르려는 것이리라.

"이쪽에 앉을게요." 구온이 뒷좌석에서 동굴을 탐험하는 듯한 자세로 조수석으로 이동했다.

작은 교차점을 두 개 빠져나갔다.

"안전벨트." 유키코는 그렇게 말하고 핸들을 꺾었다.

구온이 휘청거리면서 "위험해, 위험해"라고 중얼거리며 안전벨트를 맸다.

조금 달리자 다음 교차점이 보였다. 계산대로 신호는 파란불이다. 하지만 오른쪽에서 빠른 속도로 다가오는 검은 차가 있었다. 미끄러지듯 휙 튀어나왔다.

"역시 왔네." "어떻게 돌아온 거죠?"

"또 만나서 다행이지만."

신호는 이쪽 방향이 파란불이지만 속도를 줄일 기미가 전혀 없으니 저쪽은 신호를 무시하고 따라올 것이다.

유키코는 속도를 높였다.

예상대로 검은 차가 뒤에서 브레이크가 긁히는 소리와 함께 커다란 커브를 그리며 유키코가 운전하는 차에 따라붙었다.

이제 유키코는 예정된 루트를 달리기만 하면 된다. 좌회전, 우회전, 모퉁이를 돌아 속도를 높였다가 급브레이크를 밟아 골목으로 들어갔다.

"이제 안 따라오는 것 같은데요?" 구온이 뒤를 돌아보며 말했다.

"아슬아슬하게 따라오고 있을 거야."

"아, 진짜네."

사냥감의 꼬리를 보고 흥분하면서도 숨을 죽이고 쫓아오는 육식동물 같았다. 기척도 없이 발끝으로 소리 없이 다가온다.

"자동차는 거울이 있으니 괜찮지만."

"어, 유키코 씨, 무슨 뜻이에요?"

"동물은 뒤에서 누가 접근해도 모르겠다 싶어서. 쫓기

고 있을 때 뒤따라오는 적의 위치를 알 길이 없으니 힘들겠
어."

"톰슨가젤 무리한테 팔아 볼까요? 사이드미러 필요 없
니, 포식자가 뒤에서 달려들 때 편리하단다, 하고요."

신호가 바뀌기 직전에 대로를 통과했다. 조금 지나 차의
속도를 줄였다. 직선 도로라 신호도 아직 멀리 있었고 목적
지까지 거리도 꽤 남아서 구온이 의아해했다. "어라, 왜 그
래요?"

"시간 조정. 여기서 95초 서 있으면 딱 알맞아." 그 후의
경로를 순조롭게 통과할 수 있다. 차를 갓길에 붙이고 비상
등을 켜고 정차했다. "뒤쪽 신호는 당분간 바뀌지 않을 테
니 바로 따라잡히지는 않을 거야."

유키코는 시동은 끄지 않고 체내 시간의 흐름을 카운트
했다.

"아, 잠깐, 유키코 씨, 나 좀 내릴게요." 22초가 지났을 때
구온이 그런 말을 했다.

어? 유키코가 깜짝 놀라 불러 세우려 했을 때는 이미 차
에서 내려 인도로 가 버렸다. 이쪽 예정을 무시하고 멋대로
행동하면 곤란하다. 유키코도 서둘러 안전벨트를 풀고 운
전석에서 내렸다.

"뭐 하는 거야? 시간에 늦으면 안 돼." 구온을 불렀지만
그는 성큼성큼 걸어가 버렸다. 화장실이라도 가는 건가 싶

었는데 걸음을 멈추기에 대체 뭘 하는 건지 의아해하고 있으려니 또 걸어가다가 인도 가장자리에 서 있는 사람 앞에서 멈추었다.

"앞으로 31초." 유키코는 구온에게 다가가면서 말했다.

"아, 미안해요, 지금." 구온은 고개만 돌려 그렇게 말하며 눈앞에 서 있는 사람들을 가리켰다. "이 사람들이 보여서."

누구? 상자를 든 여성과 자녀로 보이는 소년이 있었다. "모금?"

"딸 수술비가 필요합니다." 여성이 쭈뼛거리며 내민 전단지에는 딸의 병과 해외에서 수술해야 할 필요성에 대해 적혀 있었다. "혹시 괜찮으시면."

"누나가 아픈데 돈이 하나도 안 모여." 수술이 필요한 소녀의 동생인지 아직 유치원생으로 보이는 소년이 천진하게 말했다. "이상한 아저씨한테 속기만 하고."

"속은 건 아니잖니." 모친이 타이르듯 말했다. 얼굴이 창백한 게 어디로 보나 지쳐 있었다.

"13초."

"여기서 만난 것도 인연이니 이걸 줄게요." 구온은 주머니에 손을 넣더니 안에서 종이를 꺼내 모금함에 넣었다. 지폐로는 보이지 않았다.

"7초. 그게 뭐야?"

"축구 복권. 만약에 당첨되면 사양 말고 쓰세요."

어리둥절해하는 상대를 남겨 두고 구온이 말했다. "그럼 갈까요?"

예정 시간은 이미 지나 버렸다. 운전석에 올라타 구온이 탈 때까지 기다려서 액셀을 밟았다.

"시간 괜찮아요?"

"조금 늦었지만." 뭐, 어떻게든 될 것이다.

백미러를 보니 검은 차가 바싹 따라붙었다.

떼어 놓기 위해 액셀을 힘껏 밟았다.

"가게 맞은편에 도착하면."

"내릴게요."

신호를 지나자 차선이 세 개로 늘었다.

맨 오른쪽 차선으로 들어가 속도를 높였다. 뒤에서도 따라오는 게 보였다.

전방 교차점 신호는 빨간불이었지만 우회전용 화살표 신호가 깜빡거리고 있었다. 우회전은 할 수 있다. 속도를 조정하면서 교차점에 진입해 핸들을 오른쪽으로 꺾었다. 후방 차량도 우회전 차선으로 따라왔다.

우회전 신호가 꺼지면서 직진 신호에 파란불이 들어왔다. 유키코는 망설이지 않고 액셀을 힘껏 밟아 직진했다.

우회전할 생각이었던 검은 차는 급하게 핸들을 돌려 직진하려 했지만 바로 끼어들지 못했다. 제대로 꺾지도 못하고 다른 차와 엉켜서 한동안 꼼짝 못 하리라.

교차점에서 퍼지는 경적 소리가 뒤에서 들렸다. 검은 차가 길을 가로막고 있는 것이다.

유키코는 속도를 줄이면서 왼쪽으로 붙어 차를 세웠다.

"계획은 알지?"

"응, 완벽해요." 구온의 대답이 조건반사처럼 경박하게 들려서 유키코는 걱정되었다.

"내가 뒤쪽 차를 조금 더 유인해서 시간을 벌게."

"난 적당히 돌아다닐게요."

"700초 후에는 가게 앞에서 어슬렁거리다가."

"녀석들에게 붙잡힌다. 맞죠?"

"맞아."

나루세 9

밀당 ① 교섭, 담판이나 시합 등에서 상대의 향방이나 상황에 따라 자신에게 유리하도록 일을 끌어가는 것. 또는 그 기술. "○○이 뛰어나다." 연애 ○○. ② 전쟁터에서 임기응변으로 병사를 진퇴시키는 일.

"여기엔 왜?" 나루세는 4인석 테이블 맞은편, 히지리의 옆에 앉아 있는 다카라지마 사야에게 물었다.

"그야 오늘 약속을 안 지키면 다카라지마 씨한테도 영향이 있으니 그렇지." 히지리는 희희낙락한 기색으로 먼저 먹고 있던 런치 메뉴의 수프를 우아하게 입으로 가져갔다.

"내가 부탁했어요. 동석하게 해 달라고."

"그런 말을 들으니 짜릿하네. 다카라지마 사야가 애원하다니." 그것은 히지리의 본심이라기보다 천박한 말로 상대를 불쾌하게 만들려는 의도로 보였다.

"일은?"

"그건 어떻게 짬을 내서." 그렇게 말하는 다카라지마 사야를 히지리가 방해했다. "요즘 일감이 없을 테니 실은 한가한 것 아니야?"

"그렇지 않아요." 다카라지마 사야가 울컥해서 반론했다. "이렇게 보여도 덕분에 바쁘거든요." 일 때문에 바쁜 와

중에 짬을 내서 왔다고 주장했다. 그래서 올 수 있는 장소가 한정적이었다는 설명도 했다.

"그래서 나루세 씨, 어때? 잘 정리됐어?"

"이제부터야."

"이제부터?"

"그 아파트에서 훔친 정보를 이리로 가져올 거야."

"고객 정보?" 가게 안에 다른 손님은 없었지만 히지리는 목소리를 낮추었다. "정말 그걸로 해결되는 거야?"

"돼." 나루세는 그렇게 대답하고 "해결돼"라고 강하게 덧붙였다.

히지리는 분골쇄신하는 가신을 보듯 만족스러운 표정으로 끄덕거렸다. "그렇지, 해결 못 하면 당신들이 곤란할 테니."

"기사는 정말 싣지 않겠지?"

"그쪽이 할 일을 제대로 한다면."

"이 이상 우리한테 관여하지 않을 텐가?"

"물론이지."

유감이지만 히지리는 거짓말을 하고 있다. 나루세는 알 수 있었다. 앞으로 관여할 생각은 없겠지만 언젠가 또 필요하면 이용하고 싶다고 생각하고 있으리라.

말끝마다 거짓말 냄새가 풀풀 풍겼다.

요리가 나왔다. 나루세가 수상하다는 듯 쳐다봐서 그런

지 히지리가 포크로 음식을 가리켰다. "주문한 거니까 먹어. 기사가 나오면 당분간 음식이 목구멍으로 넘어가지 않을 테니."

"그런가?"

"우울해지면 식욕이 사라지는 경우가 많거든."

"남을 우울하게 만드는 프로가 하는 말이니 설득력이 있군."

"우울증을 앓는 녀석은 마음이 약한 거야."

"우울증은 마음이 약한 것과 상관없어."

자기를 얕잡아 본다고 생각했는지 히지리는 콧김을 거칠게 내뿜었다. 다카라지마 사야는 아무 말 없이 고개를 숙이고 나온 음식을 깨작거리고 있을 뿐이었다.

그리고 히지리는 한동안 자기가 어떤 기사를 썼는지 자랑했다. 다시 말해 그 이면에는 기사 때문에 인생을 망친 사람이 적잖이 존재한다는 뜻인데, 그런 이야기를 끝도 없이 늘어놓았다. 나루세는 몇 차례 시간을 확인했다.

빵이 나왔을 즈음 히지리가 말했다. "앞으로 얼마나 걸려? 시한은 이 런치 메뉴 디저트를 다 먹을 때까지야."

"그런 약속은 한 적 없는데."

"다카라지마 씨도 다음 일이 있을 거 아냐. 시간은 한정적이야."

"요리사에게 부탁해서 시간이 걸리는 디저트를 만들어

달라고 해도 되나?" 나루세는 그렇게 말하고 스마트폰을 꺼내 연락해 보기로 했다. 상대는 바로 받았다. "어디야?"

"지금 열심히 달려가는 길이에요." 구온의 목소리가 들쭉날쭉한 이유는 달리는 차 안의 진동 때문이리라.

"시간은 얼마나 걸릴 것 같아?"

"길은 별로 안 막혀요. 어, 유키코 씨, 앞으로?" 그렇게 묻고 있다. "1,300초래요."

나루세는 전화를 끊고 말했다. "여기로 오고 있어. 앞으로 1,300초면 도착한다는군."

"초 단위로 알려 주는 건가?" 히지리가 웃었다. "20분 정도겠군. 안 늦겠어?"

얼마 지나서 다카라지마 사야가 입을 열었다. "반성한 적은 있어요?" 참을 수 없다는 듯이 물었다.

"반성?" 히지리는 시치미를 떼는 게 아니라 처음에는 정말 못 알아들은 것 같았다. "아아. 반성 말이야? 당신들은 나를 반성도 후회도 할 줄 모르는 뻔뻔한 철면피, 염치도 모르는 놈이라고 생각하겠지만 나도 반성은 해."

"그거 다행이군요."

"가령 내 기사 때문에 회사를 그만둔 녀석이 있다면 좀 더 가혹하게 몰아세울 걸 그랬다고 반성하지." 히지리가 웃었다. "회사를 그만두고 싶어도 그만두지 못하는 상황을 만들어서 반죽음 상태로 서서히 괴롭혀야 재미있거든."

다카라지마 사야의 얼굴이 실룩거렸다. "무슨 만화 악역의 대사인가요?"

히지리는 일부러 상대의 신경을 거스르는 말을 고르는 것 같았다.

"나도 할 말이 있는데." 나루세는 입에 넣은 고기 요리를 삼키고 말했다.

"당신은 거래할 입장이 아니야."

"알아. 그냥 들어 봐." 주머니에서 봉투를 꺼냈다. "이 안에 티켓이 들어 있어. 국내선 삿포로행이지."

"티켓? 항공권인가?"

나루세는 고개를 끄덕이고 봉투 안에 든 종잇조각을 쑥 잡아당겼다.

"그건 뭐야?"

자잘한 숫자가 적혀 있다. "위도와 경도다."

"그게 뭐야?"

"홋카이도의 어떤 곳이야. 작은 마을이고 인구도 적지. 전형적인 과소지역인데 그만큼 빈집이 많아."

히지리는 미간을 찌푸리며 의심스럽다는 듯이 노려보았다. "요점이 뭐야?"

"조용히 숨어 살기엔 안성맞춤인 마을이야."

"아아, 그런 뜻이군." 히지리는 이해했다는 듯이 표정을 누그러뜨렸다. "역시 준비성이 좋아."

"무슨 뜻이에요?" 다카라지마 사야가 고개를 갸웃거렸다.

"내 기사가 얼마나 무서운지 안다는 뜻이지. 만약 지금 집에서 못 살게 되면 거기로 달아나겠다는 거야. 그것도 일종의 생존법이지. 누가 괴롭히면 아무도 모르는 마을에 가서 조용히 사는 거야. 움찔움찔 겁내면서. 하지만 나루세 씨, 현대사회는 인터넷이 있으니 남의 말도 석 달이라는 건 옛말이야. 소문은 영원히 남아."

"사람들 호기심은 그리 오래가지 않아. 작년에 화제가 된 뉴스를 얼마나 기억하나? 기억한다 해도 바로 나오는 감상은 '그런 일도 있었지, 그립네'야."

"하지만 공포는 계속 남지. 보이지 않는 추격자가 항상 따라다니는 기분인 거야."

"특정한 누군가의 원한을 사서 쫓겨 다니는 것보다야 낫지."

"그런 말을 할 수 있을 때가 행복한 거야." 히지리는 입을 크게 벌리고 채소를 먹었다. "그래서? 어때, 슬슬 그 몇백 초는 지났나?"

"정말 이걸로 해결되는 거예요?" 다카라지마 사야가 히지리에게 물었다.

"그건 나루세 씨한테 달렸어. 나도 솔직히 고객 정보를 가져온다고 만사 해결될 거라고 생각하진 않지만, 실력을 구경해야지."

"꼭 오늘 해결해야 하나?" 나루세는 그렇게 물었다.

"무슨 뜻이야?"

"고객 정보는 입수했어. 여기로 가져올 거야. 다만 그다음에 정치가를 미끼로 교섭해야 하는데 바로 끝날지 알 수가 없어."

"이제 와서 기한을 연장해 달라는 건가?"

"마감은 흥정에 따라 의외로 늘어난다는 말을 들었는데."

"나루세 씨." 히지리는 환멸과 낙담이 섞인 한숨을 요란하게 내뱉었다. "그렇게 안일한 생각이 통할 줄 알았어?"

"하지만 상식적으로 오늘 당장 고객과 담판을 짓는 건 현실적인 생각이 아니야."

"그럼 더 빨리 고객 정보를 입수했어야지. 숙제를 끝내지 못한 건 기한 때문이 아니라 늦게 시작해서 그런 거야."

맞는 말이라는 듯이 나루세도 수긍했다. "하지만 빨리 움직일 수 없는 사정도 있었어."

"무슨 사정?"

"거미가 자랄 때까지 기다려야 했거든."

"거미라니 무슨 소리를 하는 거야, 나루세 씨?"

"안 통하는군."

"날 뭘로 보고 그래? 능구렁이 같은 사람들을 상대로 약육강식의 세상에서 살아남은 남자야. 우습게 보면 곤란해."

"하지만 실제로 빚 때문에 곤란한 건 사실이잖나."

히지리는 얼굴을 찌푸리고 콧구멍을 벌름거렸다. "그것도 해결할 수 있어. 나루세 씨와 친구들이 애써 줄 텐데 왜 봐줘야 하지? 난 어떤 시련도 극복할 수 있어."

"다음에 방송에서 히지리 씨 특집을 다루면 되겠군." 나루세가 그렇게 말하자 다카라지마 사야가 또 일그러진 표정으로 웃었다.

"자, 아직이야? 나루세 씨가 포기한다면 이 이야기는 없었던 일로 하고 난 기사를 보내겠어."

"그렇게 되면 빚은 어쩌려고?"

"다른 길을 찾아야지. 실은 어제 어떤 아이돌의 문란한 동영상을 입수했거든, 그걸."

"잡지사에 팔겠다고요?" 다카라지마 사야가 물었다.

"그쪽에 팔아도 큰돈은 안 돼. 어디든 불경기거든. 하지만 동영상이 퍼지면 곤란한 사람은 필사적으로 나서겠지."

"소속 사무소인가?"

"아이돌 본인이나 그 부모지. 딸의 인생이 엉망이 되느니 얼마든지 내놓는 게 부모 아니겠어?"

나루세는 불쾌해졌지만 한편으로 그쪽에서 돈을 받을 수 있으면 우리한테 매달릴 필요가 있을까 싶어 그 생각을 말해 보았다.

히지리는 또 업신여기는 눈빛으로 나루세를 쳐다보았

다. "무슨 어린애 같은 소리야? 약속을 못 지키면 난 기사를 낼 거야. 왜 그런지 알아?"

나루세는 작게 줄어든 그들을 붙잡아 개미 떼 속에 집어 던지는 히지리의 모습을 상상했다. "사람들이 싫어하는 일을 하는 게 좋아서?"

"괴로워하는 건 내가 아니니까."

종업원이 테이블 위의 식기를 치웠다. 물을 따라 주었지만 나루세는 마실 기분이 들지 않았다.

"자, 이제 슬슬 시간이 되지 않았나?" 히지리는 가게 입구를 향해 턱짓했다. "디저트가 나올 텐데."

"맞춰서 올 거야." 나루세는 대답했다. "셋 셀 동안 올 거야."

"셋을 세기 전에 밖으로 뛰쳐나가다가 총을 맞는 건 아니겠지." 히지리는 옛날에 본 영화 장면이 떠올랐는지 그렇게 말하더니 어린애 장난에 어울리듯 숫자를 셌다. "하나."

조심스레 발을 내밀듯 뜸을 들여 가며 소리 내어 말한다. "둘." "셋."

바로 그때 테이블에서 소리가 나서 히지리는 물론이고 나루세도 움찔 떨었다.

어느 틈에 종업원이 다가와서 히지리 앞에 접시를 내려놓았던 것이다. "신선할 때 드십시오."

"디저트인 줄 알았는데 아직 코스가 남았나. 이게 뭐야,

버섯? 에피타이저 아냐? 디저트 전에 에피타이저라니. 셋을 셌는데 요리만 나왔군." 히지리는 그렇게 말하며 포크로 버섯을 찍어 소스를 묻혀서 삼켰다.

"아니, 지금." 나루세가 말했다.

문이 열리더니 누가 들어왔다. 가게는 통으로 빌렸으니 일반 손님이 들어올 일은 없다.

"겨우 왔나." 흥, 하고 콧방귀를 뀌며 고개를 든 히지리의 표정은 들어온 남자들을 보자마자 얼어붙었다.

고급스러운 양복을 입은 검은 집단, 오쿠와를 선두로 카지노 그룹이 들어왔기 때문이다. 오쿠와를 포함해 전부 다섯 명이었다.

"어이, 이게 어떻게 된 일이야?" 히지리가 나루세를 물어뜯을 기세로 따졌다.

"나도 몰라. 구온이 올 예정이었는데." 나루세는 그렇게 말하고 전화를 걸었다.

그러는 사이에도 갑작스러운 전개에 냉정함을 잃었는지 히지리는 자리에서 일어나 "이거, 이거, 오쿠와 씨 아닙니까" 하고 부자연스럽게 인사했다. "이런 우연이 다 있네요."

"우연이 아닙니다." 오쿠와는 눈매처럼 날카로운 말투로 대꾸했다. 아파트에서 만났을 때와 상당히 다른 태도였다.

히지리도 바로 위험한 분위기를 감지했는지 싹싹하게

웃으며 주절거렸다. "아니, 어찌 된 일인지." 나루세에게 고개를 들이대고 위협했다. "어이, 당신이 꾸몄어?"

"설마." 나루세는 그렇게 대답했다.

히지리는 역시 살아남을 길을 찾아내는 데 익숙한지 필사적으로 머리를 굴리며 간사스럽게 말했다. "때마침 잘 오셨습니다. 실은 알려 드릴 일이 있었는데."

나루세는 대체 무슨 소리를 하려는 건지 의심스러운 표정으로 걱정스럽게 히지리를 쳐다보았다.

"이 남자가 오쿠와 씨 아파트에서 중요한 걸 훔쳤어요."

오쿠와가 다가왔다. "맞습니다. 그래서 쫓아왔지요. 그랬더니 여기에 도착한 겁니다."

말투는 정중했지만 자세는 고압적이다. 똑바로 노려보는 듯한 태도였다.

"실은 제가 여기서 붙잡아 두고 있었습니다. 이놈들이 달아나지 못하도록."

그러는 사이에도 양복을 입은 남자들은 처음부터 계획한 것처럼 그들이 앉아 있는 테이블로 다가와 세 사람을 에워싸더니 나루세, 히지리, 다카라지마 사야 사이에 한 명씩 섰다.

"붙잡아 두고 있었다? 무슨 소립니까?" 오쿠와는 고개를 갸웃거렸다. 그와 동시에 히지리 옆에 있던 남자가 테이블에 얼굴을 들이댔다. 접시를 확인하는 것 같았다.

"아아, 마침 식사를 하느라. 맛있었습니다." 히지리가 움찔거리며 대답했다.

오쿠와는 그 말에는 대답하지 않고 나루세를 보았다. "이 요리는?"

"히지리 씨가 특별히 주문한 요리야." 나루세의 말에 남자들이 재빨리 움직여 히지리의 몸을 구속했다. 다카라지마 사야가 외마디 비명을 질렀고 히지리도 "힉!" 하고 우는 소리를 냈다. "어이, 대체 뭐가 어떻게 된 거야, 말로 해!"

오쿠와는 옆에 있는 남자에게 "주방에 가서 붙잡아 와"라고 작은 목소리로 명령했다.

"붙잡아? 누구를?" 히지리는 테이블에 납작 엎드리듯 짓눌린 자세로 발버둥 쳤다.

당혹스러워하는 다카라지마 사야를 보고 나루세는 눈짓으로 진정하라고 타일렀다. 지금은 얌전히 구는 수밖에 없다.

주방에서 돌아온 남자가 오쿠와 곁으로 다가와 사무적인 태도로 무서운 소리를 했다. "요리사는 죽었습니다."

다카라지마 사야가 깜짝 놀라 나루세를 쳐다보았다.

히지리가 버둥거렸다. "죽어? 누가? 무슨 소리야?"

"왜 죽었지?" 오쿠와는 차가운 말투로 옆에 있는 남자에게 물었다.

"모르겠습니다."

"칫, 운이 좋은 놈이군." 오쿠와가 혀를 찼다.

"운이 좋아? 죽은 사람이? 죽었는데? 무슨 뜻이야?" 히지리는 당황했다.

"살아 있었다면 우리가 지옥을 보여 줬을 테니까요."

"요리사가 왜 지옥을 봐야 하는데?"

"이유는 히지리 씨가 잘 알 텐데요?"

"어?" 히지리가 고개를 돌려 나루세를 쳐다보았다.

나루세는 어깨를 으쓱하는 게 고작이었다.

오쿠와가 테이블을 따라서 이동해 히지리 옆으로 다가왔다. 방금 전 히지리가 먹은 요리 접시를 굽어보았다. "맛있었습니까?"

히지리는 어리둥절한 기색이었다. 갑자기 요리 감상을 물으니 당연한 노릇이다. "식감도 쫄깃하니 제법."

그 말을 듣기가 무섭게 오쿠와가 히지리의 뒤통수를 힘껏 내리쳤다. 전광석화, 팔의 움직임이 보이지 않을 정도로 빨랐다. 히지리는 테이블에 얼굴을 처박았다.

오쿠와가 말했다. "히지리 씨는 정말 대단한 분이군요. 저희 같은 달관 세대와는 완전히 다릅니다. 감탄스럽습니다."

"무슨 소리야!" 히지리가 끙끙댔다.

"내 거북이를 훔쳐서 요리에 쓰다니."

"어?"

"식성이 유별난 줄은 알고 있었지만 설마 내 거북이를."
오쿠와가 한숨을 쉬었다. "말하지 않았던가요? 그건 소중
한 할머니의 유품이었습니다."

구온 7

책임 ① 입장상 당연히 져야 할 임무나 의무. "인솔자의 ○○이 있다." "○○을 다하다." ② 자기가 한 행동의 결과에 대해 의무를 지는 것. 특히 실패나 손실에 대한 의무. "거북이를 잡아먹은 ○○을 지다." ③ 법률상 불이익 혹은 제재를 받는 것.

구온이 가게 뒤에서 오쿠와 일당에게 붙잡힌 것은 약 5분 전이었다. 물론 붙잡히는 게 목적이었다.

구온은 가게 뒷문에서 나온 것처럼 가장하고 그들의 차 옆에 모습을 드러냈다.

찾았다! 그렇게 외치며 차에서 튀어나온 세 사람은 순식간에 구온을 에워싸고 다그쳤다. "이 자식, 무슨 짓을 한 거야?"

구온은 당연히 저항하지 않았다.

설마 쫓아올 줄이야, 하고 당황하는 척했지만 당연히 그건 예상한 대로였다. 오쿠와 일당에게 "박멸 업체를 조심하라"고 충고 전화를 한 것도 그들이었다. 뒤를 쫓게 만들어 이 가게로 데려오기 위한 작전이었다.

구온은 겁에 질린 척하면서 사전에 정해 둔 대로 대답했다. 나는 아파트에서 어떤 것을 훔쳐서 이 가게로 가져오라는 명령을 받았을 뿐이다. 내게 명령한 사람은 다름 아닌 히지리 기자로, 동기는 '빚을 갚아야 한다는 스트레스에 대한 앙갚음'이 아니겠느냐고 억측으로 설명했다.

"빚 때문에 스트레스? 저희는 심하게 독촉하지 않았습니다만." 오쿠와는 무표정하게 말했다.

"하지만 마음에 안 들었을지도 모르지. 앙갚음이라는 게 원래 그런 법이니까." 구온은 그렇게 설명했다. "그 거북이를 잡아먹어서 울분을 풀려고 하는 것 같던데."

그러자 무슨 일에도 집착하지 않는, 실로 '달관'이 묻어나던 오쿠와의 무표정한 얼굴이 찰나의 순간이었지만 싹 바뀌었다. "거북이?" 구온을 노려보았다. 눈꺼풀에 송곳니가 있다면 그걸로 물어뜯을 것처럼 눈을 부릅뜬 오쿠와를 보고 구온은 겁먹었다. "그건 혹시 우리?"

"아파트에 있던 거북이."

오쿠와가 순식간에 구온의 멱살을 붙잡았다. 여려 보이는 몸 어디에 그런 힘이 숨어 있었는지, 숨도 못 쉴 정도로 멱살을 조였다. 구온은 몸부림치며 두 손으로 필사적으로 오쿠와의 손을 떼어 내려 했다.

망설이지 않고 이쪽을 질식시키려는 힘이었다. 겨우 목소리를 쥐어짜 "난 협박당한 것뿐이야"라고 변명했다. 물론 오쿠와는 힘을 풀지 않았다. 그래서 필사적으로, 개미 같은 목소리로 말했다. "방금 저 레스토랑에 갖다줬으니 빨리 가지 않으면 먹어 치울 거야. 손질해서 살짝 데칠 거라고 했으니까.”

오쿠와는 그제야 손힘을 살짝 풀었다. 구온은 그 기회를 놓치지 않았다. 젖은 몸을 흔들어 물방울을 터는 대형견의 모습을 상상하며 몸을 파들파들 흔들었다. 구속에서 벗어나자 바닥을 박차고 바로 줄행랑쳤다.

쫓아오는 기척은 있었지만 지금은 레스토랑으로 가는 게 최우선이라고 생각했는지 따라오는 발소리는 한두 명 정도였다.

구온은 모퉁이를 돌아 빌딩 뒤를 통과했다.

좁은 차도로 뛰어들자 해충 박멸 업체 이름이 적힌 밴이 멈춰 섰다. 바로 조수석으로 돌아가 올라탔다.

“정확했어요.” 구온이 말하자 유키코는 떨떠름하게 “조금 빗나갔어”라고 투덜거리며 차를 몰았다. “어때, 잘될 것 같아?”

“지금쯤 레스토랑 안은 난리일 거예요.”

“화내?”

“할머니의 유품을 잡아먹으면 누구든 화내죠.”

큰길로 들어가 몇 차례 우회전한 끝에 방금 전 구온이 오쿠와 일당과 마주친 곳으로 돌아왔다. 길가에 주차했다. 레스토랑 간판이 보였다.

유키코는 내비게이션의 액정 화면을 켜고 버튼을 몇 번 눌렀다. “이 정도 거리라면 수신할 수 있을 거야.”

"나와요!" 구온이 외쳤다.

가게 안의 상황이 무선을 타고 이쪽 화면에 표시되었다. 카메라는 나루세의 옷 칼라에 숨겨 두었으니 나루세의 눈에 보이는 광경이라 할 수 있다.

"지금 비치는 건 어디일까요?"

"내가 갔던 가게하고는 다른데." 유키코가 고개를 앞뒤로 움직이며 영상을 확인했다. "아마 주방인 것 같아."

"그렇구나." 무슨 일이 있었을지 상상이 갔다. 가게 안에서 요리를 발견한 오쿠와는 격노했을 것이다. 그 분노를 얼마나 겉으로 드러냈을지는 모르겠지만 어쨌거나 히지리를 다그쳤을 것이다. 물론 히지리는 영문을 모르고 누명을 벗기 위해 항변하리라. 진상을 확인하기 위해 오쿠와 일당이 요리사를 찾아간다. 나루세와 히지리도 끌려가서 주방에 집합, 그런 상황이리라.

주방 바닥에 쓰러진 남자가 화면에 비쳤다.

"이건 요리사네." 유키코가 말했다. "자살한 거야?"

"자기가 가져온 거북이를 요리하라는 히지리의 부당한 명령을 거절하지 못한 게 괴로워서 독을 마시고 자살했어요."

"그런 설정이군."

"안 그러면 오쿠와는 히지리뿐만 아니라 요리를 한 남자도 같은 죄라고 납치 감금 끝에 폭력, 폭력 끝에 살해, 그런 짓을 하고도 남을 사람이니까요. 먼저 자살해 두는 편이."

"현명하겠군. 그러면 이제 히지리에게 마음껏 분노를 쏟아 내겠네."

"저 요리사가 음, 그 우시야마 씨 약혼자라는 사람인가요?"

"그래. 저 레스토랑 셰프야."

그가 지비에 요리사라는 것을 안 나루세가 생각해 낸 작전이었다.

영상 속에서는 히지리가 필사적인 형상으로 손을 저어 대며 아우성쳤다. "내가 그럴 리 없잖아. 어째서 내가 거북이 고기를 먹어! 아니, 그게 거북이였다는 확증도 없잖아!"

그러자 양복을 입은 남자가 다가와 오쿠와에게 무언가를 보여 주었다. "이것 보십시오." 거북이 등딱지였다. 신성한 성물을 나르듯 손바닥 위에 얹고 있었다. 오쿠와는 그저 가만히 등딱지를 바라보았다. 그리고 손으로 눈가를 훔치기 시작했다.

"좋은 사람이에요. 거북이 때문에 저렇게 울다니." 구온은 그렇게 말했다.

"저 등딱지는 어떻게 한 거야?"

"물론 다른 거북이 등딱지죠. 어디서 죽어 버린 거북이한테 빌렸어요."

"다나카 씨를 통해서?"

"그 사람, 안 파는 게 없어요. 그 등딱지를 가공해서 똑같이 만들어 달라고 했죠." 구온은 그렇게 말하며 뒤를 돌아보았다. "그러고 보니 진짜 거북이는 어디 갔지?"

"아까 직접 무슨 주머니 속에 넣었잖아."

구온은 가방을 들어 지퍼를 열고 안에서 거북이를 꺼냈다. "안녕, 좁았지? 미안해." 아파트에서 해충 박멸 업자인 척하고 연막을 뿌려 그 틈에 수조에서 훔쳐 왔다. 머리에 얹고 헬멧을 뒤집어써서 숨겼다. "이 등딱지, 특징적이니까요."

"그 등딱지 무늬는 어떻게 다나카 씨한테 알려 줬어? 아아, 전에 갔을 때 사진으로 찍었어?"

"사진은 찍으면 안 된대서 기억에 담아 와서 그림으로 그렸죠."

"기억? 구온, 그림 잘 그려?"

"동물은 잘 그려요."

영상 속의 히지리는 아이처럼 눈물을 흘리는 오쿠와가 두려운지 안절부절못하며 움찔거리고 있었다.

그때 서빙 종업원이 앞으로 나섰다. 진지한 표정으로 오쿠와에게 설명하기 시작했다. 요리사가 얼마나 히지리에게 부당한 요구를 받았고 괴로워했는지 역설했다.

"이건 누구예요?" 구온은 유키코에게 그 남자가 누군지 물어보았다. 우시야마 사오리의 복수를 위해 모인 사람일

터였다.

"호텔 예약 담당자였나? 저 사람 애인이 우시야마 씨 예전 동료야."

"다들 협조적이네요."

"필사적이니까. 여기서 본때를 보여 줘야지."

히지리는 거기서 필사적인 형상으로 외쳤다. "증거가 어디 있어!" 여기까지도 잘 들리는 목소리였다. "이건 전부 이놈들이 날 모함하는 거야!" 카메라 쪽을 가리켰다. 나루세의 옷에 카메라가 달려 있어 나루세의 표정은 보이지 않았다. "증거가 없잖아!"

"그런데 있거든." 구온은 중얼거렸다. 후후, 웃음소리가 새어 나왔다.

"어디서 입수했어?"

"진짜 힘들었어요. 나루세 씨는 쉽게 지시하지만, 난 도쿄까지 가서 히지리 씨하고 함께 일하는 하청 라이터를 찾아내서 스마트폰을 빌렸다고요."

"훔쳤어?"

"일시적으로 빌린 것뿐이에요." 그걸 이용해 히지리에게 전화를 걸어 기사를 제대로 쓸 수 없다며 이래저래 의논했다.

영상 속에서 종업원 남성이 음성 녹음기를 꺼냈다. 여기에 증거가 있습니다, 라고 말했다. 히지리는 그게 뭐냐고 동요했고 오쿠와가 들려달라고 했다.

녹음된 것은 히지리의 대화 음성이었다. 원래 구온과 나눈 대화를 가공해 요리사와 나눈 대화처럼 들리도록 조작해 두었다.

"그렇게 잔인한 짓은 못 합니다. 애초에 외부 식재료는 받지 않습니다." 요리사의 필사적인 호소가 들렸다.

그리고 녹음기에서 튀어나온 히지리의 목소리가 울려 퍼졌다.

"내가 가져다준 재료를 쓰라니까. 알겠어? 내가 준 재료를 요리하면 돼!"

주방이 쥐 죽은 듯 고요해지는 것이 느껴졌다. 모두 꼼짝도 못 했고, 히지리는 얼굴을 잔뜩 찌푸리고 침묵했다. 잠시 후에 간신히 "아니, 아니야, 이건"이라고 더듬거렸다.

녹음은 계속 이어졌다.

"하지만 이 거북이, 이렇게 약한데 불쌍하잖아요."

"나약한 상태로 치욕스럽게 살 바에야 내가 숨통을 끊어주는 게 낫지."

어라, 이 대사는 어디서 손에 넣었지? 구온은 고개를 갸웃거렸지만 아마도 나루세가 어디서 녹음했을 게 분명하다. 정말 빈틈없는 사람이라니까.

"하! 히지리 씨는 정말 식성이 유별나군요. 대단합니다." 오쿠와가 호령했다. "갈까요, 히지리 씨?"

"어디로?" 아마 스스로도 그 질문에 의미가 없다는 걸 알고 있겠지만 히지리가 겁에 질려 물었다.

오쿠와는 계속 눈물을 훔치면서 울먹거리며 말했다. "히지리 씨를 맛있게 요리해 줄 가게를 찾아야지요."

그러자 히지리가 다리가 풀린 것처럼 그 자리에 주저앉았다.

하지만 그 덕분에 주위 시야로부터 일순 사라질 수 있었다. 살아남기 위한 길을 찾아냈다는 듯이 히지리는 그 자리에서 달아났다. 발버둥 치는 거미처럼 꼴사나웠지만 사람들을 뿌리치고 주방에서 뛰쳐나갔다. 나루세도 그 움직임을 따라잡지 못할 정도였다.

"히지리 씨, 끈질기네요." 구온은 당황했다. "뒷문으로 나오면 붙잡아야겠어요."

슬라이드 도어를 열고 밖으로 나갔지만 히지리의 모습은 보이지 않았다. 앞문으로 달아난 것이다.

완전히 늦게 도착하고 말았다. 교노는 서둘렀다.

　겨우 가게로 돌아온 쇼코와 교대하고 나왔지만 시간이 아슬아슬해서 길이 막힐까 봐 택시도 타지 못하고 전철로 근처까지 갔다. 거기서부터는 계속 달렸다.

　"당신이 없어야 일이 잘 풀릴 테니 여기서 느긋하게 기다리지?" 쇼코는 그렇게 말했다. 무슨 뜻으로 그런 말을 했는지, 교노는 이해할 수 없었다.

　목적지 위치를 스마트폰 지도로 검색해 화면을 보면서 달렸는데, 원래 방향감각이 없는 탓에 반대쪽으로 달려가다가 되돌아가는 바람에 상당히 멀리 우회하고 말았다.

　히지리와의 회합은 어떻게 되었을까?

　내가 없으면 해결될 일도 해결되지 않는다. 당연히 객관적으로는 잘못된 사명감이었지만 교노는 그런 사명감을 안고 서둘렀다.

　우시야마 사오리의 약혼자가 경영하는 지비에 레스토

랑으로 향했다.

나루세 쪽에서 가게를 정하면 함정이라고 의심할 가능성이 있어 다카라지마 사야가 히지리에게 그곳에서 만나자고 지정했다. 일 때문에 그 가게 근처에서만 만날 수 있다고 설명했을 것이다.

오쿠와의 소중한 거북이를 히지리에게 먹인다.

히지리가 먹었다고 오쿠와가 믿게 만든다.

그런 일이 가능할지 교노는 회의적이었다. 하지만 나루세가 할 수 있다고 판단했다면 할 수 있을 것이다.

그 남자는 거의 모든 일을 꿰뚫어 본다.

모퉁이를 돌자 가게 간판이 보여 걸음을 멈추었다. 숨을 헐떡이며 사람들 앞에 나타나는 것보다는 여유만만한 등장이 내게 어울리겠지. 교노는 그렇게 생각하며 호흡을 가다듬었다.

가게 문을 향해 걸음을 뗐다. "낭만은 어디에!"라고 말하려는데 때마침 가게 안에서 웬 남자가 뛰쳐나왔다.

"위험하잖아!" 교노가 몸을 틀며 피한 덕에 부딪히지는 않았지만 남자는 멈추지 않고 거의 고꾸라지듯이 달려갔다.

히지리였다. 히지리가 볼썽사나울 정도로 허둥지둥 내빼고 있었다.

나루세, 실패했군.

내가 없으면 이렇다니까.

교노는 바로 히지리의 뒤를 쫓았다. 인도에 통행인은 거의 없다. 여기서 놓칠까 보냐. 교노는 바닥을 힘껏 박찼다.

히지리는 달리기가 빠르지는 않았지만 필사적인 마음이 몸에 힘을 주는지 거리가 통 줄어들지 않았다.

교차점을 왼쪽으로 꺾는 히지리가 보여서 교노는 당황했다.

좁은 길로 달아나면 성가시다.

안 돼, 안 돼, 속으로 외쳤다.

그때 어디서 작은 그림자가 튀어나오더니 히지리의 발밑에 걸렸다. 그 탓에 히지리가 벌러덩 넘어지면서 인도에 처박힐 정도로 세게 굴렀다.

무슨 일이 벌어졌는지 파악하지 못했지만 어쨌거나 쫓아가서 히지리를 붙잡았다. 털이 지저분한 개가 히지리의 오른발을 물어뜯고 있다는 것을 그제야 겨우 깨달았다. 아까 튀어나온 그림자가 이 개였나. 왈왈! 개는 흥분해서 으르렁거리며 매달려서 떨어지지 않았다.

"운이 없군." 교노는 그렇게 말하며 히지리를 일으켜 세웠다.

히지리는 헐떡거리며 여전히 다리에 들러붙어 있는 개를 망연히 내려다보고 있었다.

오쿠와 일당이 쫓아왔다. 교노를 알아보고 뜻밖이라는 표정을 지었지만 그럴 때가 아니라는 듯이 히지리를 에워

쌌다.

"어딜 가려고 그럽니까, 히지리 씨?" 오쿠와가 물었다.

히지리는 체념한 건 아니겠지만 힘이 탁 풀린 것 같았다. 남자들에게 붙잡혀 끌려갔다.

"어이, 좀 도와줘!" 히지리는 교노를 돌아보며 애원했다. 교노를 알아보았다기보다 그냥 거기 사람이 있으니 매달린 것처럼 보였다.

"도와달라고 해도." 교노는 머리를 긁적였다. "아, 그래."

그 말에 반응한 오쿠와가 "뭡니까?"라고 물었다. 눈이 붉다. 울었을 리도 없는데.

"히지리에게도 기회를 주면 어떨까?"

"기회라면 많이 줬습니다만."

"마지막 기회야."

"어떤?"

"그래." 교노는 손가락을 세웠다. "우정 테스트 어때?"

"이 사람에게 친구가 있겠습니까?" 오쿠와는 싸늘한 표정으로 대답했다.

"그래도 한번 해 보면 어때?" 굳이 해 볼 것도 없이 결과는 뻔히 보였지만 교노는 그렇게 말했다.

히지리 씨, 실패하면 몸에서 버섯이 날 겁니다. 오쿠와가 차가운 목소리로 중얼거렸다.

구온 日

"오늘 그 지비에 요리사는 안 왔어?" 교노가 물었다. "오랜
만에 만나고 싶었는데."

"가게 일이 바쁘대. 성실하게 일하는 사람은 좀처럼 짬
이 없어."

"그렇다면 왜 나한테는 짬이 있는 거야?"

"왜일까요? 신기하네요." 구온은 감정 없이 책 읽듯이 말
했다.

"하지만 그 사람이 살아 있다는 걸 알면 오쿠와 씨가 화
내지 않을까?" 유키코가 나루세를 쳐다보았다.

다 함께 호텔 라운지에 모여 있었다. 히지리 문제가 끝
나고 한 달 가까이 흘렀다. "다 같이 이야기하려면 교노 씨
가게에 모이면 되잖아요. 일부러 내가 일하는 호텔에 오지
않아도." 그렇게 투덜거렸다는 신이치에게 유키코는 긍정
적으로 검토하겠다고 대답했지만 결국 다 함께 라운지에
왔다.

로비에서 일하던 신이치가 그들의 모습을 발견하고 표정을 일그러뜨린 게 구온은 우스웠다.

　"괜찮아. 오쿠와는 거북이 때문에 죽으려 했던 요리사에게 감격했을 정도니까. 결과적으로 우연히 되살아난 거라고 생각하고 있어."

　"아하."

　"하지만 실제로 그 사람, 용케 약을 먹었네요. 아무리 가사 상태에 빠질 뿐이라고 해도 나라면 무서워서 못 먹어요. 시판 약도 부작용이 무서운데."

　"설령 무슨 일이 있어도 상관없다고 생각했다더군." 나루세가 말했다. "히지리에게 복수할 수 있다면 만약 그렇게 되어도 후회 없다고 했어."

　그것은 히지리에 대한 원한이라기보다 우시야마 사오리에 대한 그의 마음, 그녀를 잃은 것에 대한 깊은 고통의 발로 같았다.

　그렇다고 그를 비롯해 복수에 가담했던 사람들의 마음이 구원받은 것은 아니다.

　울적해지려는 분위기를 피하려고 구온은 나루세에게 물었다. "결국 나루세 씨가 준비한 항공권은 안 쓴 거예요?"

　"아, 그거."

　레스토랑에서 풀리는 상황을 봐서 삿포로의 작은 마을

로 히지리를 피신시킨 다음 오쿠와 일당이 추적하게 만들 계획도 준비해 두었지만, 그것도 히지리가 달아난 덕분에 필요 없게 되었다.

"그러고 보니 이거 봤어요? 오늘 아침에 나왔는데."

할리우드 대작 영화에 다카라지마 사야가 출연할지도 모른다는 기사였다. 유명 감독이 일본을 방문했을 때 텔레비전에 나온 그녀를 보고 관심을 가져 오디션을 제안했다고 한다.

"그렇군, 이제 다카라지마 씨도 스타의 길을 걷는 건가?"

"아, 하지만 아직 몰라. 그만둘지도 모르고." 그렇게 말한 건 유키코였다.

"그만두다니, 무슨 뜻이에요?"

"네일숍에서 얘기했을 때 그랬거든. 이걸 위해 필사적으로 아이돌로 노력한 거라고."

"이걸 위해? 할리우드 영화에 나오려고요?"

"아니, 아니야. 히지리에게 복수하기 위해서. 사실은 더 일찍 그만둘 생각이었는데, 우시야마 사오리의 비참한 소식을 듣고 도저히 납득할 수 없어서 그 기자에게 본때를 보여 주려고 유명해지겠다고 결심했대. 그러면 히지리가 접근할 테니까."

"그걸 위해서 노력했다는 거예요?"

"오로지 그걸 위해서."

"그랬더니 정말로 히지리가 접근한 건가."

"놀랍지? 연예인으로 유명해지려면 엄청난 노력도 필요하니까, 애쓴 보람이 있달까."

"내 타입이잖아!" 교노가 기쁘다는 듯이 찰싹 손뼉을 쳤다. 대체 뭐가 타입이라는 건지 고개를 갸웃거리자 교노가 당당하게 말했다. "이 건물은 처음부터 범죄를 위해 지었습니다! 난 그런 이야기를 좋아한다고."

나루세가 이해할 수 없다는 듯 고개를 좌우로 저었고, 구온 역시 저도 모르게 같은 동작을 하고 있었다.

"그러고 보니 거북이는 어때? 네가 키우고 있지?"

"귀여워요. 오쿠와 씨한테는 미안하지만 그만큼 소중히 키워야죠. 우리 집 수조에서 건강하게 살고 있어요."

"구온, 넌 집이 어디야?"

"비밀이에요. 하지만 일단 무사히 끝나서 다행이에요. 셰프도 부활했고, 다카라지마 씨한테도 폐를 끼치지 않았고, 거북이도 건강하니."

"나도 건강해."

"그건 관심 없어요. 그리고 유기견도 찾았고. 예상보다 사나웠지만." 그렇게 말한 구온은 정면에서 심각한 표정으로 열심히 스포츠 신문을 읽고 있는 나루세를 보았다. 무슨 일인지 물어보았다.

나루세가 얼굴을 찌푸리며 대답했다. "아니, 아마 출근하면 입방아에 오르내릴 테니까. 정보를 얻어 두려고."

"출근하면?"

"내가 다카라지마 사야의 팬이라는 소문이 퍼져서 무슨 일만 있으면 와서 알려 주거든."

"그래요?" 언제나 침착하고 냉정한 나루세가 직장에서 "다카라지마 사야 드라마 보셨어요?"라는 말을 듣고 당혹스러워하는 모습을 상상하고 말았다. "팬은 아니라고 부정하지 않았어요?"

"그것도 미안해서."

"자네는 늘 무뚝뚝하니 그런 소문이 있는 게 나아. 부하들도 대하기 쉬울 거야."

"나도 그런 생각으로 가급적 응하려고는 하는데."

"성실한 건지 뭔지." 유키코가 웃었다.

"그러고 보니 그 친구는 어떻게 됐을까요?" 구온은 라운지 카페를 둘러보았다. 여기서 일하던 여성으로 이번에 그들의 작전도 도와주었다. "큰 도움이 되었는데."

"여기 아르바이트는 그만둔 것 같아. 신이치한테 들었어."

"아쉽네요. 교노 씨하고 바꾸고 싶었는데."

"미안하군, 구온, 네가 그렇게 말할 줄 알고 이미 다 예언했지."

"예언? 누가요?"

"나루세가."

"그런데 왜 교노 씨가 으스대요?"

잠시 후 쉬는 시간이 되었는지 신이치가 다가와서 노골적으로 질색하는 표정으로 말했다. "너무 오래 있지 말아요."

"앉아." 억지로 신이치의 손을 잡아당긴 교노는 술집에서 주정을 부리는 상사 같았다. "신이치, 너한테 묻고 싶은 게 있다."

"뭘요?"

"운전 학원에서 친해진 여자애랑 연락은 주고받고 있어?"

"엇." 신이치는 얼굴을 살짝 붉히며 인상을 썼다. "그걸 어떻게?"

"됐으니까 얘기해 봐. 메시지는 왔지?"

신이치는 저항을 포기했는지 긴 한숨을 내쉬었다. "하지만 타이밍을 놓쳐서, 답장을 못 보낸 채로 2주가 지나 버렸어요. 이제 와서는."

"2주는 너무한데." 나루세가 말했다. 유키코는 무표정하게 커피만 마시고 있었다.

"아, 하지만 바빠서 답장을 못 보냈다고 쓰면 되지 않을까?"

"구온, 넌 정말 아무것도 모르는구나. 그러면 관심이 없는 것처럼 보일 테니 당연히 안 되지." 교노가 구온을 타일렀다.

"해외에 다녀왔다고 하면?" 유키코가 말했다.

"아니, 유키코, 요즘은 해외에서도 메시지를 확인할 수 있어."

"해외에 가 본 적도 없으면서." 구온은 웃었다. "그럼 교노 씨라면 뭐라고 대답할 건데요?"

교노는 아아, 음, 하고 헛기침을 하고 잠시 고민했다. "그래, 나라면, 이제야 지구로 돌아왔습니다?"

"그게 뭐야?" 나루세가 진지한 얼굴로 되물었고 신이치와 유키코는 누가 모자지간 아니랄까 봐 똑같은 표정으로 쓴웃음을 흘렸다.

"아, 그럼 어쩔 수 없다고 생각할 것 아니야. 처음 한 줄은 그렇게 쓰면 돼."

"신이치, 저런 어른이 되면 안 돼." 구온은 교노를 가리키며 말했다.

신이치가 끄덕거렸다. "예, 말 안 해도 알아요. 아, 그거하곤 상관없는 얘기인데요."

"상관없는 얘기는 하지 마!" 교노가 항의했다.

"요즘 호텔 관계자 사이에서 심각하게 도는 괴담이 있는데."

"그게 뭐야?"

"무슨 괴담?" 유키코도 물었다.

"심야의 호텔에 사탕을 든 수상한 사람이 나타난다는 거예요. 모습을 들키면 사라진다는데."

"아아." 구온은 유키코를 힐끔 쳐다보았다. "피해는 없지?"

"아니, 컴퓨터를 망가뜨리거나 개인 정보를 훔쳐 가는데 화가 나면 사탕을 던진대요."

구온은 순간 할 말을 잃었지만 겨우 이렇게 말했다. "그런 얘기는 자꾸 살이 붙어서 퍼지는구나."

"살이 붙어요?" 신이치가 고개를 갸웃거렸다. "무슨 소리예요?"

나루세가 커피를 리필하려고 점원을 향해 손을 들었다.

작가의 말

창작을 할 때는 가급적 '이 다음에 어떻게 될지 독자가 모르는' 이야기를 쓰고 싶었습니다. 되도록 정형화된 전개를 따르고 싶지도 않고(그래도 비슷해지는 경우도 많지만), 저 나름대로 신선한 이야기를 생각하고 싶어집니다. 예를 들어 『사신 치바』 『사신의 7일』 『그래스호퍼』와 『마리아비틀』처럼 작품 세계가 이어진 이야기를 쓰고는 있지만(앞으로도 조금 더 쓸 예정이지만), 공통의 무대장치를 써도 저로서는 다른 이야기를 만들어 냈다고 생각하기 때문에 단순히 '속편', '시리즈물'로 묶으면 조금 섭섭한 마음이 드는 것도 사실입니다.

다만 이 「명랑한 갱」은 다릅니다. 익숙한 멤버가 평소와 다름없는 대화를 나누며 사건에 휘말리는, 그 반복을 즐기는 이야기입니다. 전작 『명랑한 갱의 일상과 습격』으로부터 9년쯤 흘렀지만 이렇게 완성할 수 있어서 다행입니다.

9년이라는 시간 동안 제 취향이나 생각도 많이 바뀌었

는지, 새삼 과거의 두 작품을 다시 읽어 보니 마음에 걸리는 부분이 몇 군데 있어 어쩔까 고민했습니다. 결과적으로는 어느 부분은 은근슬쩍 변경했고, 어느 부분은 그대로 답습했습니다. 종국에는 '은행 강도는 범죄인데 이렇게 즐겁게 그려도 괜찮을까' 하는 기본적인 문제까지 마음에 걸리기 시작해서 이 강도들도 나이를 먹어서 이제는 은행 강도에서 손을 싹 씻었다는 설정으로 써 보았지만, 아무래도 잘 안 풀려서 결국 '이 이야기 속에서야 계속 은행 강도면 어때서' 하고 배짱을 부렸습니다.

집필을 시작했을 때부터 제목에 '셋'이라는 단어를 넣을 생각이었습니다. 시리즈 세 번째 작품이라는 걸 바로 알 수 있으면 좋지 않을까 하는 생각보다도 제가 기억하기 편했기 때문입니다. 우연이지만 두 번째 작품 제목에도 '일상'이라는 단어가 들어 있어, 소리로만 보면 '둘'이 포함되어 있습니다.♥

다른 작품과 마찬가지로 많은 분들께 감사드리고 싶지만 이 책의 경우 지난 9년 동안, 표지 사진에 쓸 복면을 버리지 않고 보관해 주신 디자이너 마쓰 씨에게 먼저 감사드려야 할지도 모릅니다. 고맙습니다.

9년 만에 돌아온 시리즈 세 번째 작품이지만 세월의 무

♥ 일본어로 '일상'과 숫자 '2'의 첫 음절은 발음이 같다.

게와 상관없이 오로지 즐겁게 읽을 수 있기만 바라며 썼습니다. 독자 여러분이 즐겨 주시기를 바랄 뿐입니다.

　작품 속 커피 이야기는 서점 직원에게 듣고 관심이 생겨 『먹거리의 역사』(마귈론 투생-사마 저, 다마무라 도요오 감수·번역)를 참고했습니다. 각 챕터의 사전 발췌는 『다이지린』『다이지센』 사전을 바탕으로 개편했고, 각 장의 격언은 일반적인 영어 격언의 번역을 사용했습니다. 또한 토토, 스포츠 진흥 복권은 양도 금지이므로 작품 속 복권은 가상의 이야기로 생각해 주시면 감사하겠습니다.

이사카 고타로

옮긴이의 말

일본 장르소설을 즐겨 읽는 사람치고 이사카 고타로의 작품을 읽어 보지 않은 사람이 과연 있을까 싶을 정도로, 많고 많은 일본 작가들 중에서도 이사카 고타로는 국내 독자들에게 꾸준한 사랑을 받아 왔습니다. 그야말로 이사카 고타로 작품을 안 읽어 본 사람은 있어도 한 권만 읽어 본 사람은 없다고 해도 과언이 아닐 것입니다.

이번에 새로 출간된 「명랑한 갱 시리즈」는 이전에 한 차례 국내에 소개되었던 1권 『명랑한 갱이 지구를 돌린다』와 2권 『명랑한 갱의 일상과 습격』에 더해, 초역인 3권 『명랑한 갱은 셋 세라』까지 현시점에서의 시리즈 전 작품을 포함하고 있습니다(4인조 강도와 이대로 헤어지기는 아쉬우니 마지막 권이라고 말하지는 않으렵니다).

일본 현지 출간일을 기준으로 1권은 2003년, 2권은 2006년, 3권은 그로부터 무려 9년이나 흐른 2015년에 간행되었습니다. 언뜻 보면 악당이어야 마땅한 '강도'로 등장하면서도 영 믿지 않은 네 주인공을 간단히 살펴보면 다음과 같습니다.

　나루세 : 타인의 거짓말을 꿰뚫어 보는 능력을 가졌다. 어쩌다 보니 4인조 강도단의 리더.
　교노 : 내용도 맥락도 없는 이야기를 쉴 새 없이 떠드는 재주를 가졌다. 카페 주인.
　유키코 : 시간을 소수점 단위로 파악할 수 있는 체내시계의 소유자, 싱글맘.
　구온 : 천재 소매치기, 동물을 지나칠 정도로 좋아하는 신비한 청년.

　출신도, 성장 과정도 다른 네 사람은 어쩌다 어설픈 은행 강도 사건에 휘말리게 되면서 '내가 해도 저것보다는 잘하겠다'라는 판단에 따라 함께 뭉쳐서 강도로 데뷔하게 됩니다. 공통점이라고는 찾아볼 수 없는 네 사람이지만 강도짓을 할 때만큼은 철저한 역할 분담에 따라 손발을 척척 맞춰 행동합니다. 강도는 강도이지만 작품 속에서 오로지 보험으로 보상받을 수 있는 은행의 돈만 훔쳐 갈 뿐, 다른 사람에게 직접적인 위해를 가하지 않는 이 4인조의 강도 행각을 보고 있노라면 어느새 교노의 수다스러운 연설이 기대될 정도입니다. 4분 안에 모든 것을 처리하고, 서커스단처럼 일렬로 작별 인사를 남기고 바람처럼 사라지는 모습에서는 통쾌함마저 느껴집니다.

1권 『명랑한 갱이 지구를 돌린다』에서는 강도 행각을 중심으로 4인조 강도들의 인간관계나 성격을 주로 그렸지만, 이 네 사람은 어디까지나 평범한 '강도'에 지나지 않았습니다. 그런데 2권 『명랑한 갱의 일상과 습격』에서는 어딘가 의적에 가까운 분위기를 풍깁니다. 유괴당한 여성이 어찌 되든 알 바 아니라며 대수롭지 않은 척하지만, 도움을 줄 수 있는 가능성이 있는 한 시간과 노력은 물론, 돈도 아끼지 않습니다. 2권까지 읽은 시점에서 독자들은 어느새 4인조 강도들을 인정 넘치는 캐릭터로 받아들이고 자연스럽게 응원까지 하고 있을 겁니다. 현실에서 9년이라는 긴 시간이 흐른 뒤에 다시 찾아온 『명랑한 갱은 셋 세라』에서는 또 분위기가 바뀝니다.

1권과 2권에서는 중학생이었던 유키코의 아들 신이치가 어느새 대학생으로 성장해 호텔에서 아르바이트를 하고 있습니다. 다른 어떤 캐릭터보다도 신이치의 성장은 작중 세월의 흐름을 물씬 느끼게 합니다. 세월의 흐름, 시대의 변화는 신분을 속여야 하는 강도들에게는 결코 좋은 일이 아닙니다. 나날이 발전하는 도시의 방범 체계에 4인조가 앞으로의 처신을 고민하고 있을 때, 하필 악덕 기자가 그들의 꼬리를 밟게 됩니다. 보통 기자와 강도라면 기자는 불의를 파헤치는 선한 사람이고 강도는 남에게 피해를 주는 악인이어야 마땅한데, 이사카 고타로는 그런 보편적인 인식의 허를 찌르듯 흔히 말하는 둘도 없는 '기레기'를 탄생시켰습니다. 노름빚을 갚기 위해 '기자'라는 직함을 이용해 공인들은 물론이고 일반인을 협박하는 짓도 서슴지 않는 악인입니다.

1권과 2권의 상쾌한 전개가 무색하게 3권에서 4인조는 계속 위기에 내몰립니다. 마지막 순간까지도 초조한 마음을 내려놓을 수가 없지만 그 점은 역시나 믿고 보는 이사카 고타로, 결코 우리의 기대를 저버리지 않습니다. 동네에서 마주치는 이웃처럼 친근하고 평범하지만, 결코 평범하지만은 않은 4인조의 활약을 언젠가 또 만날 수 있기를 기대해 봅니다.

2020년 10월
김선영

옮긴이 김선영

한국외국어대학교 일본어과를 졸업했다. 다양한 매체에서 전문 번역가로 활동했으며 특히 일본 문학을 소개하는 일에 힘쓰고 있다. 옮긴 책으로는 이사카 고타로의 『러시 라이프』 『목 부러뜨리는 남자를 위한 협주곡』 『종말의 바보』를 비롯하여, 「소시민 시리즈」 『야경』 『왕과 서커스』 『책과 열쇠의 계절』 『꿀벌과 천둥』 『고백』 『쌍두의 악마』 『완전연애』 『경관의 피』 『자물쇠 잠긴 남자』 등이 있다.

명랑한 갱은 셋 세라

지은이 이사카 고타로
옮긴이 김선영
펴낸이 김영정

초판 1쇄 펴낸날 2020년 11월 23일

펴낸곳 (주)현대문학
등록번호 제1-452호
주소 06532 서울시 서초구 신반포로 321(잠원동, 미래엔)
전화 02-2017-0280
팩스 02-516-5433
홈페이지 www.hdmh.co.kr

ⓒ 2020, 현대문학

ISBN 979-11-90885-41-6 04830
       979-11-90885-38-6 (세트)

* 책값은 뒤표지에 있습니다.